N. Scott
Momaday

Im Sternbild des Bären

W0408600

Zu diesem Buch

Set, ein erfolgreicher Maler, feiert Triumphe in den Galerien von New York und Paris und ist sich seiner indianischen Abstammung kaum mehr bewußt. Auf dem Sterbebett überträgt Sets Großmutter, die Sippenälteste, ihre Heil- und Zauberkräfte auf ihre Urenkelin Grey, erteilt ihr aber gleichzeitig den Auftrag, auf Set einzuwirken und ihn gemäß einem uralten Ritual in einen Bärenmenschen zu verwandeln. Auf der Suche nach seiner Identität gerät Set immer stärker in den Bann des Bärenmythos, denn seit seiner Kindheit übte das Sternbild des Bären eine seltsame Faszination auf ihn aus.

N. Scott Momaday verarbeitet alte Mythen der Kiowa und Navajo und verbindet verschiedene Zeitebenen und Handlungsströme zu einem dichten Gewebe, zu einem Schicksalsnetz, aus dem es kein Entrinnen gibt.

Der Autor

Der Historiker, Dichter und Maler N. Scott Momaday ist Kiowa-Indianer; er wuchs auf einem Reservat in Südwest-Oklahoma auf. Heute lebt er in Arizona und lehrt an der anglistischen Fakultät der University of Arizona. Er hatte verschiedene Gastprofessuren an europäischen Universitäten inne, u. a. auch an der Universität Regensburg. Für seinen Erstlingsroman »House made of Dawn« erhielt er den Pulitzerpreis. Er gilt als Wegbereiter der zeitgenössischen Literatur nordamerikanischer Indianer.

N. Scott
Momaday

Im Sternbild des Bären

Ein indianischer Roman

Aus dem Amerikanischen von
Viky Ceballos

Unionsverlag
Zürich

Die Originalausgabe erschien 1989
unter dem Titel *The ancient child* bei Doubleday, New York.
Die deutsche Erstausgabe erschien 1993
im Schönbach Verlag, Basel und Hannover.

Unionsverlag Taschenbuch 58
Diese Ausgabe erscheint mit freundlicher Genehmigung
des Schönbach Verlags, Basel und Hannover.
© by N. Scott Momaday 1989
© by Unionsverlag 1995
Rieterstrasse 18, CH-8059 Zürich, Telefon 01-281 14 00
Alle Rechte vorbehalten
Umschlaggestaltung: Heinz Unternährer, Zürich
Umschlagmotiv: George Longfish, »I Wanna Dance with
Rosebud Sioux« (Ausschnitt), 1984, Hartje Gallery, Frankfurt
Druck und Bindung: Clausen & Bosse, Leck
ISBN 3-293-20058-3

Die äußersten Zahlen geben die aktuelle Auflage
und deren Erscheinungsjahr an:

1 2 3 4 5 - 98 97 96 95

Für Reina

Weil der Mythos am Anfang der Literatur steht
und ebenso an deren Ende.

Jorge Luis Borges

Dieses Buch beruht auf einer Fiktion. Bei Henry McCarty alias Billy the Kid handelt es sich um eine historische Figur, wie auch bei Pat Garrett, Bob Olinger, J. W. Bell und Sister Blandina Segale; Set-angya und Maman-ti sind ebenfalls legendäre Gestalten. Ihnen habe ich in meiner Geschichte eine mehr oder weniger erfundene Rolle zugeteilt. Die übrigen Protagonisten sind der Phantasie des Autors entsprungen. Jegliche Ähnlichkeit mit anderen Personen, lebenden oder toten, ist rein zufällig.

Der Autor dankt für die großzügige Unterstützung, die ihm von seiten der Helene Wurlitzer-Foundation, Taos/New Mexico, gewährt wurde. Ganz besonderer Dank geht an Bernard Pomerance und Bobby Jack Nelson für ihre unermüdliche, wertvolle Hilfe.

Personen

Locke Setman genannt Set: ein Künstler

Grey: eine junge Schamanin, eine Träumerin

Henry McCarty: Billy the Kid, ein berüchtigter Desperado

Kope'mah: eine alte Schamanin

Bent Sandridge: Sets Adoptivvater, ein gütiger und weiser Mann im Ruhestand

Lola Bourne: eine wunderbare, ehrgeizige Frau

Set-angya: ein alter Kiowa-Häuptling, eine Learsche Gestalt, ein Mann, der eifersüchtig die Gebeine seines Lieblingssohnes hütet

Der Bär: die mythische Verkörperung der Wildnis

Und weitere Personen in der Reihenfolge ihres Auftritts.

Prolog

Acht Kinder waren dort beim Spiel, sieben Schwestern und ihr Bruder. Plötzlich verstummte der Knabe wie betäubt; er zitterte und rannte auf allen vieren herum. Seine Finger wurden zu Klauen, und es wuchs ihm ein dichtes Fell. Und ein Bär stand dort, wo eben noch der Junge gestanden hatte. Die Schwestern rannten von Angst ergriffen davon – und der Bär hinter ihnen her, um sie zu töten. Als die Schwestern am Strunk eines großen Baumes vorbeikamen, redete der Baum sie an. Er hieß sie hinaufklettern, und sie taten, wie er ihnen geheißen. Da begann der Baum zu wachsen, höher und höher. Als der Bär herbeieilte, konnte er ihrer nicht habhaft werden. Er richtete sich auf, umklammerte den Stamm und zerfetzte die Rinde. Die Sieben Schwestern waren am Himmel aufgegangen, und sie waren fortan die Sterne des Großen Wagens.

Kiowa-Sage vom Tsoai

Erstes Buch

Ebenen

Astrologischen Beobachtungen, die der geheimnisvollen Stille der Nacht bedürfen, haftet etwas Magisches an ...

shash (so'), der Bär;
shash bichi, des Bären Schnauze;
bija, sein Ohr;
bokho, seine Leidenschaft;
beetsos, sein Fell;
dzilkiji zā'nil, das Medizinbündel der Bergliturgie erkennt man an der daran befestigten Bärenklaue, es muß enthalten:

tgel bitgadidin, Pollen vom Katzenschwanz;
shashda, Bärenpollen;
lichee, Blutesche;
aze lichi, rote Medizin;
ma'ida, Wildkirsche
und anderes mehr

Aus einem ethnographischen Lexikon der Navajo-Sprache.

1

Paulita Maxwell weint nicht

¿Quién es?

Well, where do you come from?
And where do you go?

Sag, wo kommst du her?
Sag, wo gehst du hin?
Sag, wo kommst du her,
Cotton Eye Joe?

¿Quién es? wiederholte er.

Und in dem Moment knallte der erste Schuß und gleich darauf der zweite. Die erste Kugel drang seitlich in seinen Körper, knapp am Brustbein vorbei, und traf ihn mitten ins Herz. Und er war auf der Stelle ein toter Mann. Der zweite Schuß traf daneben, prallte von der Ziegelsteinwand gegen das Kopfende der hölzernen Bettstatt zurück, so daß es sich anhörte, als seien es drei Schüsse gewesen. Aber in Wirklichkeit waren es nur zwei, beide aus der gleichen Flinte abgefeuert. Er stürzte zu Boden. Im Zimmer war es dunkel.

John Poe, der draußen stand, hatte alles mitangehört – die Worte, die Schüsse, *vom Torweg aus, wo ich mich aufhielt* – wie er später aussagte –, *dann ein Stöhnen, ein Röcheln, ein- oder zweimal, als ob drinnen jemand sterbe*. Pete Maxwell, der Hausbesitzer, brachte eine brennende Kerze und stellte sie auf das Fensterbrett. Der Tote lag ausgestreckt auf dem Rücken, ein Fleischermesser neben seiner linken Hand. Sein spärlich behaarter Körper wirkte im gelben Licht obszön blaß, die Farbe von geronnener Milch, blaue Adern an den Schläfen und den Handgelenken, die Augen geschlossen. Er trug bloß eine Hose und Socken an den Füßen. Er wurde mühelos identifiziert.

Es dauerte nicht lange, und die Leute strömten herbei, einige weinten. Die Frauen baten, sich des Toten annehmen zu dürfen, was ihnen anstandslos erlaubt wurde. Sie trugen den Leichnam in die Werkstatt des Tischlers, legten ihn auf eine Hobelbank und stellten Kerzen darum herum auf. Und am folgenden Tag legten sie ihn in ein Grab auf dem alten Soldatenfriedhof außerhalb des Dorfes, wo die amtlichen Leichenbeschauer, angeführt von einem gewissen Alejandro Segura, den Untersuchungsbefund erstellten. Dieser begann mit:

Salud:
Este día 15 de Julio, A.D. 1881, reciví yó, el abajo firmado, Jues de Paz del Precinto arriba escrito, información que había una muerte en Fuerte Sumner.

In der Ferne hörte man Kinderstimmen. Kein Lüftchen regte sich. Paulita Maxwell, Petes achtzehnjährige Schwester, weinte nicht, konnte nicht weinen, der Schmerz hatte ihr das Herz gebrochen. Sie starrte mit weit aufgerissenen Augen in die Dunkelheit, als sehe sie etwas Gestalt annehmen, das Unsichtbare sichtbar werden. Sie fühlte, wie sich ihre Gesichtszüge spannten und hart und spröde wurden wie ein irdenes Gefäß. Sie dachte, sie würde zerklirren, wenn jemand sie berührte. Sie fürchtete sich, den Mund zu öffnen. Jeder Laut, der sich fortan ihrer Kehle entringen würde, würde unheimlich sein – ein Schnattern oder das winselnde Pfeifen einer Maus. Sie knirschte mit den Zähnen; ihr Mund und ihre Kehle waren so trocken, daß ihr

Atem zu glühen schien. Und sie konnte auch nicht beten. Sie war stumm, denn für ihren Schmerz gab es keine Worte. Sie hielt die Hände gefaltet, die Finger krampfhaft ineinander verschränkt. Eine Fliege hatte sich auf den Fingernagel ihres rechten Daumens gesetzt; sie bemerkte es nicht.

Well, I come for to see you,
And I come for to sing.

Doch ich bin gekommen,
Weil ich dich sehen will.
Doch ich bin gekommen,
Weil ich singen will.
Und ich bin gekommen,
Weil ich ihn dir zeigen will,
Meinen diamantenen Ring.

¿Quién es?

2

In der Ferne krächzt ein Rabe

Der Knabe.

Der Knabe rannte.

Der Knabe rannte hinter seinen Schwestern her. Das heftig pochende Herz des Knaben drohte zu zerspringen. Er keuchte und rang nach Luft und blieb stehen. Die Schreie seiner Schwestern durchbohrten sein Hirn wie Wahnsinn. Er hielt den Atem an – war es sein Atem oder der zügellose, teuflische Atem eines andern? Die Erde war noch gefroren. Staub flimmerte in den langen, schrägen Sonnenstrahlen. In der Ferne krächzte ein Rabe. Und als der Knabe aufblickte, sah er, daß auch seine Schwestern stehengeblieben waren, dort, zwischen den Bäumen, mit blassen, angstverzerrten Gesichtern. In ihren Augen lag zweifelndes Staunen – zweifellos aber auch Liebe und Verwunderung. Und dann rannten sie weiter. Und er jagte weiter hinter ihnen her.

3

Der nächste Augenblick kehrt ewig wieder

Grey war um Tagträume nie verlegen. Sie lag wohlig ausgestreckt im Präriegras und betrachtete die großen am Himmel dahinziehenden Wolken. *Verdammt nochmal, Billy,* schluchzte sie, *warum hast du dem Bastard nicht gleich eine vor den Bug geknallt? Lief dir ja direkt vor die Flinte. Warum hast du den Scheißkerl nicht gleich weggepustet? Päng! – und aus, verreckt, der elende Hund.* Sie brach in Tränen aus, was sie im übrigen nach Bedarf mühelos bewerkstelligen konnte. Sie fuhr sich mit dem Handrücken über die Stirn, als habe sie Kopfschmerzen, doch plötzlich besann sie sich eines anderen und brach in übermütiges Kichern aus, legte die Fingerspitzen auf ihre vollen Lippen, als wollte sie sich selbst zur Ordnung rufen. *Mann o Mann, Billy, weißt du noch? Damals in Lincoln? Das war ein Ding. Du mit ol' Bob und ol' Bell im Knast. Weißt du noch, als ich dich besuchen kam? Ein Gefühl war das, Billy, einem echten Ganoven die Hand zu schütteln.* Und sie wälzte sich vor Lachen. *Ol' Bell sagte, ist ja alles okay. Und ol' Bob machte ein Riesentheater und brüllte herum, ich dachte, der alte Schlitzbulle bekäm nen Anfall. Ich streckte dir die Hand hin, Billy Bonney – weißt du noch? –, und du klappertest zur Begrüßung fröhlich mit den Handschellen, olé, olé, und hast dabei gegrinst, hab's nie mehr vergessen, dein eiskaltes, hundsgemeines Grinsen, und dann habe ich dir den Zettel zugesteckt* – kicherte sie vergnügt –, *einen winzigen Fetzen Zigarettenpapier, weißt du noch? Ich lache mich heut noch kaputt, wenn ich daran denke. Ja, und dann hast du zu ol' Bell gesagt, oh, tut mir leid, Mr. Bell, ich muß pissen – auauau –, sag, Billy, wo steckte der alte Lahmarsch überhaupt? Ich hatte die Kanone unter einem Stapel alter Zeitungen versteckt, sicher in den NEW MEXICAN eingewickelt, Dschieses, Billy, war das ein Ding. Weißt du noch, was für ein Gesicht der Scheißkerl gemacht hat? Und dann, Billy ... dann hast du sie in die Hand genommen, ganz ruhig ... hast sie in die Hand gleiten lassen, paßte wunderbar, wie ein Handschuh – und hast ihn eiskalt niedergeknallt. Päng! aus, vorbei. Kamen aus dem Glotzen gar nicht heraus, die andern. Und du, Billy, bist abgehauen, Billy. Glory, glory, halleluja, bist abgehauen. Hast dich mit Mr. Burts Gaul fröhlich aus Lincolntown verpißt. Und die Leute haben gejubelt, Billy, gejubelt. Mensch, ein Applaus war das ... Hörst du das Gejohle, Billy, hörst du's? Hörst du's?*

Sie seufzte tief und wippte mit ihren nackten braunen Zehen, folgte mit dem Blick dem strahlenden, ephemeren Reiter am Himmel, der sich auf eine riesige Gewitterwolke zu bewegte, die wunderbar gespenstisch im Gegenlicht leuchtete. Der fahle Zentaur schwebte durch einen kristallnen Cañon, der über dem Rand der Welt gleißte. Und kurz bevor er sich in den leuchtenden Strudeln und Facetten und Abgründen aus Licht und Schatten auflöste, setzte ein langer Sonnenstrahl die geschweiften, sich scharf abzeichnenden Schwingen eines Adlers in Brand, der in der tiefblauen Aura des prächtigen, schwarzbehuteten Kopfes schwebte.

Grey war um Tagträume nie verlegen.

Sie überkamen sie immer wieder, unwiderstehlich. Eine frische Brise umspülte sie und wirbelte eine Haarsträhne über ihr Kinn. Sie wandte ihren inneren Blick wieder dem Maxwell-Haus zu und versuchte, sich darauf zu konzentrieren. Doch die verblichene Szene, die vor wenigen Augenblicken noch so lebendig gewesen war, enthüllte sich ihr nicht mehr. War vielmehr nur noch eine fast greifbare Ahnung, löste sich dann auf und verschwand endgültig, als ob es sich um etwas Verbotenes handelte, das verdrängt werden mußte – etwas, was im entferntesten Winkel der Erinnerung in Vergessenheit geraten war. Das einst Erlebte jedoch, aus welcher Ferne es auch gekommen sein mochte, *war* greifbar, war zutiefst gegenwärtig: Er war unauslöschlich, jener Augenblick kurz vor Mitternacht, am 14. Juli 1881 in Fort Sumner, New Mexico Territory. Das hohle Rascheln des Windes in den Blättern der Pfirsichbäume. Der Mond ist klein und flach und fern, und dennoch ist sein Licht gespenstisch hell. Pat Garrett sitzt wie eine Wachsfigur neben Pete Maxwells Bett. John Poe und T. L. McKinney stehen draußen in der grenzenlosen Nacht. Dann huscht eine undeutliche Gestalt, kaum eine Armlänge von Poe entfernt, in den dunklen Raum, und man hört aufgeregte Stimmen und die Frage:

¿Quién es?

Das ist alles. Der nächste Augenblick kehrt ewig wieder.

4

Die Tipis sind groß und strahlend

Ah-keah-de: *Sie hatten ihr Lager aufgeschlagen. In jenem Sommer war das Licht leuchtend klar, und auf den Wiesen stand das Gras hoch, und das Gras war dicht mit Feldblumen durchsetzt – blaue Akelei und Lupinen und Habichtskraut. Der Himmel wölbte sich tiefblau, und die Berge waren wie das Echo seiner tiefen Bläue. Die Tage waren warm und die Morgen und die Abende kühl. Zwei aus dem Volke starben, doch das nahm man hin, denn sie waren alt und müde gewesen und hatten ein gutes Leben gehabt. Ein Knabe war geboren worden. Es gab keine ernsthaften Krankheiten, und die meisten lebten in Eintracht, ohne Zorn oder Neid oder Arglist. Die kalten Flüsse und die Bäche rauschten munter, und die Jagd war gut. Kinder erfanden Spiele. Die Frauen schwatzten pausenlos, ihre hellen, zwitschernden Stimmen waren weitherum zu hören, und ihre Worte mündeten immer wieder in Lachen. Auch die Männer redeten, meist über die Jagd, zwischendurch neckten sie die Frauen und brüsteten sich, wie schmuck sie alle seien, Männer und Frauen. Ja, wir sind ein schmuckes Volk, sagten sie. Die Männer rieben ihr Haar mit Fett ein und schmückten es mit Lederbendeln und bunten Federn und sonstigem Zierat – Stachelschweinborsten, Tierknochen und Muscheln, Klauen und Zähnen. Die Hunde dösten und wurden fett. Hin und wieder entfernte sich ein Mann oder eine Frau – manchmal sogar ein Kind, wenn es groß genug war, um auf sich aufzupassen –, um stolz und voller Bewunderung das Lager aus der Ferne zu betrachten: Es war groß und voller Leben und sah aus wie eine Ansammlung aus großen, versprengten weißen Steinen inmitten der grünen wogenden Prärie. Es hob sich hell von den bewaldeten Hügeln ab. Die Tipis waren groß und strahlend. Gekräuselte Rauchranken stiegen von den Feuerstellen auf; manchmal war der Rauch blau, manchmal grau oder violett. Es duftete stets nach gebratenem Fleisch. Und das Lager war von Lauten erfüllt. Es wurde viel getanzt, und die Stimmen der Sänger und das Schlagen der Trommeln waren in großer Entfernung zu hören.*

Doch eines Tages floß das Blut schneller, und das Lachen und die Lieder und die Trommeln verstummten – und das Volk verabschiedete sich in der Stille und in der dahinfließenden Zeit vom Sommer, im Bewußtsein, daß die Erde immer weiterging, von Jahreszeit zu Jahreszeit, und sie ihrem Schicksal entgegentrug.

5

Grey stellt Betrachtungen über ihr Aussehen an

Grey betrachtete sich in einem kleinen Metallspiegel, den sie aus der Brusttasche ihrer Bluse gezogen hatte und nun zwischen den Kuppen ihres rechten Daumens und ihres Mittelfingers hielt, beide grasverschmiert und klebrig vom Saft wilder Pflaumen. Die zahllosen Betrachtungen dieser Art führten zu der immer gleichen Schlußfolgerung: Sie war wunderschön!

Sie hatte einst in einem Museum eine Kiowafigur gesehen. Sie war sehr alt und wunderschön und vor Alter zerbrechlich, und Grey war verblüfft gewesen, weil sie sich wie durch ein geheimnisvolles Einverständnis mit ihr verbunden fühlte. Die Figur war in Wildleder gekleidet; sie trug lange, schwarze Zöpfe aus echtem Haar und zierliche, mit Glasperlen verzierte Mokassins. Ein anderes Mal hatte sie in Hubbels Kaufhaus eine Navajofigur gesehen. Ihr Haar war zu einem Pferdeschwanz zusammengebunden, und sie hatte einen dunkelblauen Kasack aus Cordsamt an und einen langen, gefältelten beigen Rock, und sie trug prächtige rote Mokassins und kostbaren Schmuck aus Silber und Türkisen. Grey hatte die Figuren eingehend betrachtet, hatte versucht, in ihr Innerstes zu sehen. Sie hatte undeutlich gespürt, daß sie auf geheimnisvolle Art mit ihr verknüpft waren, daß es Masken waren, die auf unerklärliche, schicksalhafte Art und Weise nur für sie da waren und für niemand sonst. Und von da an fühlte sie sich von Masken angezogen.

Ihr Vater war Kiowa, ihre Mutter Navajo, und die zwei

Kulturen verschmolzen – mehr oder weniger – harmonisch in ihr. Englisch war die Sprache ihrer Kindheit in ihrem Elternhaus in Lukachukai gewesen, doch sie hatte sich, wenn immer möglich, Brocken der Kiowa- und der Navajosprache angeeignet. Sie hatte früh lesen gelernt, und sie las gierig. Dank der Liebenswürdigkeit von Miss Penelope Sweetser, Grundschullehrerin in Chinle und Büchernärrin, die dreißig Jahre lang unterrichtet hatte, fünf Tage verheiratet gewesen war und zurückgezogen in einem kleinen Haus in Flagstaff lebte, mit Blumenkästen voller Topfkakteen und Holzversteinerungen – und jedes Zimmer eine Bibliothek, wo beliebig viele Bücher zu Greys Verfügung standen. Und Grey las sie in dem Alter, wo man am empfänglichsten ist. Sie las Homer und Shakespeare und die Bibel. Sie las Will James und Walter Noble Burns. Sie las Robert Service und Emily Dickinson. *LAUGHING BOY* hatte sie so aufgewühlt, daß sie drei Tage lang nicht aufstehen konnte. Als sie *THE SAGA OF BILLY THE KID* las, wurde sie ohnmächtig, und ihre Temperatur stieg auf über 39 Grad. Und in ihren Fieberphantasien träumte sie von Billy, der ihr riet (sie glaubte, sich noch genau an seine Worte zu erinnern), *MEADOWS OF AUDHEN* von M. A. (Motto Asam) Candy zu lesen, den er seiner poetischen Intensität wegen bewunderte, doch sie konnte das Buch nirgends auftreiben.

Jetzt, in der Oklahomaprärie in Gesellschaft von Dog, schilderte sie sich selbst mit folgenden Worten: »Dog, Dog, Dog, ist es verwunderlich, daß Master Bonney von mir hingerissen war? Nein, keineswegs, ich bin tatsächlich ein verdammt hübsches *bonny girl*. Ich habe achtzehn wunderbare Sommer verlebt, alle in der grenzenlosen Weite der Prärie, die mein unverwechselbares Lebenselement ist. Ich bin großgewachsen und geschmeidig und habe eine hübsche Figur. Mein Geist ist wach. Ich bin gehorsam und zierlich wie eine Damhirschkuh und bin von der Zivilisation, der sogenannten, unberührt. Ich habe dunkles, glänzendes Haar, das anmutig hinter meine muschelförmigen Ohren gekämmt ist, funkelnde grüne Augen, eine edel geformte Nase, einen kleinen, zarten Mund, schön geschwungen wie ein Amorsbogen, und ein liebreizendes, volles Gesicht. Mein Profil ist regelmäßig und scharf geschnitten – edel. Meine Haut ist olivenfarben und durchscheinend, mein Benehmen ist höflich, mein Auftreten würdig. Meine unauffällige Kleidung ist, alles in allem, angebracht. Sie besteht aus einem wildledernen Schurz, wundervollen, handgefertigten Leggins und einer aus Wolfshaar gewobenen Tunika, ähnlich wie die Gewänder, die einst Könige und Königinnen trugen. Meine schmalen, alabasternen Füße stecken in zierlichen, kunstvoll mit Glasperlen verzierten Mokassins, und ich trage eine Kette aus perlmuttern glänzenden Muscheln um meinen langen, sanft geschwungenen, makellosen schlanken Hals.«

Grey war in Wirklichkeit neunzehn. Sie maß nicht mehr als fünf Fuß und fünf Inches, doch in ihrer Haltung lag etwas, was sie größer erscheinen ließ. Sie war schlank und geschmeidig, aber ihr Körper war kräftig und eher untersetzt. Ihr Haar war lang und dick und schwarz, so schwarz, daß es purpurn schimmerte. Ihr Blick war scharf; die Farbe ihrer Augen wechselte von Grau zu Grün zu Violett. Es waren Augen aus einem alten Mythos, episch und heilig – wie Kallistos Augen vielleicht. Ihre Brauen waren dicht und schwarz, die eine war meist leicht hochgezogen, was ihrem Gesicht einen asymmetrischen Ausdruck verlieh – einen Ausdruck von Mißtrauen und Staunen und Klugheit. Die Wangenknochen waren hoch und ausgeprägt. Ihre Nase war nicht edel geformt, sondern eher kurz und stupsig. Das Kinn war eckig und markant, der Mund weich und voll und sinnlich. Die unteren Schneidezähne standen leicht vor, und unter dem linken Mundwinkel war ein Muttermal. Ihr Hals war tatsächlich lang und sanft geschwungen und flaumig, was ihrer Haut in einem bestimmten Licht einen kupfernen Schimmer verlieh. Ihre Schultern waren rund und eher schmal. Ihre Arme waren lang und ausdrucksvoll und ebenfalls flaumig, ihre Hände waren klein. Ihre Brüste waren straff und spitz und hoch, ihre Taille war schmal, ihre Beine an Schenkeln und Waden kräftig wie die einer Tänzerin, die Fesseln waren schmal, die Füße schlank und kräftig, mit einem hohen Rist und langen, gelenkigen Zehen. Ihre Haut war dunkel und zart und straff. Ihre Bewegungen waren athletisch und geschmeidig, vor allem in Gegenwart von Männern und Pferden. Ihr Nacken und die Armhöhlen, das Grübchen unter der Wölbung ihres Bauches und die Innenseite ihrer Schenkel strömten einen Duft nach Moschus und Muskatblüte und Limettenrinde aus. Manchmal kleidete sie sich wie die Kiowa- oder wie die Navajofigur, doch gewöhnlich trug sie hochgekrempelte Jeans und ein unter den Brüsten geknotetes Hemd, und manchmal einen Schlapphut mit einer Adlerfeder im Hutband – und sonst nichts. Alles in allem:

She was beautyful.

Sie war unsagbar schön.

6

Gleichgültig und schattenhaft kommt der Tod näher und nimmt langsam Gestalt an

Großmutter Kope'mah drehte sich zur Seite und richtete ihre blinden Augen starr auf eine Erinnerung. Was sie sah, war der K'ado, der Sonnentanz, 1887 war das gewesen, an der Mündung des Oak Creek, eines kleinen südlichen Nebenflusses des Washita River oberhalb des Rainy Mountain Creek. Ein großes, rundes Zelt stand dort, festlich mit Wimpeln und Zweigen geschmückt. Ein Ausdruck ehrfürchtigen Staunens erschien auf Kope'mahs altem Gesicht – es war das gleiche Staunen, das sie damals vor neunzig Jahren, ein Kind noch, am Oak Creek empfunden hatte: Drückende Hitze stieg vom Fluß auf, Elstern und Spottdrosseln flitzten über das Rankenwerk aus gezackten Blütenkelchen und wilden Reben. Es herrschte Gedränge, und die festlich gekleideten Menschen schwatzten, lachten, sangen. Sie war wieder ein kleines Mädchen, und sie war aufgeregt und glücklich, schlicht und einfach glücklich. Sie ging mit heftig pochendem Herzen auf das Zelt zu, trat in das kühle Dämmerlicht des tiefen, geheimnisvollen Raumes. Und Tai-me war dort ausgestellt: Tai-me, die geweihte Sonnentanzfigur und mächtigste Medizin des Stammes, mächtiger noch als die *tal-yi-da-i,* die zehn Bündel, die die Initiations-Medizin enthielten, wovon eines im Besitz ihres Onkels T'ene-taide war. Sie hob schüchtern den Blick: Die starre, glänzende Figur leuchtete in einem flimmernden Lichtstrahl, und die flaumigen Federn ihres Kopfputzes zitterten in der trägen, warmen Sommerbrise. Sie legte ein blaues, wollenes Tuch zu den anderen, kostbareren Gaben. Ihr war, als tauche sie in einen lauen, langsam fließenden Strom. Tai-mes Gegenwart war greifbar, hüllte sie ein wie Wasser.

Lange Zeit später, als sie sich Tausende Male zurückerinnert hatte, vertraute sie ihrem ältesten Sohn an, es sei damals gewesen, an jenem Tag am Oak Creek, daß ihr für immer und ewig die Gabe verliehen worden sei, in jenem fernen, ergreifenden Augenblick, als sie noch ein kleines Mädchen war, das nicht von einer solchen Gabe hätte träumen können. Von da an wurde sie von den Kiowa geachtet – und auch gefürchtet, so daß die tiefe Einsamkeit der Schamanen in ihr war. Die Macht, die sie einfach angenommen und nie hinterfragt hatte – und sie hatte sich immer bemüht, sie gerecht einzusetzen. Und nun, eine alte Frau am Ende ihres Lebens, ließ sie jeden Tag ihre Urenkelin Grey kommen, mindestens einmal und manchmal zwei- oder dreimal, und unterhielt sich flüsternd mit ihr. Ihre kleinen, zitternden Hände drückten die dringende Eile aus, denn nun war der Tod unmittelbar an ihrer Macht beteiligt, und alles – außer ihr eigener Tod, der gleichgültig und schattenhaft näher und näher kam und langsam Gestalt annahm, noch verschwommen und zögernd zwar, doch für sie deutlich erkennbar –, alles offenbarte sich ihr. Der Tod war ein gerechtes Rätsel, ja. Es war richtig, daß das Wesentliche ein Rätsel bleiben würde. Es stand ihr zu; nach gut hundert Jahren am Scheideweg angelangt, hatte sie ein Rätsel verdient.

7

Schmetterlinge stieben aus dem Gras

Dog, das Pferd, galoppierte davon, und Schmetterlinge stoben aus dem Gras. Sie schwebten davon, den Himmel zu übersäen, sich in Prismen der Sonne zu verwandeln, in bunte Papierschnitzel, um sich in einem wirbelnden Funkenregen aufzulösen, der sich in der klaren Luft zu vertausendfachen schien. Seine Hufe wirbelten die rötliche Erde auf, eine prasselnde Wolke hinter sich lassend. Es raste im gestreckten Galopp davon, ließ eine Staubwolke hinter sich zurück, die sich wie Rauch am Horizont verflüchtigte. Dann kehrte es gelassen zu der jungen Frau auf dem Hügel zurück und graste ruhig weiter.

8

Sie entfernen sich immer weiter

Vom Eingang ihres Tipis, von der höchsten Stelle des Lagers aus, sah die alte Frau Koi-ehm-toya die Kinder quer über die Wiese auf die Bäume zugehen. Zeid-le-bei! *dachte sie. Seltsam, zu dieser Stunde? Mittag war längst vorbei, das Licht verblaßte bereits. Die Luft schimmerte golden, und ein leichter Dunst lag über den Wäldern. Koi-ehm-toya kniff die Augen zusammen, versuchte blinzelnd zu erkennen, wo die Kinder waren; aber sie waren zu weit weg, entfernten sich immer weiter vom Lager. Sie zählte – fünf, sechs, sieben –, zählte dann noch einmal. Nein, es waren acht. Was hatten sie vor? Hatte man sie nach Futter ausgeschickt? Kaum. Die Rechen waren reichlich mit Fleisch behangen; niemand hungerte. Die Kinder in der Ferne bückten sich, hüpften, verschwanden in einer Bodensenke, tauchten stolpernd wieder auf. Ach, sie spielen wohl nur, sagte sie sich, rennen übermütig herum, wie das Kinder eben tun, verschwenden keinen Gedanken an mögliche Gefahren. Sie schnalzte mit der Zunge und setzte ein mürrisches Gesicht auf. Und wie alte Frauen es zu tun pflegen, redete sie mit sich selbst und fragte sich, was aus den Menschen werden würde, sorglos, wie sie geworden waren. Sie schimpfte brummelnd mit den Kindern, obwohl sie ihrem Blick entschwunden waren. Sie hatten die ersten Bäume erreicht, waren in die Dunkelheit eingetaucht, die Koi-ehm-toya undurchdringlich vorkam.* Zeid-le-bei! *Nun ja, jemand mußte sich schließlich Sorgen machen. Sie seufzte. Und wenn sich niemand mehr sorgte, was dann? Die bloße Vorstellung ließ sie erschaudern. Ein Falke segelte vor der Sonne vorbei, sein Schatten glitt über das Gras.*

9

Sie zähmt es mit ihrem magischen Blick

Dog, das Pferd, kaute bedächtig, graste sorgfältig Zentimeter um Zentimeter ab. Es war ein stattlicher, kräftiger, vier Jahre alter Brauner mit rötlichglänzendem Fell, schwarzen Ohren, schwarzer Mähne und schwarzem Schweif. Es war muskulös, sein Rücken war kurz, und es war schnell. Auf der Koppel, drei oder vier Generationen zuvor, wäre es wohl ein berühmtes Jagdpferd gewesen, von den alten Präriebewohnern seiner Anmut und Schönheit wegen ehrfurchtsvoll bewundert, seines Jagdinstinkts, seiner unerschütterlichen Ruhe und Wachsamkeit, seines vibrierenden Temperaments wegen, das es zu zügeln verstand – von jedem begehrt, der mit der Hand über sein Fell gefahren wäre oder die Glut seines Atems gespürt hätte. Ein verdammt gutes Paar hätten sie abgegeben, eine Legende, das Pferd und der Mann, sofern dieser das Tier richtig in die Hand zu nehmen verstanden hätte.

»Dog!« prustete Grey.

Das Pferd hatte mit den Nüstern ihre nackten Zehen gekitzelt und sie brüsk aus ihrem Nickerchen aufgeschreckt. Sie rollte sich auf die Seite und zog die Knie an. Dog warf ungeduldig den Kopf zurück und wieherte. Es schielte sie mit bebenden Nüstern von der Seite an, verdrehte die Augen, so daß man nur noch das Weiß sah. Sie entspannte sich, und das Pferd ebenfalls.

»Dog, Dog, Dog, Dog, Dog, Dog«, rief sie, jedes »Dog« anders betonend.

Sie zähmte es mit ihrem magischen Blick.

»Wenn du das nochmals tust«, sagte sie dann sanft, »klemme ich dir den Arsch zusammen und dengle dir die Eier weich.«

Grey stand auf, gähnte, streckte sich, schwang sich flink in den Sattel und ritt im Zotteltrab von Bote, Oklahoma, durch die Furt und das Gehölz, fiel dann in leichten Galopp und lenkte das Pferd südostwärts in Richtung des grauen Hauses auf der roten Prärie, wo die alte Frau Kope'mah im Sterben lag.

Grey hatte als Kind in Lukachukai, später dann als junges Mädchen in Dulce mit Pferden umzugehen gelernt. Der älteste Bruder ihrer Mutter, Ashkii Tolichee, dessen Lieblingsnichte sie war, besaß ein Gestüt Mustangs und eine Herde Schafe, die er zu Geld machte, um mit dem Geld wiederum Mustangs und Schafe zu kaufen. Er war ein echtes »Chinle-Schlitzohr«, wie seine Frau sagte, denn er war ein cleverer Geschäftsmann, obwohl er nie zur Schule gegangen war. Und Greys erster Liebhaber, ein Jicarilla mit einer weißen Narbe vom linken Ohr bis zum Kinn, dessen Name Perfecto Atole war und der sich nichts aus Geld machte, nichtsdestotrotz aber einen scheckigen Hengst und eine schwarze Stute besaß – und fünf Paar handgefertigte Stiefel –, hatte sie mit seiner Rodeoleidenschaft angesteckt. Grey brachte es zur Meisterschaft. Sie trat schon bald auf, ritt mit Bravour die Pony-Expreß-Nummer und verlor ihre Unschuld, in genau dieser Reihenfolge, am gleichen Tag. Sie gewann einmal innerhalb von zwei Wochen achtundzwanzig Kanisterhindernisrennen, fing und verschnürte in der Rekordzeit von drei Minuten und vier Sekunden dreizehn Rinder und hielt sich über acht Sekunden im Sattel eines Teufels von Pferd namens Jackhammer alias Havoc alias Kidneypuncher.

Und dann, als sie eines Tages mit Dwight Dicks plauderte, Worcester Meats Pächter, kam Dwights Sohn Murphy mit dem Pferd daher, das damals als Murphys Law bekannt war. Es stand plötzlich da, wie aus dem Nichts aufgetaucht, kaum fünfzig Fuß von ihr entfernt. Sie betrachtete es aus den Augenwinkeln, schaute immer wieder verstohlen zu ihm hinüber, ohne ihr Gespräch auch nur eine Sekunde zu unterbrechen – sie redete gerade über Dünger. Doch der flüchtige Blick hatte genügt, um das Pferd zu beurteilen: Das Pferd maß im Widerrist etwa sechzehn Handbreit. Sein Kopf war im Verhältnis zum Rumpf etwas klein, aber wohlgeformt, mit weit auseinanderliegenden Augen und kleinen, spitzen, nach innen gerichteten Ohren. Es trug den Kopf hoch, der Hals war sanft geschwungen, die Profillinie gerade, die Nüstern bebten, es wirkte gutmütig und gleichzeitig wachsam, was auf Intelligenz und gesunden Instinkt schließen ließ. Die Kruppe war lang und kräftig, die Muskeln gut ausgeprägt, der Rücken war kurz, die Vorhand breit und tief. Die Gliedmaßen waren glatt und sehnig, die Winkelstellung der Beine korrekt. Die Hufe waren klein und gutgeformt. Die Adern im Nacken und an der Brust zeichneten sich deutlich ab. Das Fell war dunkel und glänzend. Die Mähne war lang und der Schweif lang und seidig. Selbst wenn es im Schritt ging, spürte man seine verhaltene Kraft, es schien zu tänzeln, sich im Kreis zu drehen, sich bäumen zu wollen. Und Grey beschloß auf der Stelle, daß sie das Pferd haben mußte, nicht, um es im üblichen Sinn zu besitzen, sondern um es ihrem Willen unterzuordnen, soweit es das Geschöpf zulassen würde, um es in der Hand und zwischen ihren Beinen zu spüren, es zu den Dingen zu zählen, die ihre Persönlichkeit ausmachten. Und für sie trug es bereits den Namen Dog.

Das war übrigens zu jener Zeit, als sie sich selbst zum Bürgermeister von Bote, Oklahoma, ernannte.

10

Der Bär kommt

Eines Nachts, als der sägende Chor der Zikaden und Frösche vom Fluß herüberdrang und der jadegrüne Mond zwischen den am Himmel vorbeiziehenden Wolken zu atmen schien, flüsterte Großmutter Kope'mah ihrer Urenkelin Grey unvermittelt zu: Der Bär kommt. In jener Nacht träumte Grey, sie schlafe mit einem Bären. Blaue und gelbe Pollensprenkel schimmerten in seinen großen, sanften Augen über der feuchtglänzenden Lefze. Der Bär umfing sie mit seinen mächtigen Armen und beleckte ihr Haar, ihren Nacken, ihre Brüste ... Er machte einen Buckel wie eine Katze, beugte sich über sie, bis sein massiger Körper mit dem ihren verschmolz. Sie spürte seinen warmen, keuchenden, lüsternen Atem auf der Haut, sein tiefes, kehliges Knurren, das wie Worte klang. Die Zunge des Bären knetete ihre Füße, ihre Schenkel, ihren Bauch, ihren Hals ... Ihr Atem flog; wollüstige Erregung stieg in ihr auf, breitete sich in Wellen aus, überflutete sie; sie spürte das Blut durch ihre Glieder strömen. Der Traum erfüllte sie mit wunderbarem Staunen.

11

Das ist alles

»Verdammt, das war das Pferd wert«, sagte Murphy.

Er schaute verlegen zur Seite. Er hatte etwas anderes sagen wollen; das war die Ausdrucksweise seines Vaters.

»Ich weiß«, sagte Grey.

»Das Pferd ist Klasse«, sagte Murphy.

»Das beste«, sagte Grey.

Und das war alles.

12

Sie sitzen da wie Mutter und Kind

An jenem Abend, als sie verträumt eine Schale Rinds- und Zwiebelbrühe für die Großmutter schöpfte, tauchte die flüchtige Gestalt unter dem Torbogen wieder vor ihr auf. Dann, für den Bruchteil einer Sekunde, blieb die Zeit stehen, erstarrte – und setzte sich wieder in Gang. Deluvina Maxwell, eine alte Magd, eine Navajofrau wie sie selbst, stürzte aus dem Haus und überschüttete Pat Garrett mit einem Schwall von Beschimpfungen. Sie ließ sich kaum beruhigen.

Großmutter Kope'mah war vor ein paar Tagen aus der Finsternis, die sie umschloß, in einen grenzenlosen, seltsam leuchtenden, euphorischen Bewußtseinszustand getreten – in ein tiefes, unmittelbares Sichbewußtwerden, in dem sich ihr zum letzten Mal ihr ursprünglichstes Wesen offenbarte, unschuldig wie an dem Tag vor hundert Jahren, als sie geboren wurde. In einen Zustand ruhiger Gelassenheit, in dem die Zeit bedeutungslos war. Sie redete eine Sprache, die während ihrer Kindheit geläufig gewesen war, und sie unterhielt sich in dieser Sprache mit Leuten, die seit sechzig oder siebzig oder achtzig Jahren tot waren. Sie sah Dinge, die in der Zeit verdorrt und vergilbt waren, doch sie sah sie nun frisch und ungetrübt und wunderbar. Sie roch den herben, würzigen Duft einer wilden Rose, die sie 1913 zwischen den Seiten eines Kirchengesangbuches getrocknet hatte. Sie spürte die Hitze der Feuer, die damals in der Prärie brannten, als sie noch eine junge, mannbare Frau war und die Mütter und Großmütter über sie wachten und warteten, bis die Zeit gekommen war, sie vorzubereiten – das Vermählungsritual für sie und ihren Mann zu vollziehen. Sie hörte Wölfe heulen in der grenzenlosen, mondbeschienenen Ebene des Llano Estacado. Sie hielt die Hand ihres Vaters, sah auf dem Schwemmland des Washita, eine Meile entfernt, eine Herde, neunzig Büffel, die mit dem Schatten einer großen, grauen Wolke verschmolz. Prächtig, feierlich, ja heilig erschienen ihr die Tiere, wie sie sich im Zeitlupentempo durch den farbig schimmernden Regendunst bewegten. Sie kamen ihr vertraut und gleichzeitig bedrohlich vor. Sie konnte mit bloßem Auge die Kälber, sogar die Jährlinge erkennen. Ihr Vater und sie saßen mit gekreuzten Beinen am Abhang eines ockergelben Hügels und betrachteten die auf der Prärie grasende Herde, das wogende, mit Farbtupfern durchsetzte Grasland – zartrosa Malven und Kornblumen und gelben Hahnenfuß. Ein Blitz schlug in die Herde ein – *Man-ka-ih* –, löste eine kurze, heftige Unruhe aus, ein geballtes, kaum wahrnehmbares Aufbäumen, das sogleich wieder verebbte und keine Spur hinterließ. Die Herde sah aus wie ein dichtes, schieferfarbenes Buschwerk, wie rollendes Geschiebe im Fluß, das mit dem Schatten der Sommerwolke langsam weiterzog. Doch sie war erstaunt gewesen, als ihr Vater an jenem Abend gesagt hatte, die Herde befinde sich inzwischen bereits einen Tagesritt weiter westlich.

Sie schien eingeschlafen zu sein. Jemand hatte eine Petrollampe ins Zimmer gebracht und sie in einer Ecke hingestellt. Kope'mah konnte nichts sehen, selbst im hellen, warmen, gelben Schein nicht, doch sie konnte das Öl und den Rauch riechen. Sie kannte das flackernde Licht auf den Wänden ihres Schlafzimmers, auf der Bettdecke, die sie 1929 selbst gequiltet hatte, auf dem blauen emaillierten Becken und dem Krug auf dem Waschtisch gegenüber, auf dem facettierten Wasserglas neben dem Bett. Sie kannte es, weil sie es einst gesehen hatte. Im Raum gab es sozusagen nichts, was noch nicht vorhanden gewesen war, als sie noch sehen konnte – zwanzig Jahre waren es her –, nur die duftenden Salben und die glatten Kiesel und die Samtbänder, die Grey ihr gebracht hatte. Alle Farben und Formen und Strukturen einer weit zurückliegenden Zeit hatten sich in ihrer Erinnerung eingeprägt. Doch was ihre Erinnerung war, das wußte sie nicht mehr.

Sie glaubte, zu dem Mann gesprochen zu haben, der die Lampe hereingebracht hatte, aber sie war nicht ganz sicher. Wie auch immer: es hatte niemand geantwortet, also ließ sie es dabei bewenden. Es war wohl Worcester gewesen, ja, sie hatte ihn an seinem Geruch erkannt. Es war ihr Sohn Worcester gewesen, aber im Grunde hatten sie einander nicht viel zu sagen. Er war ihr zweitgeborener Sohn und ihr viertes Kind. Er hatte keine Ähnlichkeit mit ihrem ältesten Sohn Kauliteh, der ein Prophet gewesen war, und auch nicht mit Walker, dem Jüngsten, ihrem Lieblingssohn, Greys Großvater. Das waren stolze, eigensinnige Männer. Worcester hingegen war nüchtern und gelassen. Er war liebenswürdig, altmodisch, unerschütterlich. Sie konnte sich nicht erinnern, daß er sich jemals gegen etwas aufgelehnt hätte, und das verärgerte sie. Vielleicht – dachte sie manchmal –, vielleicht hatte er im Grunde recht mit seiner sanften, versöhnlichen Art, die ihm gestattet, in einer bedrohlichen Welt in Frieden zu leben. Doch diese Art von Klugheit vermochte sie nicht zu beeindrucken – wenn es sich tatsächlich um Klugheit handelte. Sie zog Set-angyas Scharfsinn vor, der geistiger Art war, ein heiliger Wahnsinn – so kam es ihr zumindest vor –, eine angeborene, ursprüngliche, ungebändigte Intelligenz. Set-angya war ein Krieger gewesen, ein Häuptling. Worcester Meat war bloß ein schrulliger Eigenbrötler, und er war siebzig. Sie zog legendäre Gestalten schrulligen Eigenbrötlern vor. Set-angya war getötet worden, in Fort Hill von den Soldaten erschossen, noch bevor sie geboren worden war, und er war voller Verachtung dem Tod entgegengetreten und hatte angesichts des Todes das Lied der Kaitschenko angestimmt. Sein Heldenmut war Besessenheit gewesen; er war einer von denen, die in die Geschichte eines Volkes eingehen. Ihr Volk verehrte die von Heldenmut besessenen Krieger – die Legenden.

Die Tür ging erneut auf, und Grey betrat, die Schale mit der Brühe in der Hand, das Zimmer. Kope'mah wußte gleich, wer es war; sie stieß einen kleinen Schrei aus, *eh neh neh neh neh,* der den alten Frauen des Stammes eigen war und von ernstem Stirnrunzeln begleitet wurde, was ihre Würde unterstrich und Ehrfurcht gebot. Grey war immer wieder gerührt davon, weil er Überraschung und Entzücken gleichzeitig ausdrückte. Glückliches Weinen nannte sie es.

Kope'mah trank nur einen kleinen Schluck, und als die Brühe schließlich erkaltet war, stellte Grey die Schale weg. Sie setzte sich neben die Großmutter und nahm die kleinen, spinnedürren Finger der alten Frau in ihre Hand. Eingehüllt in Greys Umarmung, wirkte Kope'mah wie ein Kind; die zerbrechlichen spitzen Schultern der Greisin ruhten an der vollen Brust der jungen Frau. So saßen sie lange da, schweigend, wie Mutter und Kind. Kope'mah schien zwischendurch einzuschlafen, ihr Atem ging so schwach, daß man ihn kaum hören konnte; dann wurde er unregelmäßig, rasselnd, und Grey wußte, daß sie wach war. In der Ferne zuckten Blitze. Ein warmer Windstoß blies den Geruch von Regen durch das südliche Fenster ins Zimmer, und das ununterbrochene Zirpen der Insekten erfüllte die Dunkelheit.

Als Mitternacht vorbei war, begann die Großmutter zu sprechen, zuerst stockend, kaum hörbar. Doch Grey hatte keine Mühe, die Worte zu entziffern, denn es war nicht die Sprache, was sie verband, sondern das, was aus dem verborgensten Winkel der Erinnerung kam. Zwei Frauen, die Geschichtenerzählerin und ihre Zuhörerin – die eine erzählte von der Zeit, als es Licht ward, die andere lauschte der Geschichte der Lichtwerdung. Das Licht tauchte aus der gekräuselten Oberfläche der Vergangenheit auf und strich über die Halme, verdunkelte sich zu Sand, dann zu Kupfer – die Flügel einer Erdtaube –, dann zu Kürbisgelb, dann zu Zinnober, der Farbe trockener Kalebassen. Flügel schwirrten im hellen, kalten Licht. Der Nachtwind blies sanft über die Getreidefelder. Heuschrecken hüpften und ließen sich fallen und hüpften und prallten auf der Erde auf. Die zwei Frauen hielten den Atem an. Ein unendliches Glücksgefühl, der Fluß ihres gemeinsamen Blutes, durchströmte ihre Adern.

Dann wieherte der Hengst nebenan, das Jagdpferd Dog, übertönte die zwitschernden Vögel und das Krähen der Hähne. Es warf den Kopf in den Nacken; seine Augen – zwei Kohlen, in denen sich der blaßrote Bogen der Sonne widerspiegelte wie ein Funke in einer Kristallkugel – starrten in den steifen Morgenwind; es spitzte die Ohren, die Mähne und der Schweif wehten und flatterten in der Luft. Es hob sich dunkel und scharf vom Horizont ab, wirkte wie eine Abstraktion, wie das Sinnbild geballter Energie – kompakt, schwarz und einzigartig. Ein in orangenfarbiges Licht getauchtes Bild. Und als es wiehernd davongaloppierte, wirkte es wie eine Explosion, wie eine Kohäsion und Desintegration von Form und Bewegung und Farbe gleichzeitig. Es war kaleidoskopisch. Ein stampfender, sich dehnender, sich zusammenziehender, schwebender Körper, der mit den kraftvoll auf dem steinigen Boden aufschlagenden Hufen eine Einheit bildete. Es war Man-ka-ih, der Geist des Sturmes. Die aufgehende Sonne zersplitterte an seinen bebenden Flanken, die Nacht klammerte sich an die Beugen und Falten seines gestreckten Körpers.

Wiedereinkehrende Ruhe. Großmutter Kope'mah hatte angefangen zu sprechen: Set-pago, Set-tainte, Set-angya, Set-mante.

Setman.

Set.

13

Gottes Langeweile ist unendlich

Als er dreißig war, hatte Locke Setman – von allen, die ihn näher kannten, Set genannt – in der Malerei die ursprünglichste Ausdrucksform seiner selbst gefunden. Mit fünfunddreißig hatte er sich einen Namen gemacht, hatte etliche wichtige Preise erhalten, und Kunstkritiker und Sammler waren auf ihn aufmerksam geworden. Seine Bilder zu erwerben gehörte zum guten, wenn auch kostspieligen Ton. Mit vierzig zählte er zu den namhaftesten amerikanischen Künstlern – und lief Gefahr, seine Seele zu verkaufen. Zahllose Ansinnen wurden an ihn gestellt, und er begann zu begreifen, daß einem der Erfolg, was Berühmtheit und Geld betraf, in anderen Belangen teuer zu stehen kommen kann. Immer öfter wurde von ihm verlangt, daß er auf diese oder jene Weise Zugeständnisse an seine Kunst oder an sich selbst machte, und er kam dem öfter nach als nicht, denn er war eher passiv und naiv veranlagt: nein zu sagen fiel ihm schwer. Jene, die seine Werke ausstellten, die sie lobten und vermarkteten und ihn drängten, bestimmten sein Schaffen je länger, je mehr – und Set spielte mit. Im Grunde genoß er es, berühmt zu sein. Es war wunderbar, Anerkennung zu finden, gefragt zu sein, bewundert und beneidet und nachgeahmt zu werden. Einflußreiche Männer luden ihn zum Lunch in ihre Klubs ein; er ließ sich dazu überreden, in ihrem Kreis Vorträge zu halten; sie gaben Partys zu seinen Ehren. Frauen schenkten ihm Beachtung, umgarnten ihn, erhoben Anspruch auf ihn – und er spielte mit.

Zeitweise war die Ernüchterung so groß, daß er über sich selbst weinte. Malen! Gab es etwas Wunderbareres? Etwas betrachten – ein menschliches Gesicht oder eine Orchidee oder den dahinziehenden Mond – und es wiedergeben, ein Bild malen nach seiner Vision, die einzigartig war, unverwechselbar, und die allein Gültigkeit hatte. Ja, das war es, was ihn faszinierte: Die Dinge mit kindlicher Neugierde betrachten. Das Kind sagt: »Hier, schau! Diesen Vogel, den ich gemalt habe, so habe ich ihn in meiner Seele gesehen. Ist er nicht wunderbar? Ist das nicht eine wunderbare Art, die Dinge zu sehen?« Er bemühte sich nach bestem Wissen und Gewissen, die Dinge zu sehen und sich vorzustellen, was er gesehen hatte, damit andere sie auch so sehen konnten – damit sie die Dinge sehen konnten, wie nie zuvor. Doch das schien niemand zu interessieren, keinen einzigen, mit dem er zu tun hatte. Er wünschte sich ein Kind. Er wünschte sich ein Kind, das zu ihm ins Atelier käme, damit er ihm die Farbkleckser auf dem Fußboden, auf seiner Staffelei zeigen konnte, die Skizzen an der Wand, er würde seine kleinen Hände auf die mit einer dicken Farbschicht bemalten Leinwände legen und dem kleinen Jungen oder dem kleinen Mädchen erklären: »Siehst du dieses Gelb? Spürst du, wie es vibriert? Und schau, die verschiedenen Blau … Hast du gewußt, daß es ein Blau wie dieses gibt?« Und tiefes Staunen würde die Augen des Kindes weiten. Aber die Händler und Kunstkritiker waren schlitzäugig und oberflächlich, und in ihren Gesichtern lag nur Berechnung.

Dennoch, in ihm war Überzeugung. Die Verpflichtung, sich selbst treu zu bleiben. Und darum kämpfte er. Jetzt, mit vierundvierzig, war er an einem gefährlichen Punkt angelangt. Er hatte mehr aufs Spiel gesetzt, als er sich eingestehen mochte. Er hatte viele Jahre und seine Begabung verschleudert; er war krank und müde. Er erinnerte sich an die Zeit, als er aus einer leidenschaftlichen inneren

Begeisterung heraus um des Malens willen gemalt hatte. Es war wunderbar zu lernen, zu experimentieren, zu spüren, daß sein Talent und seine Vollendung langsam zu einer Einheit verschmolzen. Und dennoch, er hatte seine Zeit und sein Werk – im Grunde alles – seinem Publikum geopfert. Bei jedem Atemzug, so kam es ihm vor, wurde ein weiteres Gemälde oder ein weiteres Versprechen fällig. Was ihn jedoch am meisten belastete, war das Bewußtsein, daß er aufgehört hatte, sich in seiner Arbeit zu verwirklichen. Er wollte einen Baum malen, doch er war gezwungen, ein Haus zu malen; er wollte ein kleinformatiges Bild malen, doch er war gezwungen, ein großformatiges zu malen; er wollte etwas Neues versuchen, doch er war gezwungen, immer und immer wieder das gleiche zu tun, endlos. Ja, er war krank und müde. Und er tat das in seiner Situation einzig Vernünftige: Er zog sich zurück ... nicht ganz ... nicht auf einmal ... jedoch überlegt. Er würde seinen Verpflichtungen nachkommen, gewiß. Er würde, wie auch immer, sein Bestes geben, aber er wollte in erster Linie und vor allem sich selbst gegenüber aufrichtig sein. Er wollte nichts unversucht lassen, um seine Seele zu retten.

Zu jenem Zeitpunkt hatte er ein Selbstbildnis gemalt, eine lebensgroße Studie in Acryl auf Papier. Es sah ihm tatsächlich ähnlich, doch Set war kein Porträtmaler, und die Ähnlichkeit, wenn auch gut getroffen, war stilisiert, im wesentlichen abstrakt. Blau-, Grün- und Elfenbeintöne dominieren vor einem Hintergrund aus Braun und Schwarz. Die Gestalt steht dem Betrachter in lockerer Haltung gegenüber, mit leicht gegrätschten Beinen, die Hände auf die Hüften gestützt. Der farbverschmierte Arbeitskittel hängt an ihr herunter wie an einer Puppe. Der Körper scheint der eines großgewachsenen Mannes zu sein, der Oberkörper ist lang, Schultern und Oberschenkel sind jedoch rund und muskulös wie die Schultern und

Schenkel eines Schwimmers. Hände und Füße sind schlank, Arme und Nacken überproportioniert, stimmen aber dennoch irgendwie mit dem Porträt als Ganzem überein. Der Kopf ist leicht auf die Seite geneigt. Das Haar ist blau und grau und ungekämmt und fällt bis auf die Ohren. Das Gesicht ist markant, mit einer hohen, gewölbten Stirn, einer geraden Nase, kräftigem Kiefer und einem hervorstehenden Kinn. Der Gesichtsausdruck ist undurchdringlich, wirkt aber eher sanft. Um den vollen Mund spielt ein kaum wahrnehmbares Lächeln. Die Augen sind leicht zusammengekniffen, als ob sie in die Sonne schauten. Der Blick ist durchdringend. Es ist das Bildnis eines nachdenklichen, nüchternen Mannes, eines intelligenten, erfahrenen Mannes, eines leidenden Mannes, eines empfindsamen Mannes.

Set hatte einst geglaubt, er male, um Gott gefällig zu sein – aber im Grunde malte er, um Gott herauszufordern. Sein Hochmut und seine Arroganz waren ausgeprägt und gefährlich; sie würden unweigerlich zur Sünde der Hoffnungslosigkeit führen und von da zum Tod und ins Nichts – hatte Bent halb im Scherz gesagt, aber nur halb. Er male, um Gottes gräßliche Langeweile zu mildern, was allerdings ein hoffnungsloses Unterfangen sei, hatte Set einmal behauptet: »Gottes Langeweile ist unendlich. Wir, die menschlichen Kreaturen, amüsieren IHN wohl schon seit Jahrtausenden nicht mehr mit unserer Bürokratie und unseren Institutionen und unseren Schwiegermüttern. Was IHN noch bei der Stange hält, ist die – viel tiefere, als wir annehmen – Genugtuung, ein paar wenige, unvergleichliche Landschaften, Gewässer, Vögel und Tiere geschaffen zu haben. Besonders stolz ist ER auf die Sterne – und ab und zu macht ER sich einen Spaß daraus, Tod und Zerstörung über die Ozeane zu blasen. Die Musik der Wüste und der Morgendämmerung entlocken ihm ein wehmütiges Lächeln. Der Adler und der Wal allerdings bewirken in

IHM immer noch bewunderndes Staunen. Und er trauert um das Mastodon und den Archäopteryx. Und der Bär … der Bär! Um den Bären zu schaffen, nahm ER beide Hände. Stell dir einen Bären vor, der unter den Händen Gottes entsteht.«

14

Er hat die Form eines kreisenden Brennglases

Set erinnerte sich:

Der Junge Locke Setman, genannt Loki, dreizehn Jahre alt, saß in einem grünen Ledersessel im Wohnzimmer des Sandridge-Hauses in der Scott Street. Er war in das Buch in seinen Händen vertieft und ließ sich auch von der bläulichgrauen Dänischen Dogge Luke, genannt Luki, nicht ablenken, die sich gähnend streckte und mit ihrer riesigen Vorderpfote beinahe den Kaminschirm umgeworfen hätte; ihr aufforderndes Jaulen brachte die Wände zum Zittern. Beim Buch handelte es sich um einen illustrierten Astronomie-Atlas für den öffentlichen Grundschulunterricht, 1849 in New York erschienen. Es war stark abgegriffen, und er mußte sehr sorgfältig damit umgehen, aber gerade das machte das Buch für Loki so kostbar. Er hatte es nach dem Frühstück aus Bents Arbeitszimmer geholt und hatte über eine Stunde darin geblättert. Nach der Schule nahm er es wieder zur Hand. Er studierte aufmerksam die Bilder, die ihm wunderbar rätselhaft vorkamen, vor allem eines. Er fuhr sorgfältig mit dem Zeigefinger den Umrissen der einzelnen Sternzeichen entlang. Seine Zeichen waren der Stier und der Skorpion. Bent hatte ihm das eines Sonntagnachmittags erklärt, als sie die Fähre nach Tiburon genommen hatten; auf der Überfahrt hatte Loki einen Kringel zerbröckelt und den kreisenden Möwen zugeworfen. In der Abbildung setzte der Bulle zum Sprung in die Erdumlaufbahn an, fest in seine Konstellation eingeschlossen unter der Bildlegende: *OKTOBER: Die Erde tritt am 23.*

Oktober in das Zeichen des Stiers ein, die Sonne in das Zeichen des Skorpions. Das Buch war für ihn eine Fundgrube unwiderlegbarer Offenbarungen; Loki wurde es nie müde, darin zu blättern. Er sah sich wieder in der »Peter-und-Paul-Heimschule« – vor seiner Adoption. Er stand im Klassenzimmer neben seinem Pult, den Blick nachsichtig auf Schwester Stella Francesca gerichtet; das ungläubige Staunen in ihren sanften, dunklen Augen erfüllte ihn mit Stolz – es kam ihm vor, als schwebte ein unsichtbarer Lorbeerkranz über seinem Kopf.

F: Welches ist das größte Teleskop der Welt?

A: Lord Rosses Teleskop auf Birr Castle, Irland, mit einer Länge von 56 Fuß.

F: Was für eine Vorstellung hatte man in alten Zeiten von der Form der Erde?

A: Man glaubte, die Erde sei eine große, flache Scheibe mit aufgeworfenen Bergen und Hügeln.

F: Welches ist die Entfernung von der Erde zur Sonne?

A: Ungefähr 95 000 000 Meilen.

F: Wie groß ist die Differenz zwischen dem Äquatordurchmesser und dem Polardurchmesser?

A: Rund 27 Meilen.

F: Wie erscheinen uns die Milchstraße und die einzelnen, von bloßem Auge sichtbaren Sterne, die Sonne miteingeschlossen?

A: Sie erscheinen uns als riesiger Sternhaufen – oder Firmament –, der sich deutlich von den anderen Sternhaufen oder Nebelflecken am Himmel unterscheidet.

F: Was für eine Form hat dieser riesige Sternhaufen beziehungsweise das Firmament?

A: Er hat die Form eines kreisenden Brennglases.

Dieses strahlende, göttliche Bild trieb Loki die Tränen in die Augen. Er sah einen großen, funkelnden Ring vor sich, eine ganze Reihe von Ringen, die sich in endlosen Windungen spiralförmig auf einen Punkt jenseits der Zeit zubewegten. Es war seine erste bewußte Wahrnehmung des Unendlichen, und er war überwältigt gewesen, doch nach einer Weile, Gott sei Dank, war das Bild verblaßt.

Ein Abschnitt faszinierte ihn ganz besonders.

DER GROSSE BÄR (eigentlich Bärin, lat. Ursa Major): *Die sieben auch als GROSSER HIMMELSWAGEN bezeichneten Sterne; sie befinden sich ca. 15 Grad nördlich und etwas nordöstlich des Zenits. Vier Sterne bilden den Wagen, die drei Sterne am Schwanz des Bären die Deichsel. Sie sind von bloßem Auge erkennbar. Sechs dieser Sterne sind von 2. und einer von 3. Größe. Legt man durch die Sterne* a *und* b *des GROSSEN BÄREN eine gerade Linie, so trifft diese in der etwa fünffachen Entfernung* ab *über* a *hinaus auf den Polarstern. [Der Große Brockhaus, 1931]*

Und Set erinnerte sich:

Die Sonne streifte die Fenster des Hauses in der Scott Street, drang durch das verschlungene Blumenmuster der bemalten Glasscheiben. Zartes vierfarbenes Licht lag auf Lokis Haar und Gesicht. Selbst im Schlaf spürte er das farbige Licht, das in blassen Wellen durch seine geschlossenen Lider drang. Er träumte, daß jemand auf ihn zukam, eine zierliche junge Frau, ihr Mund schien wie der von Schwester Stella Francesca niemals zu lächeln, ihre Augen waren auf etwas jenseits seines Traumes gerichtet. Und der Traum war – ist – stets unmittelbar. Der rasche, federnde Rhythmus ihrer Schritte. Ihr dunkles, rötlich schimmerndes Haar umspielt ihr Gesicht. Ihre Brüste sind straff, und er sieht deutlich, wie sie sich heben und senken. Ihre Bewegungen sind langsam und geschmeidig. Ihre vollen Schenkel zeichnen sich unter dem elfenbeinfarbenen Rock aus dünner Rohseide ab – das Rascheln und Wogen und das warme, weiche Fleisch darunter –, und er weiß nicht, wie ihm geschieht, doch alles in ihm fiebert ihr entgegen. Sie schaut ihm in die Augen, zeigt jedoch weder Erkennen noch Nichterkennen. Dann schüttelt sie den Kopf, das dichte Haar verhüllt ihren glänzenden Mund – eine kleine, verführerische Darbietung für ihn ganz allein. Er schreckt verwirrt zusammen. Sie ist mehr als wunderschön: Sie ist anmutig und sinnlich und lebendig. Alles an ihr ist verlockend und weiblich, und ihr Körper ist selbst in seiner unbedarften, kindlichen Vorstellungskraft begehrenswert. Schließlich steht sie vor ihm, über ihm, die Beine leicht gespreizt; er schaut unsäglich verlegen zur Seite, schielt dennoch auf ihre schlanken, in Sandalen steckenden Füße, auf ihre langen bemalten Zehen.

Und er träumt von der Berührung seiner Mutter, von ihrer Umarmung, von allen Einzelheiten ihrer physischen Gegenwart – von ihrem Geruch, ihrem Atem, ihrem Schweiß, von ihren weißschimmernden Hüften und Schultern, von ihren weichen Brüsten und den harten Nippeln unter seinen Fingerspitzen, er spürt den säuerlichen Geschmack ihrer Haut auf seiner Zunge. Der Klang ihrer Stimme hüllt ihn ein wie eine feierliche, heitere Melodie. Ihre unverständlichen Worte erschaffen ihn und enthalten sein tiefstes, unverwechselbares Wesen. Der Traum verwandelt sich in eine Geschichte, in einen Mythos. Das Ritual ist unabdingbar wie Gott und der Dämon, alles ist zutiefst miteinander verwoben. Nichts ist widernatürlich, und es ist nicht die Rede von Gut und Bös. Lediglich ein Sekundenbruchteil im Prozeß der Bewußtseinswerdung, die unumgängliche Überlagerung von Erfahrungen. Die Geschichte, sie wird von den Zuschauern verstanden und akzeptiert – und auch von Vergeben ist nicht die Rede. Sie verfolgen aufmerksam den Ablauf der Handlung, den Blick gespannt auf den Mittelpunkt, den Altar der Geschichte gerichtet. Und die Geschichte verwandelt sich in einen Traum. Unter den Anwesenden erkennt er nur seinen Vater, der ihm zulächelt und ihn stumm, aber unmißverständlich ermuntert. »Da, Loki«, sagt sein Vater; in seiner Stimme liegt etwas Beschwörendes. »Da, Liebling«, sagt seine Mutter, »schau!« Und erst viel später, erst mit seiner ersten Frau, würde der Traum seine blinde Unschuld, seine lähmende Frustration durchbrechen. Eher fasziniert denn erschrocken, blickt er in die dunkle Tiefe, die sich deutlich unter dem weißen Hügel ihres Bauches öffnete, sieht den gewellten Kamm rosa- und magentafarben und zart, eingebettet wie eine Enziane in das krause, seidige Vlies.

Er wachte mit schweren Gliedern auf, einen bitteren Geschmack auf der Zunge, als habe er in einen Samen gebissen. Luke, Luki, geweckt von einem natürlichen Drang, richtete sich schwerfällig auf und gähnte ausgiebig. Loki öffnete die Augen. Bent Augustus Sandridge stand auf der dritten Treppenstufe und schaute auf ihn herab. Bents dichtes, graues Haar war für immer und ewig zerzaust; er blinzelte hinter seiner Metallbrille, was seinem runden, roten Gesicht einen verärgerten Ausdruck verlieh. Er trug seine ewige, schlotternde, fleckige, abgewetzte schwarze Hausjacke. Er gab sich alle Mühe, streng zu wirken.

»Ihre faule, dumme, furzende Eminenz hat ganz offensichtlich das Bedürfnis, sich im Park die Beine zu vertreten, sagte Bent. Kommst du mit?«

Loki rieb sich die Augen und nickte zustimmend.

»Oh, fast hätte ich's vergessen, Señora Archuleta fragt, ob der Herr zum Abendessen Salmchowder möchte.«

»Bäh, Schlammbeißer … muß das sein?« Ein kleiner Scherz zwischen ihnen, der zu einem Ritual geworden war. Señora Archuletas Salmchowder war sein Lieblingsgericht – nebst Señora Archuletas *posole* an Weihnachten.

Luki sei kein dummer, fauler Hund, wollte er protestieren. Doch er war noch nicht ganz wach und ließ es auf sich bewenden. Der Duft von brutzelndem Speck und Zwiebeln stieg Loki in die Nase. Er hatte Hunger. Lukis Intelligenz konnte warten.

Loki lachte, als Bent mühsam versuchte, Luke an die Leine zu nehmen. In dem riesigen Tier steckte eine unbändige Energie – und eine unersättliche Lust, Unfug anzustellen. Manchmal schien es eher, als sei es Luki, der Bent an der Leine führte, was oft geradezu lebensgefährlich war, wenn er, Luki, plötzlich über die Straße raste, Bent hinter sich her um die Straßenecken zerrte, treppauf, treppab, quer durch Blumenbeete oder über Mauern hinwegsetzte und hinter Katzen und Kindern herjagte. Doch dann, auf dem Nachhauseweg, wenn Luke Menschen und Tiere in wilde Panik versetzt und sich ausgetobt hatte, war er friedlich wie ein Lamm. Und Loki hielt die Leine mit beiden Händen und ließ sich vergnügt die lange, steile Treppe hinaufziehen.

Loki fühlte so etwas wie Leere in sich, eine Art vage Sehnsucht nach einer verschwommenen Erinnerung. Er dachte oft an seine Mutter, die beinahe so lange tot war wie er am Leben. Er wußte, daß sie nicht das blasse, lokkende Gespenst seiner Träume war, nein, sie war eine Boje in seiner Erinnerung an die Vergangenheit. Er hatte sie nicht gekannt, wußte aber, daß es sie gegeben hatte; sie hatte ihm das Leben geschenkt – ungeachtet dessen, daß er ihr ihres genommen hatte. Ihr Blut war es, das in seinem Herz pulsierte. Ihre Existenz verkörperte die Existenz aller Dinge auf der vergangenen Seite seines Lebens. Sie war sein unmittelbarer, tiefster Ursprung, die Materie, aus der er geschaffen war, der Geist, der sein Blut zum Fließen gebracht hatte.

Catherine Locke Setman! Er sah sie vor sich – so, wie niemand sonst.

Als er das Haus in der Scott Street betrat, wurde er von der Carmen-Ouvertüre in voller Lautstärke empfangen, Señora Archuletas Lieblingsmusik. Die Wände zitterten, wie wenn Luki jaulend gähnte. Bent, der keuchend in der Auffahrt stand, brummte etwas vor sich hin.

15

Er sieht der berühmten Fotografie erstaunlich ähnlich

Grey legte ihre Hand auf die Stirn der Großmutter, ihre Finger hoben sich dunkel von der blassen, welken Haut und dem weißen Haar ab. Die alte Frau atmete stoßweise. Ab und zu hüstelte sie schwach. Grey hatte die salzige Brühe neben das Bett gestellt, doch die Großmutter hatte seit drei Tagen nur Tee getrunken. Jessie, Kope'mahs Enkelin, hätte die Sterbende gern gepflegt, hätte sich gerne nützlich gezeigt, aber sie wußte nicht, wie. Sie war keine nachtragende Frau, doch manchmal, wenn sie Grey zuschaute, wie sie ruhig kam und ging, erwachte so etwas wie Neid in ihr, und sie schämte sich. Sie hatte sich jahrelang um die Großmutter gekümmert: Sie hatte für sie gekocht und die Wäsche besorgt; sie hatte nach dem Nachttopf geschaut und die Druckwunden behandelt; sie hatte die Besucher empfangen und die Rechnungen bezahlt und die Fliegen zerquetscht. Doch sie hatte das Vertrauen der Großmutter nie ganz gewinnen können. Grey war es gewesen, der die alte Frau ihre Erinnerung und ihr Herz geöffnet hatte. Bevor sie eingedämmert war, hatte die Großmutter von Catlin Setman oder von Catlins Sohn Locke gesprochen. Ihre geflüsterten Worte waren unzusammenhängend gewesen, doch ihre Stimme klang bittend – mehr als bittend: drängend.

Grey döste im Rohrsessel, lauschte dem Atem der alten sterbenden Frau, zählte die Sekunden zwischen den röchelnden Atemzügen. Grey war zwar ruhig und entspannt, doch das Warten lastete zusehends auf ihr. Sie drohte im engen Zimmer zu ersticken. Sie fiel in einen unruhigen Schlaf; ihre Lider flatterten, und ihre Hände zuckten. Sie träumte. Doch plötzlich, mitten in der Nacht, fuhr sie erschrocken auf; sie war sofort hellwach, riß die Augen auf: Dort, lässig an die Wand gelehnt, stand Henry McCarty und schaute stumm zu ihr herüber; sein Mund deutete ein schiefes Lächeln an, die farblosen Augen darüber blickten gleichgültig. Er sah der berühmten Fotografie erstaunlich ähnlich. Er trug einen schwarzen Schlapphut mit Lederband. Das lange, gelockte Haar und die abstehenden Ohren verliehen seinem Gesicht einen verschlagenen Ausdruck. Die leicht geöffneten Lippen entblößten seinen gelben, hervorstehenden Schneidezahn. Er trug ein Tuch um den Hals geschlungen. Über der Brust, schräg unter dem linken Hemdkragen, baumelten hufeisenförmige Amulette an zierlichen Ketten. Er trug eine braungelbe, offene Weste mit sechs Knöpfen und schmalen, runden Aufschlägen. Darüber trug er einen dunklen Rock, eine weite Jacke mit einem weißen Jabot und zu langen Ärmeln. Die ausgebeulte Hose war aus grobem, steifem Tuch und steckte in ausgetretenen Lederstiefeln mit seitlichen Schlaufen, V-förmigem Schaft und abgeschrägten Absätzen. Um die Hüfte trug er einen Patronengurt und einen großen ledernen Halfter, in dem sein Colt steckte. In der linken Hand hielt er den Lauf eines auf den Boden gerichteten Einzelladers; der rechte Arm war leicht angewinkelt, die Hand in die Hüfte gestützt.

»Billy, du Mistkerl, wo kommst du denn her?« fragte sie fassungslos. Sie hätte vor Freude fast aufgeschrien, doch er wirkte so feierlich ernst.

»Tag«, sagte Billy.

Sie wünschte, sie trüge ein weißes Kleid. Sie fuhr verlegen mit der Hand über ihr Haar.

»Bist du … bist du hungrig?«

»Nein«, sagte er. »Ich wollte nur kurz hereinschauen. Hab nicht viel Zeit.«

»Du brauchst dringend einen anständigen Haarschnitt«, sagte Grey. »Soll ich es dir schneiden?«

»Ein andermal, wenn es dir nichts ausmacht. Draußen warten ein paar Kerle, Kumpels von mir. Haben lange im Sattel gesessen. Müssen weiter.«

»Wohin?« fragte Grey aufgeregt. »Wohin, Billy? Darf ich mit?« Sie versuchte leise zu sprechen.

»Nein, heute nicht. Wir sind nach Colorado unterwegs – Trinidad. Wollen dort jemand besuchen, einen kranken Freund.« Er schwieg, fügte dann ernst hinzu: »Wir wollen die Quacksalber abmurksen.«

»Was sagst du da?«

»Die Quacksalber aus Trinidad. Vier Stück. Wir wollen sie abmurksen.«

Warum? wollte sie fragen, doch sie ließ es sein. Er würde es ihr schon erzählen, wenn ihm danach war. Sie krümmte die Zehen unter dem Saum ihres steifen, weißen Kleides. Er wandte den Blick nicht von ihr. Sie schlug die Augen nieder, gab sich ihm gegenüber schüchtern – nur ihm gegenüber. Verdammt, dieses feierliche Getue. Wollte er wirklich gehen, ohne sie angelächelt, ohne sie berührt zu haben?

»*Well,* schau«, sagte sie sanft, »meine Großmutter, sie ist sehr, sehr alt und sehr schwach, ich glaube, sie stirbt demnächst, und ich ...«

Sie zeigte mit dem Kinn auf die verschrumpelte, reglose Gestalt der Großmutter, Kope'mah, unter dem Laken, die im Dämmerlicht kaum zu erkennen war.

»Ich weiß«, sagte Billy.

Seine Stimme klang freundlich, rücksichtsvoll, aber sie wußte, daß er ein Ding vorhatte und daß ihn nichts davon abhalten konnte. Sie wollte Leb'wohl sagen, doch noch bevor sie den Mund aufgemacht hatte, war er weg.

»Leb wohl«, sagte sie trotzdem.

16

Es leuchtet wie eine verschwommene bepuderte Maske, wie ein Totenschädel

Locke Setman – Set – las zum wiederholten Mal das Telegramm, das man unter der Tür seines Ateliers durchgeschoben hatte:

GROSSMUTTER KOPEMAH IM STERBEN – SOFORT KOMMEN – BENACHRICHTIGE CATE.

Er war ratlos. Er kannte keine Großmutter Kope'mah. Der Name hing offensichtlich mit der Familie seines Vaters zusammen, doch er kannte die Leute nicht. Sie hatten nichts mit ihm zu tun. Sie waren vermutlich mit ihm verwandt, doch das war reiner Zufall; sie waren seine Verwandten, aber sie waren nicht seine Familie. Sein Vater war gestorben, als Set sieben war – und seine Mutter, deren Bild noch verschwommener war, bei seiner Geburt. Alles, was ihn mit seinen Vorfahren verband, war ein Sediment in seiner Erinnerung: die Erinnerung an die Worte seines Vaters – an die Geschichten, die ihm sein Vater vor vielen, vielen Jahren erzählt hatte. Je länger er auf das Telegramm starrte, desto verwirrter war er. Es lag in Sets Natur, sich zu fragen, wer er war – bis die Fragen schließlich zur Qual wurden. Er sah sich selbst nur verschwommen.

Wie auch immer, die acht Worte waren unwiderleglich: Cate war Catlin, Catlin Setmaunt im Namensregister seines Stammes, der als junger Mann begonnen hatte, sich Cat Setman zu schreiben.

Das Telegramm war von Milo Mottledmare in Saddle Mountain, Oklahoma, aufgegeben worden. Set las es immer wieder durch, vorwärts und rückwärts: LOCKE SETMAUNT, 1690 BEACH STREET, SAN FRANCISCO: KOPEMAH ... STERBEN ... KOMMEN ... CATE ... BENACHRICHTIGEN ... SOFORT ... KOPEMAH.

Je länger er darüber nachdachte, desto ungewöhnlicher kam es ihm vor: Ein Dokument, das seinen Namen und den Namen seines Vaters enthielt, ein Stück Papier mit einer verschlüsselten Botschaft, ein Rätsel, ein Omen vielleicht. *Er trug seines Vaters Namen,* und somit auch seinen Geist. Eine dringende Nachricht eines gewissen Milo Mottledmare, eines Freundes oder eines Blutsverwandten seines Vaters vielleicht, der offensichtlich nicht wußte, daß Cat Setman schon vor über dreißig Jahren gestorben war. Wäre der Name seines Vaters nicht gewesen, Set hätte sich gesagt, daß es sich um einen Irrtum handelte, daß das Telegramm für jemand anders bestimmt war.

Er brütete den ganzen Tag vor sich hin, ging in seinem Atelier auf und ab, arbeitete zwischendurch vor der Staffelei. Er wollte Milo Mottledmare anrufen, doch seine Telefonnummer stand nicht im Verzeichnis. Sein Brüten verwandelte sich in Rastlosigkeit. Er beschloß, etwas an die frische Luft zu gehen. Es war ein klarer Abend, eine frische Brise wehte von der Bucht her. Er betrat eine Bar, bestellte ein Sandwich und ein Bier und unterhielt sich kurz mit einem Mann, den er nur unter dem Namen Gaetano kannte, auch er Maler und in Marina wohnhaft. Set hatte noch nie etwas von ihm gesehen. Gaetano stellte ihm seine Begleiterin vor, ein hübsches, molliges, rothaariges Mädchen mit britischem Akzent. Sie hieß Briony. Als sie sich verabschiedeten, schüttelte sie Sets Hand und sagte: »Wunderbar. Passen Sie auf sich auf.«

Er hatte vorgehabt, zur Scott Street hinaufzugehen und ein Stündchen mit Bent zu plaudern, änderte dann aber seine Meinung und kehrte in sein Atelier zurück. Er rief zuerst Bent an, dann Lola, um ihnen mitzuteilen, daß er für ein oder zwei Tage verreise.

Ein aufziehender Sturm war gemeldet worden; die ersten Vorboten wühlten den Ozean auf, der die Farbe eines Chrysoprases hatte. Set schaute gedankenverloren auf die tausendfachen Gischtkronen hinunter, die endlos auftauchten und wiederauftauchten. In ein oder zwei Tagen würden gewaltige Brecher die Küste überfluten, und eine dichte, graue Regenwand würde von Klamath bis Big Sur die ausgebuchtete Küste des Kontinents verhüllen. Doch jetzt war die Sicht praktisch grenzenlos. Das Flugzeug zog eine breite Schleife im Gegenuhrzeigersinn über dem Golden Gate, sein Schatten glitt knapp nördlich von Pescadero über das Festland. Er konnte die Monterrey Bay sehen.

Vor vier Jahren war er am Thanksgiving Day mit Lola Bourne nach Point Lobos picknicken gegangen. Sie waren auf einen großen Felsen geklettert; der eisige Wind brachte ihre Augen zum Tränen und zerzauste ihr Haar, und Lola lachte und lachte. Der Felsen zitterte in der Brandung, und Set lachte auch und versuchte krampfhaft, den Skizzenblock festzuhalten, während er ein Porträt von Lola Bourne zeichnete. Lola saß etwas weiter oben; sie trug eine graue Hose, einen Lammfellmantel und ein weißes Foulard; ihr Haar flatterte im schneidenden Wind – und sie lachte. In Anbetracht der Umstände war die Skizze recht gut gelungen, fand er, doch Lola sagte, das sei doch nicht etwa sie? Die Frau auf dem Bild sehe genau aus wie eine Bauernmagd namens Vivienne, die im 12. Jahrhundert in Frankreich gelebt habe und deren Vater siebzehn Jahre am südlichen Turm der Kathedrale von Chartres gearbeitet habe; das Mädchen soll die Sprache der Hühner, Enten und Gänse verstanden haben.

Und Set erinnerte sich:

Schwester Stella Francesca hatte ihn nach der Schulstunde zurückbehalten und ausgeschimpft.

»Du hast ein loses, freches Mundwerk, Loki«, sagte sie. »Komm mal her, und ich zeig dir, was man mit Jungen macht, die ein loses Mundwerk haben.«

Sie setzte sich auf die Kante des Pults, des dunklen, glatten, hölzernen Pults, hinter dem sie mit aufgestützten Ellbogen zu sitzen pflegte wie eine Fledermaus, worauf im Schulzimmer unweigerlich Ruhe eintrat, geradezu unheimliche Stille. Das Pult glänzte honiggelb im Licht der herbstlichen Nachmittagssonne. Er hörte die Stimmen seiner Schulkameraden vom Spielplatz heraufdringen, hörte ihre ausgelassenen Rufe, und das verzweifelte Gefühl, ausgestoßen zu sein, übermannte ihn. Er schloß die Augen und hob das Gesicht: »Komm«, wiederholte Schwester Stella Francesca streng. Er öffnete die Augen und betrachtete die unheimliche, behaubte Gestalt vor ihm, er spürte, wie seine Knie zitterten, er hatte das dringende Bedürfnis zu pinkeln. Er folgte ängstlich dem langen, drohend gekrümmten Zeigefinger und verbarg den Kopf in den Falten ihres Gewandes; die Falten wogten und verschwammen vor seinen Augen. Schwester Stella Francesca atmete heftig – und Loki übergab sich in ihren Schoß. Sie fuhr zurück, hämmerte mit den Fäusten auf seinen Kopf ein, auf seine Schultern. Loki wich zurück, und bevor es ihm schwarz wurde vor den Augen, sah er an der Stelle, wo sich ihr Knie unter dem Gewand abzeichnete, einen gelblichroten Brei. Es sah aus wie ein alter Skarabäus, den er einmal in einem Glaskasten gesehen hatte.

Und Set erinnerte sich:

Einer seiner Professoren an der Kunstakademie – es mußte Cole Blessing gewesen sein – hatte zu ihm gesagt: Geh immer vom fünften Strich aus, merk dir das. Vergiß nie, daß jede Fläche begrenzt ist, und nütze das entsprechend; das hilft dir zu definieren, wieviel Platz du zur

Verfügung hast, und erlaubt dir, Maßstab, Proportion, Nebeneinanderstellung, Tiefe, Form und Symmetrie korrekt zu bestimmen. Du kannst etwas wiedergeben – eine Linie, eine Form, ein Bild –, doch wie du es auch anstellst, in erster Linie gehst du von dem aus, was du tatsächlich vor dir siehst: von einem genau definierten Raum, einer begrenzten Fläche. Aus etwas Vorhandenem läßt sich etwas machen, aus nichts jedoch läßt sich nichts machen. Das ist Gottes List. Mit viel Übung allerdings und etwas Begabung, wenn nicht gar Glück, kannst du tatsächlich etwas Neues schaffen. Du möchtest, daß deine Zeichnung die Vorlage übertrifft, hast du gesagt ... daß aus der Rohskizze etwas Einzigartiges entsteht. Unmöglich. Schau dir das Modell an: Ist sie nicht wunderbar? Ihre Figur ist perfekt. Ihr Körper ist voll, vibrierend, jeder Knochen und jeder Muskel und jede Sehne, alles ist genau an der richtigen Stelle. Ihr Körper ist weich und gleichzeitig straff, geschmeidig, rund, zart, zierlich, unendlich ausdrucksvoll ... und er funktioniert: Er erfüllt seinen Zweck. Einen solchen Körper kannst du niemals erfinden oder gar übertreffen. Niemals. Du kannst das Muttermal weglassen, du kannst die Nase verändern, du kannst eine Haarsträhne anders anordnen ... das hat aber nichts mit Zeichnen zu tun. Ich will dir sagen, was du tun mußt, wenn du deine Begabung und dein handwerkliches Geschick voll nutzen willst: Du mußt *das bestätigen,* was vorhanden ist. Kunst ist Bestätigung. Du kannst das Modell betrachten und es nochmals betrachten, kannst es so lange betrachten, bis du es genauer siehst, vollkommener als jemals etwas zuvor, ja, und dann kannst du vielleicht deine Hand von deinen Augen führen lassen, um ihr *wirkliches* Wesen auf die Leinwand zu bannen. Und dennoch, so sehr du dich auch bemühst, du wirst höchstens einen Schatten wiedergeben können, der einigermaßen der Substanz gerecht wird.

Set zeichnete ein Stück Treibholz, immer wieder, zwölfmal. Es hatte die Form eines springenden Delphins mit einem kleinen, hellen, auf dem Rücken festgebundenen Beutel; es sah aus wie ein Fetisch. Bei der zwölften Skizze sagte Cole: »Du begreifst langsam ...«

Set wartete auf die Ergänzung des Verbs ... Es kam keine. Also wandte er sich etwas anderem zu.

Er döste. Doch selbst durch die geschlossenen Lider konnte er die Umrisse der Küste erkennen, die sich im Dunst am Horizont verlor. Er hatte einmal gelesen, daß Denken die Sprache des Selbstgesprächs sei. Ein Traum nahm als Gedanke vor seinem inneren Auge Gestalt an; er kehrte zwölf Jahre in die Vergangenheit zurück: Es war früher Morgen, ich ging den Strand entlang, beschwor er die Erinnerung herauf. Die Flut war zurückgegangen und hatte im Sand Pfützen hinterlassen. In einer dieser Pfützen entdeckte ich unter einem großen Stück Schwemmholz etwas Helles: Es war ein Oktopus, klein, unbeweglich, schwabbelig. Er hatte die Farbe eines gebleichten Knochens und schien tot zu sein. Ich hatte noch nie ein so bizarres Lebewesen gesehen. Ich betrachtete ihn lange, doch er rührte sich nicht. Er lag reglos im Wasser. Es widerte mich an, ihn zu berühren. Also nahm ich einen Stecken und stupste ihn. Plötzlich krümmte er sich und blubberte rosa und blau und violett. Die groteske, unerwartet heftige Reaktion verblüffte mich, denn sie drückte tiefe Todesangst aus. Er tastete mit seinen Fangarmen nach dem Stekken und klammerte sich daran. Ich trug ihn zum Wasser. Ich nahm an, ja, ich war sicher, daß er schleunigst in der Tiefe verschwinden würde, doch nein, er zog sich zusammen und rührte sich nicht mehr. Wollte er mit mir spielen? Wehrte er sich in seiner unendlich fremden ozeanischen Empfindungskraft dagegen, meine Anwesenheit zur Kenntnis zu nehmen? Hatte ich an sein tiefstes, ursprünglichstes Leben gerührt, und würde meine Berührung ihn für immer prägen? Als ich weiterging, lag er immer noch an der gleichen Stelle, schaukelte bloß sanft im Wasser hin und her.

Und ich fragte mich, was es zu bedeuten hatte, daß der Oktopus nach so vielen Jahren in meiner Traum-Erinnerung wiederaufgetaucht war. Vielleicht hatte ich sein Leben gerettet. Ich wußte vom Leben eines Oktopus' sozusagen nichts, und ich würde mich nicht erkühnen zu beurteilen, was Rettung für einen jeden von uns bedeutet. Mir wurde in jenem Moment plötzlich bewußt, daß mich das kleine Meeresgeschöpf jahrelang in meinem Innersten beschäftigt hatte; ein Gefühl grenzenloser Einsamkeit überwältigte mich – und ich fragte mich, ob der Oktopus in der Nacht des Ozeans von mir träumte.

Und er erinnerte sich, daß er irgendwo gelesen hatte, ein Mann – ein Mann namens Viscaino – habe dreihundert Jahre zuvor in der Nähe der Stelle, wo der Oktopus gelegen hatte, Grislybären beobachtet, die sich an einem gestrandeten Wal gütlich taten.

Cate Setman wußte um diese Dinge. Cate Setman wußte um Oktopusse, Walfische und Bären, auch wenn er nicht darüber redete. Seit seiner frühesten Kindheit wußte Set, daß Cate Setman wußte.

Als sie im Anflug auf Oklahoma City durch die Wolkendecke drangen, mußte Set unwillkürlich an ein Puzzle denken. In der Tiefe breitete sich eine unendliche Geometrie aus, Rot, Grün, Gelb ... Rechtecke, Dreiecke, Vierecke ... zahllose ineinandergefügte Teile. Sie dehnten sich – unendlich – bis zum Horizont aus. Unglaublich, dachte er staunend, unglaublich diese ausgleichende Unordnung, die im Widerspruch zur Ästhetik der Wildnis steht ... die grünen Bänder, die in Windungen die Flächen durchschneiden wie zuckende Blitze, wie Sägezähne und Sensen. Es war ein Land der Flüsse und Bäche, der Prärien und Ebenen. Set hatte in der Schule gelernt, Kunst bedeute Widerstand. Mehr oder weniger alle seine Lehrer hatten das behauptet, selbst Cole Blessing, dessen Zeichnungen vor Leben vibrierten. Aber Cate Setman hatte es besser gewußt. Cate mußte Set die Wahrheit gesagt haben, und Set mußte die Wahrheit aufgenommen haben; selbst wenn er nicht aufmerksam zugehört hatte, mußte er dieses Wissen irgendwie aufgenommen haben. »Sieh doch«, sagte er zu sich selbst, »sieh doch die wilden, gewundenen Wasserläufe, die in alle Richtungen ausstrahlen. Wasser folgt dem Weg des geringsten Widerstandes und ist selbst unwiderstehlich. Es hat der Erde die eindrücklichsten Strukturen eingeprägt.«

Cate hatte ihm vor langer Zeit etwas hinsichtlich seines Namens erklärt. Was? Was war es gewesen? Es war im fernsten Winkel seiner Erinnerung versickert. Noch hatten Namen für ihn keine tiefere Bedeutung.

Am Will-Rogers-Flughafen mietete er widerstrebend einen Wagen. Lola Bourne hatte ihn gedrängt, den Führerschein zu machen, doch er benützte selten einen Wagen. Er hatte nie ein eigenes Auto besessen, obwohl seine Ausstellungen ihn zwangen, oft und weit zu reisen. Er bat um einen Wagen mit Klimaanlage. Die sommersprossige junge Dame hinter dem Hertz-Schalter kicherte und berührte seine Hand. Als er aus dem Flughafengebäude trat, schlug ihm die Hitze entgegen; im Auto mußte er die Fenster herunterkurbeln, um atmen zu können. Die Angestellte hatte ihm eine Karte ausgehändigt. Er faltete sie auseinander und legte sie auf den Nebensitz, obwohl er sie vorerst kaum brauchen würde. Er fuhr nach Westen. Aus dem Radio drang Country-music. Die Autobahn durchschnitt das wogende Grasland wie eine riesige, klaffende Wunde; auf beiden Seiten ragten hohe, helle Dämme – rasche, kühne Striche, würde Jason Fine sagen. Jason war Sets Agent, ein scharfsinniger, gebildeter Mann, doch über Malerei redete er in Klischees. Jason würde das Ockerrot, das Maisgelb, das Umbrabraun der Landschaft als brütend, als grenzenlos, kompromißlos, ursprünglich bezeichnen –

schlicht als der Wahrnehmungsfähigkeit des Menschen angemessen.

Am Autobahnkreuz vor Saddle Mountain trank er eine süßliche Sprudellimonade aus der Dose. Sie vermochte seinen Durst nicht zu löschen, doch sie schmeckte immerhin besser als das schale, ölig schimmernde Wasser, das er aus einer großen, bauchigen, umgekehrt aufgehängten blauen Flasche in einen Pappbecher gezapft hatte.

»Oh, yeah«, sagte der kleine, arthritische Mann an der Kasse. »Miz Kope'mah wohnt dort drüben bei den Mollymares – bei Revrent Mollymare und seiner *missiu* – in Cradle Crick, ja, Cradle Crick, ich glaub', die Gegend heißt so. Ist ganz leicht zu finden. Nehmen Sie die erste Abzweigung links und fahren Sie die Straße entlang – ja? – sieben, acht Meilen, höchstens. Brave Leute, die Mollymares, der Revrent und seine *missiu,* brave, gottesfürchtige Leute.«

Dann runzelte er die Stirn, dachte angestrengt nach.

»Aber … wenn ich nicht irre … ich glaube … doch, doch, ol' Miz Kope'mah ist verschieden. *Yessir,* vorvorgestern ist das gewesen. Genau, da war doch eine Beerdigung auf dem Friedhof draußen …«

Set erspähte ein Haus inmitten einer Baumgruppe, nicht weit von einem Flußlauf entfernt. Es war ein altes, baufälliges Haus. Er war froh, endlich angelangt zu sein. Der Weg, der von der asphaltierten Fahrbahn abbog, war voller Schlaglöcher. Er war, in die eigene Staubwolke gehüllt, immer wieder im körnigen Sand steckengeblieben. Er brachte den Wagen zum Stehen und drehte den Zündschlüssel. Der Motor stellte hustend und knatternd ab.

Aus der Nähe betrachtet wirkte das Haus noch älter und verkommener als vom fahrenden Auto aus. Er hatte noch nie ein solches Haus gesehen; es schien so alt zu sein wie die Landschaft ringsum. Der Boden war mit Unkraut und Gras bewachsen, da und dort trat die kahle, rote Erde hervor; der Vorplatz war mit Asche bestreut, mit Spülwasser und Suppenresten und Küchenabfällen getränkt. Er wäre beinahe auf einen Ameisenhaufen getreten. Ein untersetzter gelber Köter mit spitzen, schwarzen, auseinanderstehenden Zähnen streunte im Schatten des Hauses herum, gefolgt von drei staubgrauen, kugeligen Welpen; sie schenkten ihm keine Beachtung. Er sehnte sich nach einem Schluck kaltem Wasser. Nichts regte sich im Haus. Es war kurz nach fünf. Eine eindrückliche Stille lag über der Gegend. Zwischen dem Haus und dem Fluß erstreckte sich eine wogende Ebene von Osten nach Westen. Sie schimmerte hell wie der Mond.

Und dann, als er sich den Schweiß von der Stirn wischte, sah er den Jungen. Der Junge stand – nein, er schien eher zu schweben – in der Türöffnung einer dichtbewachsenen Laube, dreißig oder vierzig Fuß von ihm entfernt. Er war plötzlich aus dem Nichts aufgetaucht und starrte ausdruckslos aus dem Schatten über den hellen Vorplatz. Set dachte zuerst, der Junge sei vielleicht gestört. Doch sein Blick war entschieden schneidender als der eines Schwachsinnigen. Er war so beharrlich und durchdringend und forschend, daß Set sich innerlich krümmte.

»Hallo!« rief Set heiser; seine Stimme kam ihm fremd vor. »Sag mal, ich suche jemand ... eine alte Frau, äh ... es tut mir leid, ich ...«

»Oh, Sie sind zu spät gekommen, Mr. Setmaunt, Gran'ma ... Kope'mah ... also Gran'ma ist gestorben.«

Set, der sich ganz auf das Gesicht des Jungen konzentriert hatte, wandte sich erschrocken um. Unter der Tür des Hauses stand eine Frau, eine kräftige, mütterliche Frau, ungefähr fünfzig, mittelgroß, eher breit gebaut; ihr Haar war glatt und schwarz und mit grauen Strähnen durchsetzt. Er schaute einen Moment lang zu ihr hinüber, wollte schlucken, aber sein Mund war ausgetrocknet. Warum, zum Teufel, hatte er den ganzen weiten Weg bis zu diesem abgelegenen, gottvergessenen Winkel zurückgelegt? Und nun war die Großmutter, Kope'mah, tot. Er war ratlos, erschöpft, dem Zusammenbruch nahe. Ihm war, als verstehe er zum ersten Mal in seinem Leben die Welt nicht mehr. Und was jetzt? Was hatte er hier überhaupt verloren? Was in Gottes Namen hatte ihn gezwungen, hierherzukommen? Er wußte es nicht. Er griff sich an den Kopf, wandte sich nach dem Jungen um – aber der Junge war verschwunden.

»Es tut mir leid«, stammelte Set schließlich. »Wann? Wann ist sie … gestorben?«

»Freitag. Freitagmorgen früh. Sie wurde am Samstag begraben.«

»Freitag«, wiederholte er, »es tut mir leid.«

»Wir haben versucht, Sie anzurufen, Mr. Setmaunt, mehrmals, von der Kirche aus – wir haben hier nämlich kein Telefon, müssen Sie wissen –, aber es hat niemand geantwortet.«

Heute war Montag. Er hatte das Telegramm am Samstag erhalten. Es mußte am Samstag aufgegeben worden sein. Das Ganze überstieg sein Fassungsvermögen. Und er konnte sich ebensowenig vorstellen, wie irgend jemand ihn hätte anrufen können. Sein Anschluß war nicht eingetragen; nur ganz wenige kannten seine Nummer, und darunter war niemand, der etwas über die Familie seines Vaters wußte, nicht einmal Bent. Übelkeit stieg in ihm auf. Er spürte ein Kribbeln in den Beinen.

»Ja, ich bin Set, Locke Setman. Dürfte ich ein Glas Wasser haben, bitte?«

Er schaute wieder zur Laube hinüber. Doch dort gähnte nur die dunkle, leere Öffnung.

Drinnen konnte Set zuerst fast nichts sehen. Die Fenster des Zimmers an der Vorderseite des Hauses waren klein und ließen nur spärlich Licht herein. Die Gitter waren alt und rostig und verzogen. Ein L-förmiger Riß war behelfsmäßig mit einem gröberen, dunkleren Draht ausgebessert worden; er sah aus wie ein großer, gekrümmter Tausendfüßler. Die Fenster waren schwarz von Fliegen. Set versuchte das Gesicht des Jungen zu vergessen. Er war noch nie in einem Zimmer wie diesem gewesen. Die schmutzigbraunen Wände waren aus Holz. Die Einrichtung bestand aus einem verschossenen, grauen Sofa, drei Stühlen, einem Tisch und einem gußeisernen Ofen. Auf dem Tisch stand eine Petrollampe, an den Wänden hingen Fotografien und ein Bild. Die Fotografien waren alt und handkoloriert, und darauf waren Männer und Frauen, die aus einer anderen Zeit stammten – mit einer Ausnahme: die eines jungen, kräftigen, vollwangigen Burschen in Soldatenuniform. Die Männer und Frauen, die teilnahmslos aus den ovalen Rahmen blickten, glichen sich alle irgendwie. Sie trugen die traditionelle Kiowakleidung. Von dem Augenblick an, als er das Zimmer betreten hatte, hatte Set einen Geruch wahrgenommen – weder angenehm noch unangenehm –, den er nicht identifizieren konnte. Er war zart und gleichzeitig durchdringend. Es roch nach morschem Holz, nach feuchter Erde … und irgendwie auch nach Mensch … Hätte man ihn gefragt, wonach es rieche, er hätte geantwortet, es rieche nach Alt.

»Macht nichts, wir sind froh, daß Sie überhaupt haben kommen können«, sagte Jessie Mottledmare. »Wir haben Sie erwartet – wissen Sie? Wir wollten Catlins Sohn kennenlernen. Sie bleiben doch über Nacht, nicht wahr? Sie sind gewiß hungrig und durstig. Milo, mein Mann, wird bald zurück sein; er bringt Fleisch für das Abendessen mit. Und morgen früh müssen Sie unbedingt den Friedhof besuchen. Die Gräber – unsere Gräber – liegen nahe beieinander.«

»Unsere Gräber?« sagte Set. Es klang nicht wie eine Frage. Ein Verdacht, so kalt und zart wie eine Schneeflokke, streifte sein Gedächtnis.

Jessie brach in Lachen aus.

»Gran'mas und Cates«, meine ich.

Set schloß die Augen und hielt den Atem an. Er hatte nie danach gefragt, wo sein Vater begraben war; die beunruhigende Tatsache, ein Waisenkind zu sein, hatte ihn voll in Anspruch genommen. *Dort draußen, wo wir herkommen,* das war alles gewesen. Catlin Setmaunt – der Name war wohl im Grabstein eingraviert – war also *hier* begraben. Set mußte sich eingestehen, daß ihn eine seltsame Fügung hergeführt hatte. Er blickte noch nicht durch, mit der Zeit jedoch würde er vielleicht klarer sehen. Er erinnerte sich an die letzten Worte des Telegramms: BENACHRICHTIGE CATE. Er hatte das Gefühl, das Opfer eines schlechten, ja eines grausamen Scherzes zu sein. Er spielte die Rolle des Narren. In seiner Naivität hatte er tatsächlich versucht, den Geist seines Vaters herauszufordern, doch schließlich war es der Geist seines Vaters gewesen, der ihn herausgefordert hatte. Sein Leben verwandelte sich zusehends in eine Ironie. In dem engen, altmodischen, nach Vergangenheit riechenden Zimmer war Cate ganz nahe – viel näher, als Set ahnen konnte.

Er brauchte frische Luft; er entschuldigte sich und ging ins Freie. Er schlug den Pfad ein, der durch die Wiese führte. Die Sonne ging eben unter, die Hitze hatte nachgelassen. Eine leichte, zwar noch warme Brise wehte, doch er fühlte sich wohl in seiner Haut und atmete tief den Duft des Grases und der Bäume ein. Er blickte sich nach dem Jungen um, obwohl er nicht eigentlich erwartete, ihn zu sehen. Die letzten Strahlen waren im Westen verschwunden, und ein kupferner Schimmer lag über allem, selbst über den Schatten. Die festgetretene Erde des Pfades war mit zartem Blutrot durchtränkt. Er konnte sich nicht erinnern, je eine solche Erdfarbe gesehen zu haben: ein mattes Ziegelrot, das langsam dunkler wurde, braun und rot zugleich, die Farbe von geronnenem Blut, die Farbe des

Rötelstifts – oder von Catlinit, der Farbe seines Vaters Name. Er verließ den Pfad und ging zum Fluß hinunter. Das Ufer war dicht bewachsen, das Wasser war rot wie die Erde, und die Strömung war langsam, so langsam, daß man sie kaum wahrnahm. Die falbe Hündin war ihm gefolgt. Er sprach hin und wieder mit ihr, doch sie schenkte ihm keine Beachtung; sie zottelte in ihrer hastlosen mütterlichen Wahrnehmung der Welt hinter ihm her – als seien sie sich zufällig begegnet und gingen nun gemeinsam ein Stück Wegs.

Ihm war seltsam zumute. Das Dickicht, die rotschimmernde Erde, das schlammige Wasser zu seinen Füßen – alles atmete etwas zutiefst Ursprüngliches. Zum ersten Mal regte sich in ihm, undeutlich zwar, ein altererbtes Wissen. Es ist die Schöpfung selbst, dachte er; nicht die Schöpfung, wie sie allgemein verstanden wird, nein, keine Geschichte aus dem Alten Testament, sondern *meine* Schöpfung. Er hätte gern seinen Vater gesehen, dort, zwischen den Schatten des stillen Flusses, den Jungen, der er einst gewesen war, hätte sich gerne selbst im Kind und im Mann gesehen. Doch er sah ihn nicht. Er sah nur eine verschwommene Fotografie, alt und vergilbt, ein Schatten in einem Schatten.

Plötzlich rührte sich etwas im Dickicht am anderen Ufer. Eine rasche, lautlose Bewegung. Er hatte sie bloß flüchtig aus dem Augenwinkel wahrgenommen. Er schaute angestrengt über den Fluß. Nebel hatte sich auf die Erde gesenkt; das Dämmerlicht schwelte wie Rauch, das Blätterwerk davor war undurchdringlich schwarz. Sekunden vergingen, er hörte nur seinen Atem … er lauschte … wartete … nichts. Er atmete auf. »Was es auch gewesen sein mag, es ist weg«, sagte er zur Hündin. Sie starrte mit gespitzten Ohren und gesträubtem Fell in die Dunkelheit.

Er kehrte zum Haus zurück; drinnen brannte Licht; Milo – Reverend Milo Mottledmare – war inzwischen gekommen. Milo fühlte sich offensichtlich unbehaglich. Er begrüßte Set mit einem schlaffen Händedruck und gab sich alle Mühe, Konversation zu machen. Die Zufahrtsstraße war wirklich in einem schlechten Zustand – nicht wahr? Das Licht war wirklich etwas trüb – nicht wahr? Doch die alte Dame, die Großmutter, wollte nichts von modernem Komfort wissen. Sie hielt nichts von fließendem Wasser und elektrischem Strom. Sie hatte nie in ein Telefon gesprochen, ja, so war sie eben. Milo bedauerte es, daß Set nicht zur Beerdigung gekommen war – wunderbar, ganz einfach wunderbar! Ein bronzener, mit Leinen ausgeschlagener Sarg; Gran'ma in einem blauen Gewand mit Schleifen und Bändern und hübschen neuen Schuhen, und sie lächelte so friedlich –, wie auch immer, er war froh, daß Set doch noch gekommen war; er sei den ganzen Tag in Lawton gewesen, in kirchlichen Angelegenheiten, entschuldigte er sich, aber Gottes Arbeit müsse halt getan werden, weiß Gott, das Land brauche dringend Regen, die Äcker verdorrten. Set nickte teilnahmsvoll, wußte aber nicht recht, was antworten. Ja, er bedauerte es auch, daß er nicht dabeigewesen war; wunderbar, ja, es mußte ein wunderbares Begräbnis gewesen sein; die alte Frau hätte sich sicher darüber gefreut. Je länger die zwei Männer miteinander plauderten, desto weniger wurde im Grunde gesagt, und als Jessie zum Nachtessen rief, waren beide ziemlich erleichtert.

Set war hungrig; Jessie hatte eine reichliche Mahlzeit gekocht. Gesottenes Rindfleisch und gebratene Kartoffeln und Zwiebeln und gerösteten Mais – einfache Kost, aber ihm kam sie geradezu exotisch vor, denn sie schmeckte ihm noch ungewohnt. Und doch waren es Gerichte, die er einst gekannt hatte. Sein Vater mochte gesottenes Rindfleisch. Cate fand die salzige Brühe köstlich – und auch Set fand sie köstlich. Er rührte wie seine Gastgeber löffelweise Zucker in den geeisten Tee. Auch Cate hatte den Tee stark gezuckert getrunken. Wenn Lola Bourne ihn jetzt gesehen hätte, wie er mit den Mottledmares am Tisch saß, das flackernde Lampenlicht auf dem Wachstuch und die Fotografien von Indianern an den dunklen Wänden ... Sie hätte gestaunt und hätte ihn wegen des Zuckers und des Salzes mißbilligend angeschaut. Nicht nur mißbilligend angeschaut – lächelte er innerlich –, sie hätte genörgelt und ihm Vorhaltungen gemacht. Er vermißte sie.

Das Essen weckte seine Lebensgeister wieder, er fühlte sich entschieden besser als bei seiner Ankunft. Set hatte Jessie auf der Stelle ins Herz geschlossen. Sie war warmherzig und offen, unbekümmert und humorvoll. Sie gab sich ungekünstelt und war nicht im geringsten verlegen – ganz im Gegensatz zu ihrem Mann Milo, der auf geradezu peinlich komische Art schüchtern war. Er meinte es offensichtlich gut, war jedoch ungeschickt und unterwürfig und verwirrt und konnte Set nicht offen in die Augen blicken. Set fühlte sich sonst in Gegenwart solcher Menschen unbehaglich, doch Jessies spontane Herzlichkeit half ihm darüber hinweg, und er plauderte unbefangen mit ihr. Er war einmal mehr heimatlos, fühlte sich jedoch langsam zu Hause. Jessie erinnerte ihn an Señora Archuleta.

Etwas später am Abend erkundigte er sich beiläufig nach dem Jungen, dessen Gesicht in seiner Erinnerung nur noch ein Zerrbild war, eine verschwommene Maske. Ob der Junge zur Familie gehöre, fragte er. Jessie und Milo schauten erstaunt auf, blickten einander verständnislos an ... bis Jessie in Lachen ausbrach:

»Ach so, Sie meinen ... Sie meinen wohl Grey? Na ja, an ihr ist tatsächlich ein Junge verlorengegangen. Sie treibt sich ständig hier herum, das schon, aber sie wohnt mit Worcester zusammen, mit meinem Onkel Worcester, auf der anderen Seite des Flusses. In einem kleinen Haus auf der anderen Seite des Flusses.«

»Bote«, fügte Milo hinzu, als handle es sich um die selbstverständlichste Sache der Welt, »Bote, Oklahoma.«

Set war sprachlos. Es mußte sich um einen Irrtum handeln. Nein, wir reden nicht von der gleichen Person, wollte er einwenden. Ich habe einen Jungen gesehen, in der Laube, einen großen, schlanken Jungen mit einem forschenden Blick, der mich von oben bis unten musterte; wie soll ich das beschreiben … in seinen Augen lag etwas … etwas wie eine Ankündigung, etwas Unheimliches … Unerklärliches. Ja … Es kann sich nicht um einen Irrtum handeln, nein, es war … unheimlich. Der Junge schaute mich an, schaute in mich hinein, schaute geradezu durch mich hindurch. Es war ein Blick, den ich nicht vergessen kann.

Doch statt dessen sagte er: »Sie meinen … sie … ist Ihre Kusine? Dann handelte es sich also um Ihre Kusine. Und Sie sagten, sie heiße … Grey?«

Was ging ihn das überhaupt an? fragte er sich. Er fühlte sich unsicher, aufdringlich, war im Begriff, seine Geheimnisse zu verraten. Seine Neugierde war jedoch stärker als er. Er spürte eine ungewohnte, beklemmende Unruhe in sich aufsteigen – und wußte nicht, warum.

»Sie sind wohl verheiratet, nach Indianersitte verheiratet«, sagte Milo mit vieldeutigem Augenzwinkern.

Er lachte glucksend, fügte dann ernst hinzu: »Sie ist der Bürgermeister von Bote, Oklahoma.«

Jessie schaute lächelnd zu ihm herüber, und er wandte sich wieder seinem Teller zu.

»Nein«, erklärte Jessie, »sie ist meine Nichte. Die Tochter meines Bruders Walker; er ist vor ein paar Jahren gestorben. Ihre Mutter ist jedoch eine Navajo, und Grey ist in Arizona aufgewachsen. Mein Bruder lebte in Arizona, bevor er starb.«

»Na ja, wir wissen nicht viel über sie«, erklärte Milo.

Eine Pause trat ein.

»Wie lange ist sie schon hier … bei Ihrem Onkel, meine ich?« fragte Set. Er konnte nicht ahnen, was diese Frage für

Folgen haben würde. Er war mit dem Essen fertig und hatte Lust auf einen Whisky. Hier war wohl keiner zu bekommen, dachte er, aber im Wagen war eine volle Flasche.

»Seit ungefähr zwei Jahren«, antwortete Milo.

»Ja, seit zwei Jahren«, bestätigte Jessie. »Sie tauchte eines Tages auf ... ich erinnere mich noch daran, als wäre es gestern gewesen. Wir saßen in der Laube beim Abendessen, Milo und Gran'ma und ich, da tauchte Grey auf, einfach so, sie schien von nirgendwoher zu kommen. Sie setzte sich zu uns und bediente sich, als ob sie schon immer dazugehört hätte. Natürlich wußten wir zuerst nicht, was davon halten. Sie erklärte uns auch nicht, wer sie sei. Doch sie war so nett und freundlich, ja? Wir konnten nicht anders, wir mochten sie gleich. Und seltsam, vor allem Gran'ma schloß Grey sofort ins Herz und war überhaupt nicht erstaunt, als sie auftauchte. Merkwürdig, nicht wahr? Sie schien geradezu auf sie gewartet zu haben.«

»Yeah«, pflichtete Milo ihr bei. Es war, als habe Gran'ma sie die ganze Zeit über erwartet.

Er nickte nachdenklich.

»Sie und Gran'ma, sie verstanden sich gut; sie verstanden sich wirklich gut, die beiden. Und Grey, potztausend, sie sprach besser Kiowa als wir alle. Schwierig, heutzutage jemand zu finden, der Kiowa spricht ... und die Jungen schon gar nicht.«

»Niemand wird Gran'ma so sehr vermissen wie Grey, denke ich – ausgenommen Worcester vielleicht«, seufzte Jessie. »Auch er wird langsam alt.«

»Grey und Ihr Onkel ... sie ist eine junge Frau, oder nicht? Ich dachte, es handle sich um ... um eine junge Person.«

»Oh, sie muß achtzehn oder neunzehn sein«, sagte Jessie, »doch manchmal wirkt sie viel älter. Sie scheint ziemlich herumgekommen zu sein, nach dem, was sie alles erzählt.

Sie vertraut sich uns eigentlich nicht an ... aber sie hat, na ja, sie weiß so ziemlich Bescheid ... Sie wissen schon, was ich meine.«

»Sie vertraut sich uns eigentlich nicht an«, nickte Milo, »sie ist so ... ungezähmt, ja, ungezähmt.«

In diesem Punkt waren sich Set und Milo einig.

»Und ... also ... sie ist also Bürgermeister ...?«

»Sie ist der Bürgermeister von Bote, Oklahoma«, erklärte Milo Mottledmare nochmals.

»Sie behauptet es zumindest«, lachte Jessie. »Es handelt sich wohl um einen Scherz. Sie und Worcester wohnen auf der anderen Seite des Flusses. Es gibt dort ein paar alte Torfhäuser. Während der Wirtschaftskrise wohnten Leute dort ... Weiße ... vielleicht schon früher ... Inzwischen sind die Häuser ganz zerfallen. Niemand wohnt mehr dort, seit vielen Jahren nicht mehr. Wie auch immer: Grey nennt den Ort Bote, Oklahoma, und hat sich selbst zum Bürgermeister ernannt.«

»Sie ist der Bürgermeister von Bote, Oklahoma«, wiederholte Milo.

»Und es klappt zwischen Grey und Worcester, trotz des Altersunterschieds?«

»Bestens«, antwortete Jessie. »Grey, müssen Sie wissen, mag alte Leute, und die spüren das und mögen sie auch. Manchmal, wenn man ihr zuhört, könnte man meinen, sie sei selbst alt. Sie redet manchmal wie eine uralte Frau. Worcester? Der muß um die siebzig sein. Wir necken ihn oft wegen Grey. Ja, sie leben zusammen.«

»Grey ist die Tochter Ihres Bruders Walker, haben Sie gesagt?«

»Ja, Walker. Walker der jüngere nannten wir ihn unter Kiowa. Unser Vater hieß ebenfalls Walker.«

»Sie war offenbar auf der Mittelschule«, warf Milo ein.

Set hätte gerne noch mehr über Grey erfahren – ihr Bild ließ ihn nicht mehr los –, doch seine Gastgeber brachten das Gespräch auf ein anderes Thema. Es war schon spät. Jessie und Milo Mottledmare baten ihn, doch etwas über sein Leben zu erzählen, was er bereitwillig tat. Er erzählte ihnen eher verlegen, daß er in einem Waisenhaus aufgewachsen, später dann adoptiert worden war, er habe die Kunstakademie besucht und sei Maler geworden. Er beantwortete ihre Fragen, so gut er konnte, und nahm es Jessie nicht übel, wenn sie hie und da etwas persönlich wurde. Nein, er war nie verheiratet gewesen; er war ein erfolgreicher Maler; er lebte allein.

Sie war zufrieden, doch er spürte, daß sie gerne noch mehr über ihn erfahren hätte. Ihre Neugierde amüsierte ihn. Doch auch er erfuhr etwas: Cates Mutter und Kope'mah hatten sich bis zum Tode von Agabai im Jahre 1932 sehr nahegestanden. Obwohl Kope'mah älter war als Agabai und sie um vierzig Jahre überlebt hatte, waren sie wie zwei Schwestern gewesen – oder wie Mutter und Tochter. Und Kope'mah hatte Cate geliebt wie ihr eigenes Kind. Als er starb, legte sie ein Büffelgewand über seinen Sarg. Es war ein wertvolles Erbstück, und die Geste war eines großen Mannes würdig.

Set war zutiefst aufgewühlt; die Erinnerung an seinen Vater war seit vielen Jahren nicht mehr so greifbar gewesen. Cate Setman hatte in dem Jahr, als Agabai starb, in Santa Barbara Catherine Locke geheiratet. Catherine starb 1934 im Kindbett, und Cate kam 1941 in Wyoming bei einem Autounfall ums Leben; Set war damals sieben Jahre alt. Ein Onkel mütterlicherseits nahm sich seiner an, und man verschwieg ihm den Tod seines Vaters, bis man für ihn einen Platz in einem Waisenhaus gefunden hatte. Natürlich hatten Jessie und Milo kurze Zeit nach dem Unfall von Cates Tod erfahren – lange bevor Set davon erfuhr. Sie waren an seiner Beerdigung gewesen, und Milos Vorgänger, Reverend Leland Smoke, sprach an Catlin Setmans Grab. BENACHRICHTIGE CATE – so hatte die Anweisung der alten Frau, Kope'mah, gelautet. Jessie sagte, sie habe in ihren letzten Tagen immer wieder Sets Namen erwähnt. Und Set war einmal mehr erstaunt. Die alte Frau konnte doch kaum etwas von ihm gewußt haben, dachte er, und sie konnte, ungeachtet ihrer Zuneigung, auch nicht viel von Catlin gewußt haben. Sie mußte Cate gekannt haben, als er noch ein Kind gewesen war, denn er war früh von zu Hause weggezogen. Die Großmutter habe in ihren letzten Tagen eindringlich von ihm und *mit* ihm gesprochen, sagte Jessie. Set wünschte sich nachträglich, daß er rechtzeitig gekommen wäre, um von Großmutters Lippen Cates Name zu hören. Cate hatte ihr sehr nahegestanden, und in ihrer letzten Wahrnehmung der Vergangenheit mußte er ihr sehr gegenwärtig gewesen sein. BENACHRICHTIGE CATE. Das Telegramm stammte von Grey – oder eher von Grey im Auftrag der Großmutter. Set hatte um ein paar Stunden eine Gelegenheit verpaßt, etwas über sich selbst zu erfahren – etwas darüber, wer er war.

Sie saßen lange am Tisch, bis Set schließlich vor Müdigkeit fast umfiel. Milo und er gähnten um die Wette. Draußen leuchtete ein riesiger Sommermond, und er fragte, ob er in der Laube schlafen dürfe. Am folgenden Tag fand in Anadarko ein Treffen einer Kiowa-Tanzvereinigung statt. Milo würde frühmorgens hinfahren und bei den Vorbereitungen helfen. Set würde später auf dem Weg zum Flughafen Jessie und eventuell auch Worcester und Grey hinfahren. Er würde also noch genügend Zeit haben, um auf den Friedhof zu gehen und einen Teil der Tänze zu sehen.

Als er das Haus verließ, stand der Mond hoch am Himmel. Er war an die Stadtlichter gewöhnt, so daß ihm der Mond strahlender vorkam als je zuvor. Er dominierte die Nacht; die in Blau und Silber getauchten Gegenstände, ja selbst die Schatten der Bäume traten deutlich hervor. In der Laube war es dunkel, nur da und dort drangen die Mondstrahlen durch das aus Ästen geflochtene Dach. Die breite

Bank, die ihm als Bett diente, war mit blaumetallenem Licht gesprenkelt. Die grenzenlose Prärienacht überwältigte ihn; ein kühler, frischer Wind erwachte über dem Washita, und er wünschte sich nichts anderes, als in einen unendlich tiefen Schlaf zu fallen, wünschte sich nichts anderes, als ganz in die Tiefe der Prärienacht einzutauchen, die in seiner Vorstellung grenzenlos war.

Die Stunden vergingen, und er träumte. Er hörte sich im Schlaf reden und wachte auf. Er öffnete die Augen und erblickte erstaunt die junge Frau. Ganz still stand sie da und schaute ernst auf ihn herab. Er konnte ihr Gesicht nicht sehen, nur ihre Gestalt, die sich reglos vor dem strahlenden Mond abhob. Seine erste Regung war, sie anzuherrschen: Was fiel ihr eigentlich ein, sich anzuschleichen, während er schlief – das war dumm und rücksichtslos von ihr und obendrein noch gefährlich. Er hätte zu Tode erschrecken oder sie schlagen können … Und dann waren Schreck und Angst plötzlich verflogen. Etwas in ihrer Haltung, in der Art, wie sie in der Dunkelheit stumm vor ihm stand, strömte unwiderstehliche Ruhe aus, eine wunderbare, einhüllende Ruhe.

»Grey?« fragte er.

Ihm war, als nickte sie. Sie schien zu zögern; er hatte den Eindruck, als würde sie sich demnächst auflösen. Ihr Haar war mit einem dünnen, quecksilbernen Schein umgeben.

»Was … ? Was ist los? Was willst du?« stammelte er.

»Die Großmutter hat es so gewollt«, sagte sie ruhig. Ihre Stimme klang sanft.

Schweigen.

Er war so verblüfft, daß er beinahe gelacht hätte. Er war verwirrt, wußte nicht, was sagen, fühlte sich unbehaglich und der Situation nicht gewachsen.

»Die alte Frau ist tot«, flüsterte er. Es spielt keine Rolle, dachte er. Es spielt keine Rolle, daß die Großmutter tot ist, daß sie ihn herbefohlen hat, daß die junge Frau vor ihm steht und in Rätseln spricht, eingeschlossen in einem dunklen Kreis vor dem hellen Mond – in einer Dunkelheit, die alle Galaxien enthält.

»Die Großmutter, Kope'mah, hat mich geheißen, dir deine Medizin zurückzugeben. Sie gehört dir. Du darfst nicht ohne sie weggehen.«

Dann wandte sie sich abrupt ab und entfernte sich rasch. Sie verschwand zwischen den wogenden Schatten der Prärie, tauchte wieder auf, ging mit langen, geräuschlosen Schritten auf das pechschwarze Gehölz am Flußufer zu. Er blickte ihr nach, bis sie außer Sicht war, dann hörte er das gedämpfte Aufschlagen sich entfernender Pferdehufe, das in der Ferne erstarb. Und er schlief wieder ein, doch es war ein leichter, unruhiger Schlaf.

Er träumte von dem Jungen. Der Junge stand nicht auf der Erde, sondern er schwebte in der wassertiefen Dunkelheit, unbeweglich wie eine Schildkröte am seichten Ufer eines Flusses. Der Körper war verschwommen, nur das Gesicht hob sich deutlich ab. Es leuchtete wie eine verschwommene, bepuderte Maske, wie ein Totenschädel. Es war das verzerrte, abgezehrte Gesicht des Jungen. Er fühlte sich bleischwer, konnte sich nicht rühren, doch der Junge kam auf ihn zu, glitt lautlos auf ihn zu. Und plötzlich verwandelte sich das Gesicht. Als es ganz nahe war, erkannte Set entsetzt, daß es das Gesicht einer alten Frau war, die großen, blinden Augen lagen tief in den Höhlen, schimmerten matt wie polierter Schiefer, das ausgemergelte Fleisch an den Schläfen, die Muskelstränge, die leere Haut schienen von den Wangenknochen zu gleiten, der eingefallene Mund zitterte in einem verzweifelten Versuch, etwas zu sagen, herauszuschreien. Dann drang ein unheimliches, gurgelndes Röcheln aus ihrer Kehle, schreckliche erstickte Worte. Die Stimme klang heiser wie die eines Tieres, ein Grollen und Knurren. Und gleich darauf erkannte Set, daß die unheimlichen Laute aus seiner Brust aufstiegen. Er selbst war es, der verzweifelt versuchte zu sprechen, jedoch keine Silbe herausbrachte. Sprechen! Das erschien ihm als die wichtigste, dringendste Sache in seinem Leben – aus dieser tiefen, ursprünglichen Hilflosigkeit auftauchen und die Stufe der Sprache erreichen. Er kämpfte verzweifelt, aber etwas Monströses, das in ihm selbst war, hinderte ihn daran. Und das Unheimliche war, daß er nicht einmal wußte, was er sagen wollte, was er sagen *mußte* – wenn er es hätte sagen können.

Und Set erinnerte sich:

Hinter der »Peter-und-Paul-Heimschule« war eine große Spielwiese und hinter der Wiese ein kleiner Wald mit einem Spazierweg und Bänken entlang dem Pfad. Eines Tages wagte sich Loki nach dem Nachtessen über die Wiese hinaus und drang in das Gehölz ein. Das war zwar verboten, doch er fand nichts Schlimmes dabei. Er ging in der Abenddämmerung durch den Wald, redete mit sich selbst, setzte sich dann auf eine Bank. Der Wald war finster und geheimnisvoll: die Dämmerung, die Luft, das Summen der Insekten – wie ein ersticktes Brüllen kam es ihm vor. Als er sich setzte, hielt er sich mit den Händen am Rand der Bank fest, und eine Biene, die darunter versteckt war, stach ihn in den Daumen. Es brannte schrecklich, doch Loki wußte gleich, was es war; er unterdrückte tapfer den Schmerz, aber der Stich schwoll gefährlich an, so daß Loki an jenem Abend in das Krankenzimmer mußte, wo man ihm einen Gummihandschuh mit einer milchigen Medizin überstreifte. Er habe eine Mickey-Mouse-Hand, spöttelte einer seiner Kameraden, und die andern lachten und hänselten ihn. Am nächsten Morgen hielt ihm Schwester Stella Francesca eine Standpauke und hämmerte ihm das »Hof-Reglement« ein, wie sie die zweiseitige Hausordnung zu bezeichnen pflegte. Bei der Gelegenheit prägte sie ihm ein für allemal den Begriff Bienen-Wölfe ein, was – wie sie sagte – eine uralte Bezeichnung für die Bären sei. Es ging das Gerücht, im kleinen Park vor dem westlichen Turmfenster würden sich Bienen-Wölfe herumtreiben. Im Wald mit seinen verschlungenen Wegen, den grünen Bänken und den Gänseblümchen- und Hahnenfußbüscheln wimmelte es in Lokis Vorstellung von Bären. Ein paar Monate später erklärte er Schwester Francesca stolz: »Schwester, ich fürchte mich nicht mehr vor Bienen-Wölfen.«

Es war eine wohlüberlegte Feststellung. Er erwartete, daß sie sich des langen und breiten belehrend darüber auslassen würde – sie war in solchen Sachen oft sehr pingelig – und ihn dann vielleicht loben. Doch zu seinem Erstaunen lächelte sie breit, umarmte ihn überschwenglich und rief ein um das andere Mal: »Du bist ein guter Junge, Loki! Was bist du doch für ein guter Junge!«

17

Unendlich fern wie die Sterne sind seine Erinnerungen

In Greys Kopf war eine Melodie, eine Banjomelodie.

Sie war um Tagträume nie verlegen.

Ihre Hände zitterten. Die Mitteilung war in winzigen Buchstaben auf einem kleinen, mehrmals gefalteten Fetzen Zigarettenpapier geschrieben. Sie hielt den Kassiber zwischen dem Zeigefinger und dem Mittelfinger ihrer rechten Hand versteckt. Sie preßte die Finger so fest zusammen, daß sie ihn nicht mehr spürte. War er überhaupt noch da?

Grey lächelte strahlend J. W. Bell an, der von ihrer Erscheinung offensichtlich beeindruckt war. Zu Recht. Sie hatte ihr Haar lange gebürstet, bis es wie Obsidian glänzte. Sie hatte am Tag vorher nackt in der Sonne gelegen, ihre Haut war gebräunt und strahlte die glühende Hitze wider. Sie trug das lange weiße Kleid, an dem der dritte Knopf just über den Brüsten fehlte – und sonst nichts; ihre geschmeidigen Glieder und jede ihrer Bewegungen zeichneten sich unter den fließenden Falten ab. Sie hatte das Kleid gewalkt und geknautscht, damit es die Steife verlor. Es war vom Alter nicht vergilbt, es war auch nicht weiß, sondern hatte die Farbe von Tee und Sahne, und die Sanftheit des einst harten, makellosen Weiß verlieh ihrer Haut den Schimmer von reflektierendem Kerzenlicht. Sie hatte die Fingernägel poliert, hatte die Zähne mit Natriumbikarbonat geputzt und mit *Lilac Vegetal* gegurgelt, das mit Wasser aus dem Ziehbrunnen verdünnt war. Sie hatte den ganzen Morgen einen dreißigkarätigen Türkis betrachtet – einen Brut –, oder besser gesagt, sich darin betrachtet, damit sich sein Strahlen funkelnd wie ein Bergregen in ihren Augen festsetzte. Sie hatte ihre perlenverzierten Mokassins mit Zedern- und Wacholderzweigen gebürstet und ihre Brüste mit zerstoßenen Wacholderbeeren und Rosenblättern und Sonnenblumenpollen eingerieben. Hochgewachsen und zierlich und anmutig stand sie da.

»Oh, Mr. Bell«, flötete sie, »ich weiß nicht, wie mich für Ihre Liebenswürdigkeit bedanken. Mein Bruder hat mich hergeschickt, müssen Sie wissen. Adam besitzt eine Zeitung in Philadelphia, er hat mich gedrängt, Mr. William Bonney während meiner Kundfahrt durch den glorreichen Westen zu besuchen, und brennt darauf, meinen Bericht zu lesen.«

Sie schenkte ihm einen Augenaufschlag, und Bell errötete. Über seine Schulter hinweg erblickte sie den anderen Aufseher, Bob Olinger. Sie werde seinen Gesichtsausdruck nie mehr vergessen, erzählte sie später Billy, nie mehr, wilder Haß habe in seinen Augen geglommen. Und von jenem Moment an und für immer würde das Wort Haß in ihr die Erinnerung an den abgestumpften, trüben Blick jenes Mannes wachrufen. Olinger lächelte und spuckte auf den Fußboden. Sein Lächeln prägte sich ihr als das unheimlichste Lächeln ein, das sie je gesehen hatte. Später versuchte sie, sich Olinger als Kind vorzustellen – als seiner Mutter Kind; Unschuld und Mutterliebe jedoch ließen sich in keiner Weise mit jenem Mann in Zusammenhang bringen. Er ist nie ein Kind gewesen, dachte sie, er ist nicht von einer Frau geboren worden, er ist ein Mutant, eine schauderhafte Laune der Natur, ein unbegreiflicher Akt Gottes … wie eine Seuche. Er war die Verkörperung des Bösen und des Todes. Ja, sein Haar, seine Haut, sein Mund, alles an ihm strömte den Geruch des Todes aus. Doch in jenem Moment, als sie ihm zum ersten und zum letzten Mal gegenüberstand, konnte sie nicht wissen, daß es sein eigener bevorstehender Tod war, der ihn kennzeichnete: greifbar, unheilvoll, drohend. Es war eine zu verschwommene Vorahnung, als daß sie sie hätte erfassen können, doch sie konnte sich dennoch der beklemmenden Faszination nicht entziehen. Sie konnte nicht wissen, daß er am selben Tag, in weniger als einer Stunde, eines grausamen Todes sterben würde. Ein kaum wahrnehmbarer süßsaurer Todesgeruch schwebte im Raum, ein schwacher Verwesungsgeruch.

Sie war verwirrt, ihre Finger schmerzten. Bell verbeugte sich linkisch, und sie wandte sich Billy zu. Mein Gott, wie blaß und mager er war! Seine Wangen waren hohl, sein Mund war zusammengekniffen. Er blickte sie gleichmütig an, mit förmlichem, steifem Respekt.

»Tag, *ma'am«,* sagte er.

Ma'am? Sie biß sich auf die Zunge, um nicht laut herauszuprusten, und streckte ihm die Hand hin. Er drückte sie leicht, deutete dabei eine Verbeugung an. Die Handschellen wirkten riesig und schwer an seinen schmalen, schlanken Gelenken.

»Ich bedanke mich für Ihren Besuch, *ma'am«,* sagte er, »eine Ehre, *ma'am,* eine große Ehre.«

Der Kassiber glitt in seine Hand. Es war vollbracht!

Ihre Kehle war wie zugeschnürt. Ihr Herz klopfte zum Zerspringen; ihre becircende Überredungskunst verdampfte in der Hitze des Augenblicks. Bells Röte war verschwunden; sie getraute sich nicht, Olinger anzuschauen.

»Dann also, adieu allerseits«, sagte sie huldvoll nickend, wandte sich um und ging. Ihre Mokassins huschten über die Treppenstufen.

Billy schlurfte zum Fenster, die Ketten an seinen Füßen klirrten; er blickte ihr nach, als sie unten die Straße überquerte. Die Luft draußen duftete nach Flieder und Holzfeuerrauch.

Er wandte sich um. Olinger ließ ihn nicht aus den Augen. Das unheimliche Lächeln lag noch immer in seinem Gesicht; die Doppelbüchse in seiner linken Hand balancierte sanft, als liege sie auf seinen Fingerspitzen auf, die Mündungen bewegten sich kaum wahrnehmbar auf und ab, zielten nirgendwohin, folgten aber jeder kleinsten Bewegung Billys. Das Schießeisen war Olingers Markenzeichen.

Seit zwölf Tagen ließ Billy Olingers Spott über sich ergehen. Er hatte auf dem Ritt von Mesilla damit begonnen, als man Billy auf dem Rücksitz der Diligence angekettet hatte, Olinger ihm gegenüber mit zwei weiteren Wächtern, drei zusätzliche saßen im Sattel; ein Begleittroß schwerbewaffneter Männer, mit denen nicht zu spaßen war. Jeder von ihnen – und Olinger ganz besonders – wäre entzückt gewesen, wenn er Billy »the Kids« Seele in die Hölle hätte befördern können. Die Reise – sie hatte sieben Tage gedauert – war Billy an die Nieren gegangen. Er hatte keine Angst gehabt, es war keine Furcht, nein, die Umstände waren es gewesen, die ihn krank gemacht hatten. Er sehnte sich danach, frei zu sein, war jedoch an Händen und Füßen gefesselt. Er sehnte sich nach seinen Freunden, doch jedermann in seiner unmittelbaren Nähe war ihm tödlich gesinnt. Er sehnte sich danach, allein zu sein, doch er war dauernder Überwachung, Anschuldigungen und öffentlichen Demütigungen ausgesetzt. Und das Schlimmste: er war das Opfer von Olingers Sadismus.

Grey war um Tagträume nie verlegen.

Sie saß auf einem Stuhl vor Wortleys Hotel, auf der anderen Straßenseite, dem Gerichtsgebäude gegenüber. Es war ein klarer Apriltag, die Sonne stand auf Mittag. Der Himmel war blau; in der Ferne schwebten Federwolken. Das geschäftige Summen in Lincolns Straßen war verstummt: Siesta. Die Spannung am Morgen, ihr Auftrag vor allem, waren aufregend und gleichzeitig entspannend gewesen; selten hatte sie sich so vergnügt gefühlt. Doch nun war sie um die Ruhe dankbar. Eine angenehme Brise fächelte über ihre Stirn. Die köstlichen Essensdüfte – Bohnen und

Chili und Tortillas – weckten ein angenehmes Hungergefühl in ihr; kein Hunger, der gleich gestillt werden muß, sondern ein langsam aufsteigender Hunger, den man ebenso genießt wie die bevorstehende Mahlzeit. Die breite, staubige Hauptstraße von Lincoln, New Mexico Territory, erstreckte sich bis in den Sommer. Sie erinnerte sich an etwas, was sie einst gelesen hatte:

Lange Straßen des Schweigens führen in die Gefilde der Ruhe …

Das weiße Kleid war hochgerutscht, ihre Brüste und Arme zeichneten sich prall darunter ab. Sie knöpfte die zwei obersten Knöpfe auf. Sie schloß die Augen. Als sie sie wieder öffnete, drängten sich eine Menge Leute in der Straße. Die Siesta war vorüber. Ein plötzlicher Windstoß wirbelte eine Staubwolke auf. Irgendwo knallte ein Schuß.

Sie war um Tagträume nie verlegen.

»Warum läßt du ihn nicht in Frieden, Bob?« sagte Bell. »Teufel, er hat dir doch nichts zuleide getan? Wüßte nicht, wie.«

Olinger spuckte vor Bells Füße, ohne den Blick von Billy »the Kid« zu wenden. Er lächelte unentwegt, boshaft, hinterhältig. Er ging leicht in die Knie, krümmte die Schultern, bückte sich nach vorn, hob das Gewehr und zielte zwischen Billys Augen. Er hantierte lauernd am Abzug herum. Seine Erregung steigerte sich ins Unerträgliche. Speichelbläschen bildeten sich an den Winkeln seines höhnisch lächelnden Mundes; seine Hände begannen zu zittern. Billy rührte sich nicht; er schien in Trance versunken zu sein. Er blickte ausdruckslos, ohne auch nur zu blinzeln, in Olingers Augen. Bell ertrug die Spannung nicht länger.

»Verdammt, Bob, so hör doch endlich auf damit!«

»Pamm!« Olingers Atem explodierte.

Bell wich zurück, doch Billy nicht.

»He, sieh dir das an, Bell! Sieh dir das an! Kids Kopf ist weg. Guter Gott. Hosianna! Was sagst du dazu?«

Er war plötzlich ganz aufgeregt, tanzte hysterisch lachend im Kreis herum.

»Sieh dir das an, Bell. Siehst du den blutigen Stummel zwischen seinen Schultern? Schaut aus wie ein Hühnerhals, oder etwa nicht? Wie ein abgemurkstes Huhn. Schau doch, Bell. Kids blutiges, schleimiges Hirn an der Wand drüben, rund um das Fenster verspritzt. Ein Teil ist unten auf der Straße gelandet, die Hunde und Katzen müssen doch auch etwas davon haben, meinst du nicht auch, Bell?«

»Hör auf, Bob«, sagte Bell, doch seine Stimme klang nicht überzeugend. Er wußte, daß Olinger nicht zu bremsen war.

»He, ol' Godfrey Gauss' Hund streunt bestimmt irgendwo herum. Hunde sind gierig auf Hirn. Und erst Witwe Moras Hühner, die blöden Viecher gackern ständig in den Straßen herum und fressen alles, alles, sage ich dir. Einmal hab ich zugeschaut, wie sie die Augen aus einem Schafskopf herausgepickt haben.«

»Pfui Deibel«, sagte Bell angewidert.

Olinger wandte sich Billy zu.

»Kid, Mensch, weißt du, was das für ein Gaudi wäre, dein zerfleddertes Hirn auf der Straße und die Hühner, die deine Augen zu Mus hacken? Kannst dir gar nicht vorstellen, was für ein Gaudi das wäre.«

Billy stand reglos da, schien nicht einmal zu atmen. Dann sagte er: »Ich hab mir schon immer gedacht, daß du einer von denen bist, die nichts anderes können, als den Hühnern zuschauen.« Seine Stimme klang ruhig und gleichgültig.

»Ich geb keine Ruhe, bis ich dich ohne Kopf im Dreck liegen sehe, Kid. Will dich herumkriechen sehen und deinen Kopf suchen, aber der ist weg, einfach weg, findest nichts, Billy, bloß den blutigen Stummel. Ich lache mich kaputt, Kid, wenn ich mir vorstelle, wie du im Dreck herumkriechst.«

»*Well,* Bob, wenn du meinen Kopf nicht wegpustest, wirst du wohl oder übel dabei sein müssen, wenn sie mich an den Galgen hängen.«

»Drauf kannst du dich verlassen, Kid.«

»Um ehrlich zu sein, Bob, ich weiß nicht, was lustiger ist, wohl kaum halb so aufregend wie die kleine Szene, die du uns eben vorgeführt hast, oder?«

»Bin nicht so sicher, Kid. Ich habe einmal in El Paso drüben einen hängen sehen, einen Kerl namens Ficker – oder Flicker –, war nicht viel größer als du. Als er am Ende des Stricks anlangte, war der Kopf weg. Glatt weg … das verdammteste Ding, das ich je gesehen habe. Saubere Sache. Hoffentlich lassen sie dir die Eisen an, damit du ein anständiges Gewicht an den Galgen bringst. Schade um deinen zarten Weiberhals … Wetten, Kid, der ist auf Anhieb entzwei. Die werden sich Zeit lassen, bevor sie dich verschachern, das kannst du mir glauben. Schätzungsweise werden sie zuerst den Rumpf wegkarren und den Kopf eine Zeitlang liegen lassen … bis die Hühner sich darauf stürzen und die Augen auspicken. Die blöden Viecher sind süchtig nach Augensülze, hast du das gewußt?«

»Klingt nicht nach einer Kartenpartie, Bob«, meinte Billy lächelnd.

»Mai; Freitag, dem dreizehnten Mai«, sagte Olinger. »Zwei Wochen.«

»Kein schlechter Tag, um zu sterben.«

»Mann o Mann, was für ein Gaudi, der Rumpf mit dem blutigen Stummel, der auf den Boden plumpst wie ein verrecktes Huhn …«

»Muß ein Fressen für dich sein«, sagte Billy.

Für Olinger war es Zeit für die Mittagspause. Er gab Bell ein paar Anweisungen, versorgte seine Büchse in einem Raum, der als Waffenschrank diente, einer Kammer auf dem Treppenabsatz, und verließ das Haus. Billy wandte sich wieder dem Fenster zu. Er zählte Olingers Schritte, als dieser die Straße schräg überquerte – hundertfünf Schritte in nordöstlicher Richtung – und auf das Wortley Hotel zuging. Grey saß in ihrem weißen Kleid vor dem Haus. Sie verkörperte die Ruhe selbst. Sie war eine junge Frau auf einem Gemälde. Sie war seine Mutter an jenem weit zurückliegenden Frühlingstag, 1873 in Santa Fe, als er und sein Bruder Joe ihrer Hochzeit mit William H. Antrim beiwohnten. Sie war eine ganz besondere Frau, eine beherzte Frau; eine edle Frau, vor der man sich verneigte, der man diente, die man verteidigen und beschützen mußte, die man liebte und für die man sein Leben ließ. Solche Frauen sind unwahrscheinlich zart, unwahrscheinlich schön, dachte er. Ja, Frauen mit Geschmack und guten Manieren und von feiner Lebensart, ihm so haushoch überlegen, daß er bloß zu ihnen aufblicken konnte. Plötzlich mußte er an Schwester Blandina denken, eine Nonne, der er in Trinidad begegnet war und die ihn beschworen hatte, Nachsicht mit den Quacksalbern zu haben. Das war eine Frau gewesen! Voller Barmherzigkeit und Güte und Gottesfurcht; eine Frau voller Tugenden war sie gewesen, jene heilige Italofrau, eine Gottesfrau. Er konnte sich nicht einmal vorstellen, wie sie unter ihrem Gewand aussah. Er konnte sich nicht vorstellen, daß sie ihren Darm ableichterte oder einen fahren ließ oder daß ihr Atem oder ihre Füße stanken.

Grey saß auf einem Stuhl vor dem Wortley Hotel und rülpste.

Irgendwo knallte ein Schuß.

Es roch nicht mehr nach Flieder und Holzfeuer; ein schwacher Todesgeruch schwebte wieder im Raum. Billy stand am Fenster und entfaltete den Zettel. Er las: AUF DER LATRINE.

Irgendwo knallte ein Schuß.

Billy wandte sich um. Alle seine Instinkte konzentrierten

sich auf den nächsten Schritt. Es hatte nur eine Sekunde gedauert, und er war wieder das Geschöpf, das er in Wirklichkeit war: Ein Mann mit einem unerschütterlichen Willen, der sich durch nichts von einem einmal gefaßten Plan abhalten ließ. Er hatte unvermittelt das Gefühl, als halte er das Schießeisen in der Hand. Unendlich fern wie die Sterne waren seine Erinnerungen in dem Augenblick – Grey, Paulita, seine Mutter im Hochzeitskleid –, unendlich, unerreichbar weit weg. Er hätte Sister Blandina eine Kugel durch den Kopf gejagt, hätte sie sich ihm in den Weg gestellt.

»Tut mir leid, Bell, ich muß pissen.«

J. W. Bell zerrte den gefesselten Billy »the Kid« die Treppe hinunter und in den Hof hinaus. Er ließ ihn nicht aus den Augen, als er die Latrine betrat.

»Beeil dich«, rief er ihm nach, doch er bedauerte es gleich. Wozu auch? Er stand ganz in der Nähe, säuberte mit einem Taschenmesser seine Fingernägel. Alles war in bester Ordnung. Alles verlief wie immer und nach Vorschrift. Mit Ausnahme der jungen Frau, verlief der Tag wie der gestrige und der vorgestrige und der vorvorgestrige. Er gehörte nicht zu denen, die sich über den Alltagstrott beklagen. Er mochte es, wenn alles am richtigen Platz war.

Bell hatte, wie viele andere auch, Zuneigung zu Billy »the Kid« gefaßt. Billy war immer zum Lachen aufgelegt, zum Scherzen; er verstand es, sich die Zeit auf angenehme Art zu vertreiben. Er war in der Tat ein einnehmender Mann. Er spielte sich nicht auf. Obwohl berühmt – oder berüchtigt –, machte er keinen Wind, wie Bell zu sagen pflegte. Er setzte immer das Beste in seinen Mitmenschen voraus. Er war beliebt. Er mochte jedermann oder war zumindest bereit, jedermann zu mögen – besonders die Frauen, in denen er offensichtlich mütterliche Instinkte weckte. Er schummelte nicht beim Poker, und er war dafür bekannt, daß er eine Gefälligkeit nie vergaß. Bell hatte nichts gegen ihn persönlich. Billy »the Kid« war ein Mann – im Grunde fast noch ein Junge –, dem gegenüber sich Bell gern freundschaftlich gezeigt hätte, mehr als freundschaftlich: großzügig, loyal, mitfühlend. Weder billigte noch verstand er Olingers verbissenen Haß. In seinem Innersten war Bell der undeutlichen – verhängnisvollen – Ansicht, daß Billy »the Kid« harmloser war, als allgemein behauptet wurde.

Irgendwo knallte ein Schuß.

Das Schießeisen war ein Trommelrevolver »Single-Action« Kaliber 44. Um bei Bell keinen Verdacht aufkommen zu lassen, urinierte Billy laut und ausgiebig, derweil er prüfte, ob die Waffe richtig geladen war. Sie fühlte sich in seiner Hand zuerst wie ein schwerer Vogel an, dann leicht wie eine Wildgans, die mit weit ausgebreiteten Flügeln vom Wind getrieben bis ans Ende der Welt fliegt. Er befühlte sie mit seinen schmalen weißen Händen, so wie ein Bär einen Fisch befühlt, geschickt und spielerisch und mit einer Art archaischer Ehrfurcht.

Dann ging er mühsam die Treppe hinauf; Bell folgte ihm auf dem Fuß. Als sie bei der Gewehrkammer anlangten, zog Billy die Waffe, wandte sich um und richtete sie auf Bells Gesicht.

Billy wartete, ließ Bell Zeit, sich zu fassen und seine Lage zu überdenken. Dann sagte er:

»Ich halte jetzt die Zügel in der Hand, Bell. Du tust jetzt genau, was ich dir sage. Der Herrgott weiß, daß ich dich nicht umlegen will.«

Seine Stimme klang leise, gleichgültig, war fast nur ein Flüstern; er sprach langsam und deutlich, betonte jede Silbe.

»Mein Gott«, sagte Bell.

Er versuchte verzweifelt, seine Gedanken zu ordnen. Es gelang ihm nicht, und er drehte durch. Sein erster Impuls war, die Flucht zu ergreifen. Er kämpfte gegen seine Angst und die Demütigung an. Da wurde ihm plötzlich erschreckend klar, daß er einen unverzeihlichen, einen tödlichen Fehler begangen hatte: Er hatte Billy »the Kid« erlaubt, den Spieß umzudrehen! Für den Bruchteil einer Sekunde hörte er sein eigenes hysterisches Lachen – es klang wie Olingers Lachen. Seit Anbeginn der Zeiten hatte sich niemand so leichtgläubig benommen, wie er es eben getan hatte; niemand hatte je seine Überlegenheit auf so idiotische, so wahnwitzige, so endgültige Art verspielt. Er vergaß seine Stellung, vergaß, daß er ein erwachsener Mann war, und begann laut zu schreien. Seine Waffe war nutzlos. Im Treppenhaus, im ganzen Haus war niemand, der ihm hätte zu Hilfe eilen können. Er war allein. War ganz allein mit diesem Mann, mit diesem gefährlichen, zu allem entschlossenen Menschen, mit diesem kaltblütigen Killer, diesem meistgesuchten Verbrecher. Der Magen krampfte sich ihm zusammen. Die Szene kam ihm unwirklich vor. Es war wie ein Traum, wie ein Alptraum. Er war innerhalb von Sekunden ein alter Mann geworden. Staunen, Verwirrung und Scham überwältigten ihn. Er wirbelte herum und versuchte zu fliehen. Seine Stiefel streiften vier Stufen auf einmal; nur noch ein Schritt trennte ihn vom unteren Treppenabsatz. Dort war ein toter Winkel; die untere Treppenflucht bog rechtwinklig ab. Wenn er es schaffte, um die Ecke zu kommen, war er gerettet. Billy »the Kid« mit seinen gefesselten Füßen konnte ihm nicht folgen ... er konnte ihn nicht verfolgen ... mußte sich Bell gedacht haben. Doch auch wenn sich Bell in der letzten verzweifelten Sekunde seines Lebens tatsächlich solche Überlegungen gemacht hätte ... sie wären müßig gewesen.

Als Bell sich abrupt umwandte, sagte Billy »the Kid« zu sich selbst: Bitte nicht, Bell, bitte nicht! Und drückte in der gleichen Sekunde auf den Abzug; er spürte den Rückstoß – Bells Körper wurde gegen die Wand geschleudert, schlug dumpf auf dem Treppenabsatz auf und verschwand aus Bills Blickfeld. Er war, irgendwo in seinem endlosen Sturz, tot.

Billy stolperte zu ihm hinüber, nahm dem Leblosen die Schlüssel ab, ging schwerfällig bis zur Waffenkammer, schloß sie auf und nahm Olingers Büchse heraus. Er brauchte sich nicht zu beeilen; er hatte den Ablauf zeitlich genau eingeplant. Alles verlief wie vorgesehen; nichts störte an diesem 28. April 1881 das mittägliche Treiben in den Straßen von Lincoln. Er ging zum Fenster, das auf die Hauptstraße hinausging, die einzige Straße der Stadt.

Irgendwo knallte ein Schuß.

Olinger schaute auf. Irgendwo hatte ein Schuß geknallt. Er fuhr sich rasch mit der Serviette über den Mund, schob den Stuhl zurück und stand auf. Auch die andern am Tisch hatten den Schuß gehört; sie hoben den Kopf und lauschten. Eine Sekunde lang stand die Zeit still, undurchdringlich, unheimlich, lastend. Dann wandte sich jedermann wieder dem Essen zu, Olinger ausgenommen. Er war beunruhigt. Irgendwo hatte ein Schuß geknallt. Er zuckte die Schultern und ging auf die Straße hinaus. Eine junge Frau in einem weißen Kleid saß vor dem Wortley Hotel. Er nickte ihr zu, doch sie schaute weg. Eine Frau in einem weißen Kleid, die ruhig dort saß. Sie sah wie niemand und wie nichts sonst aus in Lincoln. Sie war wie ein Gemälde von Renoir, eine duftige, anmutige Komposition vor einer herben Landschaft in den Farben versengter Erde. Seltsam, daß Olinger – ein gefühlloser Mensch, eher ein Tier als ein Mensch, der für Schönheit unempfindlich war und nichts damit anfangen konnte – von der jungen Frau im weißen Kleid irgendwie berührt war. Doch er hatte keine Zeit, sich darüber Gedanken zu machen. Er eilte über die Straße – neunundachtzig Schritte. Als er die Stimme aus dem Fenster über ihm hörte, blieb er stehen. »Hallo, Bob.« Ein beruhigendes Gefühl: Alles war in bester Ordnung. Olinger schaute hinauf, schaute direkt in die zwei gähnenden Mündungen seiner eigenen Büchse. Olinger erkannte in dem Moment Billy »the Kid«, sah in überdeutlicher Schärfe jede Einzelheit. Er blickte in die ausdruckslosen blauen Augen, sah die dunklen Brauen und das lange lockige Haar, sah den halbgeöffneten Mund und den hervorstehenden Zahn, sah die schmalen knochigen, von den Handschellen wundgescheuerten Gelenke ... und die finsteren Augen des Gewehrs, die auf seine Seele zielten. Sie waren nicht sehr tief – oder waren unendlich tief; es war die Schwärze der Unendlichkeit jenseits der Sterne. Olinger erkannte darin die Ewigkeit. Hatte die junge Frau ihn seinem Tod entgegengehen sehen? Vielleicht. Doch was spielte das für eine Rolle? Er, er hatte sie gesehen. Selbst an diesem äußersten Punkt seines Lebens war ihm deutlich bewußt, daß er sie gesehen hatte. Sie war unübersehbar. Und wie er dort stand und zu dem Mann hinaufschaute, der ihm das Leben nehmen würde, klammerte er sich armselig an das Bild der jungen Frau. Er empfand nichts für sie – nichts, was er mit einem Namen hätte bezeichnen können. Bloß, daß sie in ihrer verklärten Schönheit, unberührbar und unerreichbar, irgendeine Ziffer in der Summe seines Daseins verkörperte. Er hatte nie darüber nachgedacht, was für ein letztes Bild er von der Welt haben würde; sein Leben war eine fiese Sache gewesen. Er staunte, daß sein allerletzter Gedanke einer jungen Frau in einem weißen Kleid galt.

Billy drückte auf den ersten Abzug. Die Ladung riß Olinger beinahe entzwei, sein Körper wirbelte herum. Billy drückte auf den zweiten Abzug, und die zweite Ladung explodierte in Olingers Rücken. Der Körper bäumte sich, lag dann entsetzlich verrenkt mit dem Gesicht nach unten mitten auf der Straße.

Aufgeregtes Stimmengewirr, hektisches Geflüster drang von unten herauf. Billy schritt ruhig über den Hof hinter dem Gerichtsgebäude. Dort stand Godfrey Gauss, der Hausmeister. Billy befahl dem alten Mann, ihm ein Pferd zu besorgen. Der alte Deutsche versuchte aufgeregt, eines auf der anliegenden Weide einzufangen, was ihm endlich gelang. Das Pferd war eine bockige Stute, die Billy Burt gehörte.

»Bestelle Mr. Burt, daß ich das Pferd zurückschicke«, sagte Billy.

Gauss sattelte die Stute und band sie an einem Zaunpfosten fest. Inzwischen versuchte Billy, die Fesseln abzustreifen, was gar nicht so einfach war. Der alte Gauss half ihm dabei und hieb schließlich mit einer Axt die Kette haarscharf entzwei. Billy band die losen Enden an seinem Gürtel fest.

Und dann führte Billy »the Kid« die Stute im hellen Frühlingsnachmittagslicht auf die breite Straße hinaus, wo sich seit dem Mittag die Einwohner von Lincoln drängten. Billy nahm sich Zeit. Er hatte sich Waffen besorgt; er hatte sich ein Pferd besorgt; er hatte seine Handschellen gesprengt; er ließ zwei tote Männer zurück. Alles in allem: es war einer der vergnügtesten Tage in seinem jungen Leben gewesen. Er war in Hochstimmung wie nie zuvor. Die braven Bürger von Lincoln, New Mexico Territory, warteten mit verhaltener Bewunderung auf das Erscheinen von El Chivato. Wetten wurden abgeschlossen und Schnapsflaschen herumgereicht, doch ruhig, unauffällig. In der Stadt herrschte ergriffene Stimmung, Rührung lag in der Luft wie an einem Feiertag – wie an Allerseelen. Billy sei verwundet worden und könne nicht reiten; er sei getötet worden; er suche im Gerichtsgebäude nach einem versteckten Schatz; er bete für J. W. Bells und Bob Olingers Seele; er schreibe einen Brief an Lew Wallace, den Gouverneur, um ihn um Gnade zu bitten.

Kurz nachdem Olinger auf der Straße erschossen worden war, hatte einen Moment lang Aufregung geherrscht. Vor dem Wortley Hotel hatte sich eine junge Frau in einem weißen Kleid in den Sattel eines großen, rotbraunen Hengstes geschwungen und war im Galopp davongeritten, ihr langes Haar flatterte, und ihr makelloses Kleid blähte sich wie Eierschnee über ihren braunen Schenkeln. Die Bewohner der Stadt hielten den Atem an.

Und dann erschien Billy »the Kid«.

Er ließ einen Jungen mit dem Pferd am Zügel vorausgehen, schritt dann händeschüttelnd die eine Straßenseite hinauf, die andere hinunter. *¡Gracias, gracias!* sagte er ein ums andere Mal. *Adiós*. Und das Volk überschüttete ihn mit Segenswünschen. *¡Hasta luego, Billiii! Vaya con Dios. ¡Bravo! ¡Bravo! ¡Bien hecho, Billiii!*

Billy bestieg mühsam das Pferd; die schweren Ketten waren zwar durchschnitten, hingen aber immer noch an seinen Knöcheln. Dann gab er dem Pferd die Sporen: *¡Salud!* rief er der Menge zu. *¡Salud y amistad! ¡Adiós, mis amigos, amigos de mi corazón, adiós!*

18

Eine Drohung schwingt in seinen Worten

Dwight Dicks war verdrossen. Er mistete mit seinem Sohn Murphy in der Scheune die Boxen aus. Dwight war ein hünenhafter, grobschlächtiger Mann, gut sechs Fuß groß, mit einem riesigen kahlen Schädel und riesigen Händen. Sein Gesicht war von Wind und Sonne gegerbt; seine Augen waren verkniffen, und man hatte den Eindruck, als blinzle er, ob Tag oder Nacht, beständig in die Sonne; sein breiter Mund war zu einem ewigen Grinsen verzogen. Seine gelben Zähne standen weit auseinander; seine wulstigen, blauroten Lippen waren aufgesprungen. Seine stämmigen Beine waren gegrätscht, und er keuchte während der Arbeit.

Murphy war achtzehn, fast so groß wie sein Vater, mit einem dichten rotblonden Haarschopf und sanften, angenehmen Gesichtszügen. Obwohl sich die beiden irgendwie ähnlich sahen, fiel es einem schwer, sich vorzustellen, daß der Sohn einst aussehen würde wie der Vater.

Dwight arbeitete mit einer kurzen Heugabel, einer 42-Inch-Forke mit gebogenen Zinken und einem Kreuzgriff. Er mußte sich seiner Länge wegen bei der Arbeit ständig bücken. Er schleuderte nach bewährter – aber erschöpfender – Manier das alte, zertrampelte Stroh im Galeerenrhythmus aus der Boxe. Hin und wieder schaltete er eine Pause ein, um zu verschnaufen und sich zu strecken. Seit über vierzig Jahren quälte ihn sein steifer Rücken, und der Schmerz, als er sich aufrichtete, war zugleich Erleichterung. Es war eine Arbeit, die er nicht besonders mochte. Er war lieber an der frischen Luft. Wenn er eine Ladung Stroh emporhob, wirbelte er eine Wolke aus Spreu und Splittern und zerbröseltem Laub auf, die sich in der dunklen Scheune wie Rauch und Asche ausbreitete und einen beinahe erstickte. Der Staub brannte in den Augen und reizte die Nasenschleimhäute, drang zwischen den Kragen, in die Handschuhe und in die Stiefel. Es war eine Dreckarbeit, weiß Gott, aber nicht die schlimmste, und sie gehörte zu seinem Tagwerk, so lange er sich erinnern konnte. Er schleuderte frisches Stroh in die Boxe, zerrte einen Heuballen zu sich herüber, legte dann die Forke daneben. Er zog eine 7,5-Inch-Beißzange aus der Gesäßtasche seiner Latzhose, schnitt den Draht durch und ließ die Zange auf dem kompakten, dunkelgrünen Heu liegen. Er langte nach der Whiskyflasche, die er in der Boxe versteckt hatte, zog den Korken heraus, führte die Flasche an den Mund, warf den Kopf in den Nacken, zog die Schultern hoch, trank vier lange Schlucke der braunen, brennenden Flüssigkeit, rülpste geräuschvoll und schüttelte sich. Er legte die zu Dreiviertel volle Flasche an ihren Platz zurück und bedeckte sie mit Stroh.

»Murph!« rief er. Etwas ging ihm im Kopf herum, und das mußte heraus.

»Hä ...!« Murphys Stimme dröhnte wie ein Echo über die Boxen hinweg.

Schräge Sonnenstrahlen, in denen Staubpartikel tanzten, leuchteten wie kaleidoskopisch flirrende Säulen vor Dwights Augen. Er konnte seinen Sohn nicht sehen.

»Murphys Law. Hast das Pferd etwa verschenkt, Sohn?« Eine Drohung schwang in seinen Worten. Murphy Dicks unterbrach seine Arbeit. Schweigen.

»*Well,* Pa, nicht ganz.«

»Nicht ganz?« wiederholte Dwight. »Was dann? Hast du's verkauft?«

Es folgte eine weitere, kürzere Pause.

»*Yeah,* Pa. So ungefähr.«

Dwight dachte angestrengt nach. Seine Laune heiterte sich auf, und er fragte schmunzelnd: »Wieviel? Wieviel hast dafür bekommen?«

»'ne Menge, Pa. 'ne ganze Menge hab ich dafür bekommen.«

»*Well,* willst du damit sagen, daß du 'nen fairen Preis rausgeholt hast, Sohn?«

In seiner Stimme lag ein vergnügtes Grunzen, ein beruhigender Klang, den Murphy kannte. Er atmete erleichtert auf.

»Pa, mehr als fair, würd ich sagen ... ausgesprochen großzügig, würde ich sagen ...«

Ein schlaues Lächeln breitete sich in Dwight Dicks' breitem Gesicht aus.

»Weißt du, Sohn, manch einer würde sagen, hast dich aufs Kreuz legen lassen. Hol's der Geier, Sohn, Murphys Law ist 'n Teufelspferd.«

»Ich hab ja auch einen verteufelt guten Preis dafür bekommen, Pa. Und 's kommt noch einiges hinzu, schätz ich.«

Dwight Dicks schlug sich dröhnend auf die Schenkel, was einen Wirbelsturm in der Scheune auslöste.

»Ein verteufelt guter Preis ...«, äffte er seinen Sohn nach. »Weiß Gott ... und kann sie auch reiten, Sohn? Sag, kann sie auch reiten, die Rothautgöre?«

Fügte dann vor sich hin brummend hinzu: »Hol's der Geier, könnt auch mal 'ne Tour versuchen mit der Rothaut, Teufel noch mal.«

»Sie kann reiten, Pa, und ob«, sagte Murphy.

19

Sie muß ihre Rache zu Ende führen

Grey ritt im gestreckten Galopp zur Ranch von José Cordova am Fuße der Capitan Mountains. Sie erklärte Cordova, Billy sei aus dem Gefängnis von Lincoln geflüchtet und treffe gewiß demnächst hungrig und durstig ein. José Cordova setzte das Abendessen aufs Feuer. Er war ganz aufgeregt.

Später, nachdem sich Billy mit José Cordovas Hilfe von den Fesseln befreit hatte, wurde ein üppiges Essen aufgetragen – Tortillas und Hammeleintopf mit grünem Chili, Sapotepflaumen und kleine Saueräpfel und *café con leche*. Und dann feierten sie mit *aguardiente* eine Art Thanksgiving unter dem funkelnden Sternenhimmel. Billy schickte Burts Stute mit einem kräftigen Klaps nach Hause zurück. Sie galoppierte in der Dunkelheit davon.

Auf dem Nachttisch tropfte eine Kerze. Das Bett war schmal und hart, nur eine hölzerne Pritsche mit einem Strohsack. Billy war schnell aus den Kleidern. Grey trug ein hellblaues Barchentnachthemd. Sie saßen eine Weile steif nebeneinander auf dem Bettrand, betrachteten den flackernden Widerschein der Kerze auf den kahlen Lehmwänden, auf den *vigas* und *latillas* über ihnen, sprachen kaum ein Wort, fragten sich, was es zu sagen gäbe.

Billys weißer Körper wirkte fast zerbrechlich. Grey sah überaus bezaubernd aus in ihrem Nachthemd, nicht eigentlich verführerisch – was sie durchaus sein konnte –, sondern heiter und entspannt und weiblich und schlicht wunderschön. Wie auf ein Zeichen legten sie sich hin, und die

Schatten schlugen über ihnen zusammen. Die Hektik des Tages hallte noch immer in Greys Ohren nach, doch nur noch gedämpft. Sie war von der Stille im schmucklosen Raum überwältigt. Hier war sie in Sicherheit und unversehrt, ganz umschlossen von den kahlen, weiß schimmernden Wänden wie in einem Mutterleib, wohligwarm eingebettet in die Strohmatratze und von den Armen ihres Geliebten umschlungen. Verlangen regte sich in ihr – nicht ganz gegen ihren Willen, doch schließlich schickte es sich, anmutig Widerstand zu leisten –, nahm Zelle um Zelle von ihr Besitz. Und Billy – Billy war ausgesucht höflich, ruhig, geduldig, liebevoll, verständnisvoll, sanft. Kein Mann vor ihm war das alles gleichzeitig gewesen ... nicht einmal Worcester Meat, der doch der sanfteste Mensch überhaupt war. Sie gab sich ganz seiner Umarmung hin, doch sie hielt es kaum mehr aus. Sie zitterte vor unterdrückter Lust. Billys Hand streichelte ihr Gesicht, ihren Hals, umfing ihre Schultern, ihre Brüste, und er küßte sie. Er schmiegte seinen Körper an den ihren. Er fuhr mit seiner Hand über ihre vollen Hüften, dann mit den Fingern die Innenseite ihrer Schenkel aufwärts. Legte seine Hand unendlich zart, unendlich lang auf ihren Bauch, bis ihr ganz kribblig wurde. Dann zeichnete sein Finger die flaumige Rundung ihres Bauches nach, glitt zwischen ihre Schenkel, unter ihr Barchentnachthemd, und verlor sich in den feuchten Falten.

»Billy, o Billy«, flüsterte sie, »nimm mich, schnell.«

Ihr Atem flog. Mein Gott, hatte sie das tatsächlich gesagt? Was war nur mit ihr los? Sie drückte sich sonst nicht so blumig aus. Ungeduldig sagte sie: »Ich meine ... ficken wir, oder was?«

Sie fieberte ihm entgegen, alles an ihr drückte unsägliche Begierde aus.

»Yes, ma'am«, sagte Billy.

»Wann?« keuchte sie.

Er drehte sie sanft auf den Rücken, schob ihr Hemd

über die Hüfte, und sie half ihm dabei. Sie spreizte die Beine, und er legte sich bedächtig und akkurat dazwischen. Er küßte sie auf den Mund, und sie ihn, sie biß seine Oberlippe, fuhr mit der Zunge seinen Mund und seine Zähne, seinen stoppeligen salzigen Hals, seine Ohren entlang. Sie krallte die Finger in seinen Rücken. Sie berührten und fühlten und neckten einander ... endlos ... bis es nicht mehr zum Aushalten war. Und dann steckte er ganz, ganz langsam seine Rute in ihren Feuerofen, und obwohl es sich so sanft anfühlte, hielt sie den Atem an, versteifte sich, entspannte sich wieder. Und dann versank sie tief und tiefer, ging in einem unendlichen Strom unter. So muß es sein, dachte sie, als sie wieder auftauchte; so vollkommen und natürlich und wunderbar. Sie öffnete die Augen. Billys schmales, entrücktes Gesicht schimmerte im Dämmerlicht über ihr. Sie schloß die Augen wieder, ihre Nippel wurden hart und prall, und sie spreizte die Zehen und schrie vor Lust.

Plötzlich durchzuckte ein stechender Schmerz ihren Körper und ihre Seele. Ihre Leidenschaft verwandelte sich in Pein. Funkelndes rotes Licht explodierte hinter ihren geschlossenen Lidern. Sie schrie auf. Sie riß die Augen auf. Das Gesicht über ihr war aufgedunsen und schweißüberströmt. In dem Augenblick erkannte sie Bob Olinger, doch gleich darauf war es Dwight Dicks' breite, verzückte Fratze. Seine klobigen Hände umklammerten ihren Kopf, während er heftig keuchend stoßweise in sie eindrang, immer und immer wieder. Und aus der erlittenen Schmach keimte der Same des Leids in ihr, verwandelte sich in nackte Wut, die sie ihr Leben lang begleiten würde. Sie fühlte nur noch Haß – wie Olinger –, grenzenlos bitteren Haß, wie sie es nie für möglich gehalten hätte. Das Unaussprechliche, das ihr geschah, zwang sie zum ersten Mal, die Welt zu hassen, sich selbst zu hassen, das Leben zu hassen. Sie wollte schreien, wünschte sich, in den Armen ihrer Mutter zu liegen, ein Kätzchen oder ein Lamm in den Armen zu halten, das Rauschen von Wasser zu hören. Sie wollte sterben. In einer zornigen Aufwallung mußte sie an Dog denken und daran, wie Dog das Fleisch und die Knochen dieses verabscheuungswürdigen, lasterhaften Mannes zu Staub zertrampelte. Sie flüchtete sich in Wahnbilder, sah Dwight Dicks, der in die Mündungen des Gewehrs in Billys Hand blickte, sah durch die Mündung hindurch seine ausdruckslosen, fast farblosen, ruhigen, unendlich ruhigen Augen. Ihre Arme waren blutig zerkratzt; in ihrem Mund war der Geschmack von Blut. Sie war nackt und entstellt. Ich muß wohl das Bewußtsein verloren haben, dachte sie, denn sie konnte sich nicht erinnern, wie das hatte geschehen können. Und es war noch nicht vorbei; es ging weiter. Diese Feststellung brachte sie wieder an den Rand der Bewußtlosigkeit. Nein, sie durfte nicht ohnmächtig werden, sie mußte durchhalten, mußte der Tatsache in die Augen sehen, so grausam und schrecklich und unmenschlich sie auch war. Auch dafür mußte sie die geeignete Antwort finden.

Dwight Dicks war erschöpft. Er stützte sich unsicher auf die Ellbogen, sein Brustkasten hob und senkte sich.

»Wie war's, Dwight?« fragte sie mit kaum merklich zitternder Stimme.

»Uff, du Teufelsstück«, sagte er. »Mhmm, also ... es tut mir leid, ehrlich.«

Sein Atem stank nach Whisky.

»Honey«, sagte Grey, »ruh dich aus, bleib schön liegen, ja?«

Verwundeter männlicher Stolz regte sich in ihm.

»Acht Inch, unbeschnitten«, murmelte er geknickt.

»Meinst du, ich wüßt das nicht, *honey?«* sagte sie.

Spärliches Licht drang in die Boxe, jedoch genug, damit Grey ihre Umgebung erkennen konnte. Die leere Flasche glänzte außerhalb ihrer Reichweite.

Sie versuchte, ihre Kräfte zu sammeln. Auch sie rang nach Atem. Nach längerem Schweigen sagte sie:

»*Honey,* ich möcht oben liegen, darf ich?«

Dwight Dicks, dem langsam dämmerte, daß er etwas Unverzeihliches getan hatte, war auf der Hut. Doch er war ausgepumpt und betrunken.

»*Well*«, sagte er; was er damit meinte, war unklar.

Sie rappelte sich auf die Knie. Als er sie vor sich sah, die fließenden Falten ihres schwarzen Haars und die hohen, vollen, prächtigen Brüste wie Melonen an ihrem geschmeidigen Körper, ihren sanftgeschwungenen Rücken über den schimmernden Hüften, sagte er, tief Luft holend: »*Oh, my,* so komm.«

Sie schob sich zwischen das Dreieck seiner gespreizten ferkelfarbenen Schenkel. Und sie begann seinen Pimmel zu streicheln, brachte ihn behutsam zur Erektion, die große, purpurne Eichel lugte wie der Kopf eines Katzenwelses aus ihrer zu einer lockeren Faust geballten Hand. Er leckte sich die Lippen und schloß die Augen. Stille trat ein.

Sie dachte über ihre Lage nach. Sie drohte zu ersticken. Ihre Augen brannten und tränten vom Staub und vom Heu, so daß sie kaum sehen konnte. Doch sie erkannte die Gegenstände in ihrer Reichweite. Sie wiegte sich auf Dwights fleischigem, stumpfem Penis hin und her und legte sich währenddes einen Plan zurecht. Sie lullte ihn in Erschöpfung ein. Ihre Brüste wogten über seinem Gesicht.

»*Honey*«, sagte sie, »spiel mit meinen Titten, bitte.«

Lächelnd führte sie seine klobigen Hände an ihre Brüste.

»Drücke sie«, sagte sie, »mach schon, *honey*. Drücke sie.«

Er legte seine hohlen Hände um ihre Brüste und preßte sie gegeneinander, sein breites, rundes Gesicht verwandelte sich in eine Fratze gieriger Wollust.

Sie langte schnell nach dem losen Draht um den Heuballen, er fühlte sich glühendheiß an unter ihren Fingern, sie zog ihn schnell zu sich herüber und wand ihn um

Dwights Handgelenke, so flink und satt wie ein Viehtreiber den Strick um die Haxen eines Kalbes schlingt. Es dauerte kaum eine Sekunde. Dwight Dicks fuhr in die Höhe. Er hob die Arme und schlug auf sie ein, doch der Draht schnitt sich tief in das Fleisch ein, und er heulte auf vor Schmerz. Grey hatte sich vorgesehen; kerzengerade kniete sie vor ihm – und dann hielt sie plötzlich die Heugabel in der Hand. Er wälzte sich mühsam auf die Seite, doch bevor er sich aufrichten konnte, setzte sie die spitzen Zinken an seinen Hals. In seinen Augen lag Todesangst. Er atmete schwer, rührte sich aber nicht, Schweiß brach ihm aus allen Poren.

Auf ihren Befehl rollte er sich vorsichtig wieder auf den Rücken, die Beine gespreizt, seine roten, fetten Arme bildeten einen ovalen Rahmen um seinen breiten Brustkasten, seine gedunsenen, an den Gelenken zusammengebundenen Hände lagen über seinem Gemächt – die Gabelzinken dicht am Hals, bereit, bei der kleinsten Regung zuzustechen. Er war festgenagelt.

»Ich möcht dich am liebsten umbringen, Dwight«, sagte sie.

Er schluckte, wollte etwas sagen, doch sie preßte den Griff der Heugabel ganz leicht mit dem Handballen; unterhalb seines Ohrs perlten Blutstropfen. Er lag ganz still, steif, jede Faser gespannt.

»Wenn du dich rührst«, sagte sie ganz ruhig, »bringst du dich selbst um.«

Sie schob die Gabelzinken langsam, ganz langsam vom Hals zum Kinn und über seinen offenen Mund; er hörte den Stahl auf seinen Zähnen knirschen. Die langen, gebogenen Zinken streiften seine Haut. Ihre Hände waren nun ganz ruhig. Sie führte die linke äußere Zinke in Dwight Dicks linkes Nasenloch ein; die mittlere Zinke glitt zum linken Augenwinkel, lag zwischen dem Lid auf dem nackten Augapfel. Es blieb ihm nichts anderes übrig, als den

Kopf weit nach hinten zu beugen und gegen den Fußboden der Boxe zu stemmen. Sein Gesicht war nur noch eine schreckliche Fratze; sein Kinn war in einem grotesken Winkel nach oben gerichtet.

»Rühr dich nicht, Dwight«, sagte sie. »Wenn du dich rührst, sticht die Forke durch die Nase in die Augen, bis ins Hirn vielleicht.«

Sie schob sich wieder zwischen seine gespreizten Schenkel. Seine Beine waren steif und fleckig und mit Hautflechten und Pusteln und weißen Narben übersät. Greys Glieder schmerzten durch die erzwungene starre Haltung. Sie hätte alles gegeben für einen Hauch frische Luft oder einen Schluck kaltes Wasser – alles auf der Welt, ausgenommen diese Abrechnung: diesen Akt der Vergeltung. Sie mußte ihre Rache zu Ende führen. Sie nahm die gebogene Drahtzange, die oben auf dem Heuballen lag. Es war ein hübsches, handliches Werkzeug. Die Klingen waren 1,12 Inch lang.

In der Ferne bellten Hunde. Und irgendwo, weit weg, quietschten Reifen auf dem Asphalt.

Grey hielt die überhängende Vorhaut von Dwight Dicks' schlaffem Penis zwischen dem Zeige- und dem Mittelfinger ihrer linken Hand und zog sie in die Länge, schnitt dann mit der Drahtzange die Vorhaut einen Viertel Inch kreisförmig ein.

Dwights massiger Oberkörper bäumte sich. Seine Muskeln zuckten und flatterten, seine Nerven gerieten durcheinander, seine Därme rumpelten.

»Dwight, Dwight, Dwight, Dwight, Dwight«, trällerte sie, »du mußt die Operation wohl selbst zu Ende führen.«

Der kleine, schrumplige, blutige Hautfetzen ekelte sie. Sie fühlte sich zu Tode erschöpft.

Sie richtete sich auf, schleuderte die Forke weg und taumelte zu einem Eimer mit einer widerlich riechenden Flüssigkeit, Kälber-Tinktur oder Schmiere wurde das Zeug genannt und wurde dazu verwendet, bei kastrierten Rindern die Blutung zu stillen. Sie schmierte Dwight Dicks' franslige Wunde damit ein. Sein Kopf lag schlaff auf der Seite; er hatte das Bewußtsein schon lange verloren.

Dann ritt sie das Pferd Dog in scharfem Galopp zum Fluß und badete lange und ausgiebig.

Ein orangenfarbiger Mond stand am Himmel. Über dem Wasser lag die Stimme der Großmutter.

20

Dies alles ergibt keinen Sinn

Als er Milo wegfahren hörte, rieb er sich die Augen und stand auf. Die Begegnung in der Nacht hatte ihn verstört, er hatte jämmerlich geschlafen. Er konnte sich keinen Reim darauf machen, was das alles zu bedeuten hatte. Wer zum Teufel war diese Grey? Doch wer sie auch immer sein mochte: Wie kam sie dazu, sich ihm aufzudrängen? Was wollte sie überhaupt von ihm? Was war es, was die alte Frau, Kope'mah, ihm hatte übergeben wollen? Irgend etwas, was ihm gehörte, hatte Grey gesagt. Hatte sie nicht gesagt, eine Medizin? Selbst wenn es irgendwelche Bande zwischen der alten Frau und seinem Vater gegeben hatte – was gab dieser anmaßenden Person das Recht, sich einzumischen? Dieser Frau, die für alle eine Fremde war – ausgenommen für den alten Mann, mit dem sie zusammen lebte? Was gab ihr das Recht, sich als Vermittlerin aufzuspielen, als Medium? Er hatte sich also doch nicht getäuscht: Die Erscheinung in der Laube bei seiner Ankunft, ihre Anwesenheit an diesem Ort war befremdend und ungewohnt. Sie gehört zu einer anderen Welt, dachte er. Doch nichtsdestotrotz: sie hatte ihn aus dem Konzept gebracht.

Es war früh, erst kurz nach sechs. Im Haus war alles still, Jessie war wohl noch nicht auf. Er pumpte Wasser aus dem Ziehbrunnen, wusch und rasierte sich. Dann ging er zum Fluß hinunter, folgte gefühlsmäßig dem Weg, den er das Mädchen in der Nacht hatte einschlagen sehen. Als er am Ufer des Cradle Creek anlangte, entdeckte er einen einfachen Steg, bloß ein dicker Stamm, der über dem Fluß lag, und auf der anderen Seite Abdrücke von Pferdehufen und einen Pfad im seichten Wasser, der die Böschung hinaufführte und im dichten Unterholz verschwand. Als er in die rote Ebene hinaustrat, sah er das Haus: Worcester Meats Haus, und in einer Bodensenke dahinter die Torfhäuser, kahl und ausgestorben im hellen Morgenlicht. Das Holzhaus war in schlechtem Zustand – das Mottledmare-Haus war im Vergleich dazu groß, ja geradezu modern. Es war im Grunde nur eine Holzkiste mit zwei kurzen und zwei langen Seiten, an jedem Ende eine Tür und mit einem Fenster da, einem Fenster dort, vier im ganzen. Auch hier kein Zeichen von Leben. Er wartete ein paar Minuten: Nichts regte sich. Schließlich fühlte er sich unbehaglich, er kam sich vor wie ein Spion, der in die Intimsphäre fremder Leute eindrang. Aber wurde er nicht selbst ausspioniert? versuchte er sich zu rechtfertigen. Seine Haut juckte – wie am Abend vorher, als er und die Hündin im dunstigen Gebüsch jemand oder etwas wahrgenommen hatten. Das Mädchen Grey hatte, im Gegensatz zu ihm, eine offensichtliche Begabung für Agentenspiele. Und dann stieg er die Stufen zur kleinen, schiefen Veranda hinauf und klopfte an die Tür. Niemand antwortete. Er schaute durch eines der Fenster. Überall im Zimmer waren Kleider und Papiere und Küchengeräte verstreut, ein ungemachtes Bett, leere Flaschen, Staubpartikel, die im schrägen Lichtviereck auf dem Fußboden flimmerten. Es war eindeutig niemand zu Hause. Plötzlich fühlte er sich irgendwie enttäuscht. Wahrscheinlich würde er Grey nicht mehr sehen … und er würde nie erfahren, was sie ihm hatte geben wollen … wenn es sich nicht um einen Scherz gehandelt hatte. Was soll's, vielleicht hatte es sich tatsächlich bloß um einen Scherz gehandelt. Von dem Moment an, als er das Telegramm erhalten hatte, war er herumgeschoben worden wie eine Figur auf einem Spielbrett. Er war herzitiert worden, wie aus dem Hut eines Zauberers, eines Gauners, eines Hexers gezogen. Und zu alledem konnte er nicht umhin, sich zu fragen, wer sie war. Sie? Und was wäre, wenn es sich doch um einen Jungen gehandelt hatte gestern in der Laube? Ein guter Witz – oder etwa nicht? Bravo. Nun so denn, er würde mitspielen; er würde das Spiel zu Ende spielen.

Er erzählte Jessie nichts. Zum Frühstück gab es Zwieback und Tunke und schwachen, gezuckerten Kaffee. Am späten Vormittag brachen sie zur Tanzveranstaltung auf; unterwegs hielten sie am Friedhof an, um Kope'mahs Grab zu besuchen. Set stand vor dem frisch aufgeworfenen roten Erdhügel, und als er Jessie weinen sah, setzte er eine feierliche Miene auf. Doch er fühlte nichts. Nichts. Er hatte beschlossen, diesen Ort zu vergessen, diesen unwahrscheinlichen Zwischenfall, der ihn aus seinem geschäftigen Leben gerissen hatte, aus seiner Erinnerung zu streichen, und er wünschte sich nichts anderes, als möglichst schnell in seine vertraute Umgebung zurückzukehren. Die alte Großmutter war tot und begraben; der Geist seines Vaters hatte ihn in den Schatten des dichten Unterholzes am Cradle Creek nicht berührt. Das Mädchen Grey hatte ihm ein Versprechen gegeben, hatte es jedoch nicht gehalten. Dies alles ergab keinen Sinn. Von unvorhergesehenen Verzögerungen abgesehen, würde er zum Abendessen zu Hause sein. Eine frische Brise würde über der Marina wehen, und er würde die Union Street hinaufgehen und bei *Perry's* am Tresen einen Gibson trinken. Er würde durch die Straßen schlendern und die Auslagen betrachten und in der Bucht unter den Nebelhörnern schlafen. Und dann würde er zu seiner Arbeit zurückkehren. Er spürte das dringende Bedürfnis zu malen. Er hatte seine Arbeit umsonst verlassen. Er hatte sich auf fremdes Gelände begeben – und das war's dann auch gewesen. Er war hier fehl am Platz, inmitten von fremden Gräbern in der herben roten Landschaft. Als er mit Jessie vor dem kleinen Grab stand – es war nicht größer als ein Kindergrab –, kam ihm die Hitze unerträglich vor. Im Gras knisterte es, riesige grüne Heuschrecken schnappten nach ihnen. Kope'mahs Grab war neu und hell. Die Steine auf dem Friedhof wirkten zufällig und gleichzeitig organisch angeordnet, dunkle Marksteine in der Menschen Zeit. Ein Vogel schlug an. Der glühende Mittag, wabernde Säulen über der Landschaft, war greifbar. Unkraut hatte vor langer Zeit Catlin Setmaunts Grab überwuchert.

21

Sie wendet sich nochmals dem Bild zu

Und Set erinnerte sich:

Lola Bourne hatte eines seiner Bilder gekauft, ein Acryl auf Papier: *NACHTFENSTERMANN* hatte er es genannt. Es war selbst für Set ein eigenartiges Bild. Eine seltsame Kraft ging davon aus. Es war ein heller grüner Rahmen, ein Fenster, um eine pastöse blaue und graue Fläche, eine undurchdringliche, drohende Tiefe, aus der eine gnomenhafte Gestalt hervortrat, ein rothaariger Mann in einem roten Kleid. Set hatte zuerst nur die Farben vor sich gesehen; das Bild hatte sozusagen von allein Konturen angenommen. Er hielt es für ein gutes Bild, hatte jedoch nicht erwartet, es zu verkaufen. Jason, sein Agent, hatte ihm geraten, es nicht auszustellen. Es ist noch nicht der richtige Zeitpunkt, die Leute zu verwirren, hatte Jason gesagt, wenn wir berühmt sind, können wir es uns dann leisten.

»Es verwirrt mich«, hatte Lola gesagt, als sie das Bild zum ersten Mal sah. »Es ist zutiefst verwirrend; es gefällt mir, ich will es haben«, hatte sie zu ihm gesagt. Es war anläßlich der Vernissage seiner ersten Ausstellung in San Francisco gewesen. Er war leicht beschwipst. Er hatte vielen Leuten die Hand geschüttelt, hatte Konversation gemacht, hatte sich, wie Jason ihm geraten hatte, von der besten Seite gezeigt. Er hatte Lola Bourne von dem Moment an, als sie die Galerie betreten hatte, nicht aus den Augen gelassen. Sie war eine attraktive Frau, und es wunderte ihn, daß sie allein gekommen war. Er hatte sich ihr genähert und hatte sie angesprochen: »Danke«, hatte er gesagt und ihr ein Glas Champagner gereicht. »Können Sie … können Sie mir erklären, warum?«

Sie blickte ihn lange an, schien sich zu überlegen, ob seine Frage ernstgemeint war oder nicht.

»*Well,* hatte er hinzugefügt, mir gefällt es nämlich auch. Aber ich weiß nicht eigentlich, warum. Vielleicht können Sie es mir sagen.«

Sie wandte sich nochmals dem Bild zu.

»Der kleine Mann, der Zwerg«, sagte sie, »er ist aufs äußerste gespannt. Eine leidenschaftliche, rätselhafte Kraft geht von ihm aus.«

»Ja«, sagte Set geschmeichelt. »Und was geht Ihrer Ansicht nach in dem kleinen Mann vor?«

»Ich denke, er macht eine Verwandlung durch.«

22

Er steht der finstersten Macht gegenüber

Set parkte den Wagen am Fuße eines grasbewachsenen Hügels; dann folgte er Jessie einen Pfad entlang, der durch einen kleinen, mit Eichen und Nußbäumen bestandenen Forst führte. Darum herum waren Lager verstreut: viele Zelte, vereinzelte Tipis. Ein hübscher, ungewohnter Anblick, die weißen, mit zitterndem Licht gesprenkelten Zelte. Subtile Spannung lag in der Luft, Feststimmung. Set fühlte sich zunehmend besser. Irgendwie ein gutes Gefühl, hier zu sein. Er war aufgeregt – wie damals, als ein Zirkus in die »Peter-und-Paul-Heimschule« gekommen war. In den Lagern herrschte vorläufig noch erstaunliche Ruhe, stellte er fest. Sie waren offensichtlich während einer Pause angekommen, während einer Ruhepause. Er entdeckte nur alte Männer, Frauen und Kinder. Er nahm an, daß die Männer – die »alten Hunde«, wie Jessie sie nannte, denn es handelte sich um das Treffen eines Krieger-Bundes – mit geheimnisvollen Vorbereitungen beschäftigt waren, an denen niemand sonst teilnehmen durfte.

Jessie kannte anscheinend jedermann, und als sie durch die Lager gingen, stellte sie ihn vor.

»Das ist Ihr Vetter Everett, Everett Gontai ... und das ist Ihre Großtante Pauline ›Broken Wing‹ ... das Ihr Großvater, nach indianischer Tradition natürlich, Großvater ›Lone Woman‹.«

Er versuchte, die Namen im Kopf zu behalten – Namen wie Achilles »Mad Mother« zum Beispiel waren tatsächlich einprägsam –, doch es waren zu viele, und er gab es auf.

Wo sie hinkamen, wurde ihnen zu Essen angeboten. »Setz dich zu uns, es gibt Kaldaunen und Fladenbrot.« – »Schau, Flußwels … Oder vielleicht gebratene Rippchen?«

In den Camps, stellte er fest, bestand die wichtigste Beschäftigung in der endlosen, sorgfältigen Zubereitung von Speisen. Es muß schon immer so gewesen sein, dachte er, wenn zu essen vorhanden war. Satt sein war gut; hungrig sein war schlecht. Die Herdfeuer wurden geschürt, und die Düfte waren deftig und zahllos.

Er schritt die Tanzfläche ab, ein breiter, grasbewachsener Kreis. Gegen Osten stand ein hohes, mit Jagdszenen bemaltes Tipi; die Zeichnungen waren schnörkellos und kraftvoll wie alte Felsenmalereien. Es war in der Tat beeindruckend – und überdies »mächtig«, wie Jessie sagte, eine Medizinhütte. Nur die Anführer durften sie betreten. Set fragte sich, wie man sich wohl fühlte im Dämmerlicht des durchscheinenden Spitzkegels … wie es war, im Licht selbst die heilige, von der Medizin erfüllte Luft zu atmen. Ob Cate jemals drinnen gewesen war?

Inzwischen lagerte eine Menschenmenge um das grüne Rund des Tanzareals.

»Die Männer legen ihre Gewänder an«, sagte Jessie. »Sie lassen sich Zeit, denn sie können nicht prächtig genug aussehen.« Sie betonte das Wort »prächtig« mit ganz besonderem Nachdruck und lachte dabei. »Natürlich lassen sich auch die Frauen Zeit«, fügte sie hinzu, »aber in diesem Fall betrifft es vor allem die Männer. Es ist ihr Tanz. Es ist ein Männertanz.«

Sie erklärte ihm, daß es sich um einen der zwei Krieger-Bünde handelte, die einzig übriggebliebenen. Ihr Ursprung war sehr alt. Alle Mitglieder waren Armee-Veteranen; sie waren Krieger.

Set hätte gerne gewußt, wann der Tanz losging, doch das war anscheinend unwichtig. *Indian time:* ein Ausdruck, den er schon oft gehört hatte, nun stellte er fest, daß tatsächlich etwas dran war. Hoffentlich hatten die Tänzer ihre Armbanduhren nicht zu Hause gelassen. Aber schließlich, gut Ding will Weile haben. Mit einer solchen Einstellung ließ sich leben. Nichtsdestotrotz konnte er es sich nicht verkneifen, zweimal auf seine Uhr zu schauen. Es blieb nicht mehr viel Zeit bis zu seinem Flug, höchstens eineinhalb Stunden, und allein schon die Fahrt zum Flughafen dauerte eine Stunde.

Die Mittagspause zog sich in den Nachmittag hinein. Die Szenerie erinnerte an eine alte Sommerfotografie. Abgesehen von den Kindern, die zwischen den Bäumen spielten, stand alles still, nur da und dort ging jemand langsam zwischen den Zelten, stumm, wie in einem Traum. Selbst die Luft schien erstarrt, wären nicht die goldenen Lichttupfer auf dem unmerklich wogenden Blätterdach gewesen. Die Wirkung war einschläfernd. Unter der Oberfläche jedoch knisterte es vor verhaltener Energie. Jeden Moment würde etwas geschehen. Irgendwann, wie Jessie sagte, würde es losgehen. Und was auch immer geschehen mochte, es würde wirklich sein, es würde richtig und vertraut sein. Set dachte: Es wird beglückend sein, anregend, richtig – eine ästhetische Umsetzung des menschlichen Geistes. Der Zyniker in ihm regte sich, doch er harrte gespannt der Dinge.

Im Mottledmare-Camp saß ein alter Mann in einem Plastik-Klappstuhl neben dem Zelt. Er war unübersehbar. Er trug das Haar zu dünnen Zöpfen geflochten, einen großen Strohhut, ein leuchtendgelbes Baumwollsatinhemd, eine Latzhose und schwarze Schaftstiefel – alles ganz offensichtlich brandneu. Er war spindeldürr. Sein knochiges, mit tiefen Falten durchzogenes Gesicht strahlte Güte aus. In der rechten Hand, die auf seinem Oberschenkel ruhte, hielt er einen geschälten Stecken, an dem eine luftige, rosafarbene Zuckerwatte-Wolke schwebte. Set glaubte, in den trüben Augen des alten Mannes einen Funken Hochmut zu sehen;

er dachte, daß der Mann, egal in welcher Umgebung, immer mehr oder weniger aus dem Rahmen fallen würde; er war ein Original. Set hätte ihn gerne gebeten, ihm für ein Bild Modell zu sitzen.

»Das ist Worcester, Worcester Meat«, stellte Jessie vor.

Und als Set sich bemühte, Worcesters linke Hand zu schütteln, fügte sie hinzu: »Und das ist Grey.«

Set wandte sich um. Grey trat eben aus dem Zelt. Sie hielt ihm die Hand hin, und sie lächelte und schaute ihm offen in die Augen. Vor Verblüffung verschlug es ihm die Stimme. Er mußte ihr wohl etwas albern vorkommen. Doch er brachte kein Wort heraus, er starrte sie mit offenem Mund ungläubig an und wußte nicht, was sagen: Sie war schlicht wunderschön. Und er staunte, daß sie ihm in der Nacht so nahe gewesen war und er nicht bemerkt hatte, wie sie aussah. Sie trug eine reich mit Perlenstickereien verzierte Damhirschledertunika, die bis zu den Knöcheln fiel, und Damhirschlederstiefel. Ihr Haar war mit Perlenbändern und gefärbten Stachelschweinborsten zu dicken Zöpfen geflochten. Zwei gleich lange Adlerfedern waren an ihrem Hinterkopf befestigt; sie zeigten über ihre rechte Schulter nach unten. Ihr Haar war kohlschwarz und ihre Augen – in dem Moment – violett, von der Farbe der Klematis. Ihre Haut war dunkler als das Hirschleder und schimmerte wie Sand. Das Muttermal an ihrem Mundwinkel sah aus wie eine dunkle Blutperle. Sie trug, abgesehen von einer dünnen, schwarzen Linie um die Augen, keine Schminke – und brauchte auch keine. Ihre Lippen waren voll und scharf geschnitten zugleich, die Mundwinkel liefen pfeilspitz aus. Als er ihre Hand nahm, spürte er ihre Kraft; ihr Griff war unvermutet hart. Er stellte erneut fest, wie groß sie erschien – und kräftig.

»Hallo«, sagte sie, die letzte Silbe gedehnt betonend, und er erinnerte sich an ihre Stimme in der Nacht zuvor.

»Hallo, Grey.« Er hielt ihre Hand etwas zu lange in der

seinen, ließ sie dann plötzlich los. »Du ... du schaust ... Ein wunderschönes Gewand«, fügte er schnell hinzu.

Er kam sich läppisch vor. Er fragte sich, ob er nicht etwa errötet war. Sie lächelte und wandte den Blick nicht von ihm.

»Mr. Setman, bitte, möchten Sie mein Gesicht bemalen?« fragte sie. »Es wäre eine Ehre für mich.«

Er war sprachlos, verblüfft. Und dann begriff er, daß sie ihn gebeten hatte, Farben in ihrem Gesicht aufzutragen, sie mit Zeichen und Symbolen zu bemalen.

»Und für mich ebenso«, antwortete er. »Aber natürlich, gern, wenn du mir zeigst, wie man das macht.«

Sie ging ins Zelt und kam gleich darauf mit Farben und Kreide und einer Zeichnung auf einem braunen vergilbten Stück Papier zurück. Die Zeichnung stellte den Kopf einer Frau dar, das Gesicht war mit farbigen Motiven geschmückt. Unter jedem Auge war ein dunkelblauer Tupfer mit einem Durchmesser von ungefähr einem Viertel Inch, mit vier gleich langen, strahlenförmigen Linien: aufwärts blau, links gelb, abwärts schwarz und rechts rot. Über dem Kinngrübchen war ein gleich großer, blauschwarzer Tupfer, doch ohne Strahlen.

»Ich schmücke mich gern mit Malereien, und ich tanze leidenschaftlich gern«, sagte Grey. »Nur noch wenige Frauen bemalen ihre Gesichter. Sehen Sie, hier, so bemalte die Großmutter ihres.«

Set studierte die Zeichnung, trug dann sorgfältig die Farben in Greys Gesicht auf. Seine Hand war unsicher, doch er war in Anbetracht der Umstände mit seiner Arbeit zufrieden. Sie war ihm so nahe, schaute ihm direkt in die Augen, und ihre Haut war so zart ... Sie war – schlicht – wunderschön! Das Grübchen an ihrem Kinn war ausgeprägt, und der mit Holzkohle aufgetragene Kreis sah aus wie zwei schwarze, einander gegenüberstehende Halbmonde. Jessie und Milo begutachteten anerkennend sein Werk.

Milo war in der ganzen Herrlichkeit seines Festgewandes aus dem Zelt aufgetaucht. Er trug einen prächtigen Kopfputz, der mit einem Haarbüschel gekrönt war und ihm in den Rücken hing, einen glänzenden blauen und roten Umhang und lange schwarze Beinlinge. Selbst in dieser imposanten Uniform wirkte er eher wie die Karikatur eines Kriegers. Milo war, wie Worcester Meat, ein Original.

Als Set fertig war, nickte ihm Grey dankend zu:

»*Ahó!* Ich muß Sie sehen, bevor Sie weggehen«, sagte sie. »Ich muß Ihnen etwas geben. Sie müssen es mitnehmen und aufbewahren; es ist sehr wichtig. Ich habe es Ihnen gestern nacht schon gesagt: Es gehört Ihnen ganz allein.«

Sie blickte ihn an, und in ihren Augen und in ihrer Stimme lag eindringlicher Ernst. Und wiederum fühlte er sich unbehaglich. Er wollte protestieren: er müsse bald aufbrechen, in ein paar Minuten, er könne ihr nicht versprechen, daß er sie rechtzeitig finde in der Menge ... Doch er sagte nichts. Er hatte das unangenehme Gefühl, daß sie sehen konnte, was er dachte; daß sie ihn in diesem Moment besser kannte, als er sich selbst. Wer war sie? fragte er sich immer wieder. Sie hatte in diesem Moment nichts mehr von einem wilden Jungen. Trotzdem versuchte er eine Sekunde lang, sich die Erscheinung in der dunklen Laube, den unheimlichen, stechenden Blick vorzustellen. Er versuchte, sich nochmals die geschmeidige, greifbare Gestalt, ihr langes, schwarzes, quecksilberumrandetes Haar im Gegenlicht des Mondes vorzustellen.

Dann war die Mittagsruhe vorbei. Er schaute dem Eröffnungstanz zu, einem Frauentanz, der Einleitung gewissermaßen. Die Tänzerinnen trugen wunderschöne Damhirschledergewänder mit langen Fransen und reichen Perlenstickereien. Sie gingen mit kleinen, gezierten Schritten langsam im Uhrzeigersinn, zeichneten einen präzisen, parallel zur runden Tanzfläche verlaufenden Kreis. Der

Gesang wurde zusehends lauter, verschmolz mit den Trommeln und schwoll zu einer unaufhaltsamen, mächtigen Klangfülle an. Und über der eindringlichen, unergründlichen Musik schwebte der Nachmittag.

Grey schien in Trance. Ihre Bewegungen waren vollkommen und anmutig. Sie setzte den linken Fuß seitlich vor, ging – unsichtbar unter dem sanft schwingenden Damhirschleder – leicht in die Knie, zog dann den rechten Fuß in einer fließenden Bewegung nach, die so sanft war wie das langsame Strömen eines Flusses. Sie berührte die Erde kaum, und dennoch war es, als widerhalle der Donner, und die Erde schien unter ihren Füßen zu beben – vor allem unter ihren, dachte Set. Ihr Haar glänzte und funkelte im Sonnenlicht. Die Federn wippten und flatterten im Wind. Und Set schaute hingerissen zu: Gab es etwas Kleidsameres als die perlenbestickten Hirschledergewänder der Plainsfrauen? dachte er. Es durchzuckte ihn wie eine Offenbarung, während er Grey bewunderte. Hätte er sie nie zuvor gesehen, sie wäre ihm unter fünfzig oder hundert anderen Frauen aufgefallen. Nie, weder in einem Museum noch in einem Geschichtsbuch, noch in einem Modemagazin, noch in der Oper, noch in den Straßen der berühmtesten Städte der Welt hatte er eine geschmackvoller angezogene Frau gesehen – oder natürlicher und ihre Kleidung mit solcher Würde tragend. Sie war mehr als wunderschön. Sie war unendlich anziehend. Und sie prägte sich so tief in des Malers Auge ein wie niemand sonst zuvor.

Als der Tanz zu Ende war, kehrte er zum Mottledmare-Camp zurück. Seine Zeit war abgelaufen, und er verabschiedete sich rundum. Dann kam Grey und verschwand im Zelt. Als sie herauskam, trug sie ein kleines, zusammengerolltes Tuch. Es war von roter Farbe, jedoch stark verblaßt. Es war offensichtlich sehr alt. Es war mit einem rohen Lederriemen zusammengebunden; der Riemen war an beiden Enden satt um das Bündel geschlungen und bildete dazwischen eine Art Griff; er wies in der Mitte einen scharfen Knick auf, was darauf schließen ließ, daß das Bündel lange Zeit an einem Pfosten oder Haken aufgehängt gewesen war. Grey reichte ihm das Bündel. Er wollte es nehmen, doch sie ließ es nicht gleich los. Eine Sekunde lang – er fühlte sich wie miteinbezogen in ein Ritual – schwebte das Bündel zwischen ihnen. Es roch nach Rauch und nach einer Essenz, die er nicht identifizieren konnte. Unter anderen Umständen hätte er sich unbehaglich gefühlt, doch nein, er war glücklich und heiter und angeregt. Dann aber spürte er ein unsichtbares Zittern in den Händen. Er wollte das Bündel loslassen, doch er konnte nicht. Sein Innerstes erschauerte. In seinen Augen war ein Brennen, und vor ihm tauchte das Bild der Großmutter auf, klein und schrumplig in ihrem Sarg, wie ein greises Kind kam sie ihm vor. Und er stellte sich vor, daß im Bündel die Mumie eines Kindes liege, und ihm war, als berührten seine Hände den Tod, als stünde er der finstersten Macht gegenüber – »das Böse« hätte er es früher genannt –, die er je erfahren hatte. Und er war unsäglich erregt.

23

Hat er ein Traumbild und hat er ein Lied?

In jener Nacht betrat Grey den Friedhof und legte sich auf Großmutters Grab. Sie legte ihr Ohr auf den kühlen, lokkeren Erdhügel und lauschte. Sie wartete lange, und als der Mond tief im Westen stand, sagte sie:

»Ja, Großmutter, ich höre dich.«

Ist er der Bär, Großmutter? Was bedeutet es, der Bär zu sein? Wandert er durch die Hügel, wandert er durch die Schatten? Hat er sich verirrt? Ist er frei? Was quält ihn so? Weiß er, was er ist? Kann er weinen und tanzen und singen? Hat er ein Traumbild und hat er ein Lied? Leidet er, und freut er sich? Tief und ursprünglich, ehrfürchtig und aufrichtig? Und ist er denn der Bär, Großmutter?

Ja, ja, ja.

Als sie sich schließlich aufrichtete, sah sie das Pferd draußen vor dem Friedhof stehen. Ganz still stand es da in der kristallnen Prärie, harrte seines Herrn, des Todes.

24

Die Tatsache, keinen Namen zu haben, ist vielleicht der Kern der Geschichte

Und Set erinnerte sich:

Daß der Tod leuchtet, daß er halbmondförmig ist und wunderbar kalt.

Loki rannte davon, entwischte zwischen der Menge auf der Hafenpromenade. Er stolperte und wäre beinahe gefallen; er wäre gefallen, hätte ihn nicht die riesige Hand eines schwarzen Mannes festgehalten. Der schwarze Mann saß auf einer Bank längs des Weges. Sein Kraushaar war mit einem weißen Netz überzogen, und sein Gesicht war bärtig. Er lächelte breit, seine wulstigen Lippen reichten von Ohr zu Ohr, und dann brach er in Gelächter aus, in ein seltsam hohes, schrilles Lachen. Lokis Herz hämmerte unter der Hand, die seinen Oberkörper beinahe umspannte. Er schaute schüchtern zu dem schwarzen Mann auf, betrachtete sein Kinn, das den Hals verdeckte, seine rollenden Augen, seine Brauen, die leicht hochgezogen waren wie die eines Schreibers, der über seine Brille schaut. Der schwarze Mann hielt ein glänzendes Horn im Arm, eine Trompete. Der schwarze Mann hatte die weißesten Zähne, die Loki je gesehen hatte. Da trat Cate hinzu, der ihn endlich eingeholt hatte. Loki riß sich los und rannte wieder übermütig davon, hörte noch das hohe, schmetternde Gelächter hinter ihm und Cates Stimme, die seinen Namen rief, nicht strafend, sondern mahnend, in einem väterlichen, unendlich geduldigen Ton.

Er drängte sich durch eine Menschenansammlung. In der Mitte lag ein kleiner Hai; seine Kiemendeckel hoben und senkten sich kaum wahrnehmbar, ein Silberschimmern glitt in flüchtigen Wellen über seinen Körper – wie das ferne Atmen des Meeres in der Tiefe der Brandung. Plötzliche Stille, und gedämpfte Ruhe legte sich über den Tod des Hais. Die vielen Stimmen der vielen Menschen drangen nur noch von weit her, und Loki kniete sich hin, überwältigt von der wehmütigen Schönheit des Fisches. Dann war der Hai tot. Auch wenn es kein Anzeichen dafür gegeben hatte – er schien im übrigen schon lange nicht mehr zu atmen –, wußte Loki genau, wann der Tod eingetreten war: nicht in dem Moment, als der Hai erstarrt war, sondern erst später. Das waren Dinge, die selbst ein kleiner Junge wußte.

Und dann war Cate gegangen.

Set konnte sich nicht mehr deutlich an die Reihenfolge der Ereignisse erinnern. Da war Schwester Stella Francesca gewesen, die ihm in seinen Träumen erschien. Da war Bent gewesen, der ihn adoptiert hatte. Es war ihm schwergefallen, die »Peter-und-Paul-Heimschule« zu verlassen. Seltsam. Er hatte sich vor Bent weniger gefürchtet als vor Schwester Stella Francesca, als er sie zum ersten Mal gesehen hatte. Dennoch, er liebte sie, war er doch ein Kind, und es war sonst niemand da, den er hätte lieben können.

Und Set erinnerte sich:

Ich denke, es ist eine ganz besondere Geschichte, hatte Cate gesagt – vor langer Zeit. Und eine alte Geschichte. Der kleine Junge, der eines Nachts im Lager der Piekan auftauchte, er muß ungefähr so alt wie du gewesen sein. Stell dir vor, Loki. Stell dir den Jungen vor und jene Nacht vor vielen, vielen Jahren. Feuer brannten im Lager. Im Lager brannten immer Feuer. Und der Feuerschein erhellte die Tipis und vermischte sich mit den Schatten der Bäume hinter dem Lager und malte gelbe Tümpel auf die Erde – ja, so muß es wohl gewesen sein –, und die Funken wirbelten durch die Finsternis und verschmolzen mit den

Sternen am Himmel. Die Leute saßen noch draußen, nehme ich an. Bestimmt saßen noch etliche draußen und unterhielten die Feuer. Und da entdeckte einer von ihnen den kleinen Jungen. Der Junge trat zwischen den Bäumen hervor und ging geradewegs auf das Lager zu. Kannst du dir das vorstellen? Und der Mann – vielleicht war es auch eine Frau –, der ihn zuerst gesehen hatte, schlug Alarm. Schoß vielleicht sogar, und jedermann lief herbei, um zu sehen, was los war. Sie waren mißtrauisch, weißt du? Dieser oder jener legte bestimmt den Pfeil auf den Bogen und zielte auf den Eindringling. Doch dann sahen sie, daß es sich bloß um einen kleinen Jungen handelte, und sie staunten! Vielleicht schämten sie sich sogar. Und die Angst wich der Neugierde. Woher kam der Junge? Was brachte er in ihren Alltag? Sie musterten ihn neugierig. Und er? Er begrüßte sie lächelnd und strahlte sie an und redete mit ihnen. Aber er sprach eine Sprache, die sie nicht kannten. Sie fürchteten sich immer noch vor ihm, denke ich, er allerdings fürchtete sich nicht vor ihnen. Das ist der unglaublichste Teil der Geschichte, Loki: Der kleine Junge schien sich überhaupt nicht zu fürchten, im Gegenteil, er schien auf unerklärliche Weise genau zu wissen, wo er sich befand; es war, als ob er sich hier zu Hause wüßte. Er fühlte sich offensichtlich wohl. Er plapperte drauflos wie ein Kind, das endlos mit seinen Eltern plaudert. Viele der Leute müssen entzückt gewesen sein, in erster Linie die Frauen, nehme ich an, die Mütter vor allem. Verständlich; wie hätten sie dem Jungen widerstehen können? Er hatte sich verirrt, er war ganz allein, und trotzdem fürchtete er sich nicht. Es gab bestimmt auch welche, die mißtrauisch waren – wer könnte es ihnen verdenken. Sicher überlegten sie sich, ob der Junge nicht geschickt worden war, um sie zu entwaffnen, damit ihre Feinde sie dann aus dem Hinterhalt angreifen konnten. Die meisten jedoch waren bezaubert. Stell dir das fröhliche Fest vor, Loki: Ein kleiner

Junge, die Hauptperson – oder der Hauptdarsteller, wenn du lieber willst –, um den sich alles dreht, plappernd und gestikulierend im Schein der Feuer und alle in seinen Bann ziehend. Und das Spektakel dauerte bis spät in die Nacht. Eine unvergeßliche Nacht. Und dann, Loki, am nächsten Morgen ... war das Kind weg. Wahrscheinlich wachte ein alter Mann als erster auf und wollte nach dem Jungen sehen. Er ging zu der Stelle, wo man den Jungen schlafen gelegt hatte ... Und der Junge war nicht mehr da. Da weckte der alte Mann die andern, und jedermann war bestürzt. Wo war der kleine Junge? Was war mit ihm geschehen? Er war verschwunden, ohne die kleinste Spur zu hinterlassen. Und das ganze Volk der Piekan war tief betrübt. Der Junge war auf geheimnisvolle Weise Teil ihrer Gemeinschaft geworden, verstehst du? Und von jenem Tag an und für immer mußte jede ihrer Geschichten die Geschichte des Jungen enthalten. Die alten Frauen härmten und grämten sich. Da trat eines Tages ein alter, weiser Mann vor und sagte: Wie kommen wir dazu, an das Kind zu glauben? Die Leute hatten irgendwie auf diese Frage gewartet. In einer solchen Situation braucht es immer einen weisen Mann. Wie kommen wir dazu, an das Kind zu glauben? Sie hatten den kleinen Jungen gesehen, mit eigenen Augen gesehen, hatten seine Stimme gehört; einige hatten wahrscheinlich sein Gesicht und seine Hände berührt. Doch der alte, weise Mann stellte ihren Glauben in Frage, und das war gut so: Er gab ihnen ihren Frieden zurück. So, wie die Dinge lagen, war es besser, nicht an das Kind zu glauben, als daran zu glauben. Und zudem einfacher. Weißt du, der kleine Junge kannte die Sprache des Piekan-Volkes nicht, also kannte er – aus ihrer Sicht – überhaupt keine Sprache. Sie hatten ihm bestimmt viele Fragen gestellt: Wie heißt du? Woher kommst du? Wer sind deine Eltern? Warum fürchtest du dich nicht vor uns? Jedes ihrer Kinder hätte eine mehr oder weniger vernünftige Antwort gegeben, hätte sich gefürchtet, wäre stumm geblieben oder hätte auf die Fragen schüchtern geantwortet. Gewiß, keines ihrer Kinder hätte so vergnügt drauflos geplappert. Und keines ihrer Kinder wäre so plötzlich aufgetaucht und ebenso plötzlich verschwunden – als ob es die Wälder besser kannte als sie, als ob die Nacht und die Wildnis sein Zuhause wären. Doch wie kommt ein kleiner Junge dazu, um diese Dinge zu wissen? Und ist es nicht ungewöhnlich, daß ein kleiner Junge unerschrocken mit fremden Menschen munter drauflos plappert? Hatte er einen Namen? Hatte er einen Namen genannt? Nichts von alledem. Was die Piekans betraf: für sie hatte der kleine Junge keinen Namen. Und siehst du, Loki, die Tatsache, keinen Namen zu haben, ist vielleicht der Kern der Geschichte. Wörter sind Namen. Der alte Mann hatte das begriffen, und er nützte seine Weisheit, um sein Volk zu trösten und zu beruhigen. Und jedermann fühlte sich wohler. Allerdings konnte er ihnen den kleinen Jungen nicht einfach wegnehmen. Sie wären allzu enttäuscht gewesen. Sie hätten sich ja nicht länger auf ihre Augen und auf ihre Ohren verlassen können. Also schenkte er ihnen etwas anderes als Ersatz für das Kind: einen Bären an des Kindes Statt. Und sie dachten: Ja, so war es; es muß sich um einen Bären gehandelt haben; ja, ein kleiner Bär kam in unser Lager und plapperte und plauderte mit uns. Er war entzückend und verspielt, es war ein Bärenjunge. Und, was glaubst du, ist mit dem kleinen Jungen geschehen? Der kleine Junge muß wohl in der gleichen Nacht in die Wälder zurückgekehrt sein. Sie hatten ihm zu essen gegeben und hatten ihm ein warmes Bett bereitet, und die Kinder im Piekan-Lager träumten bestimmt von ihm in jener Nacht und daß sie am nächsten Morgen mit ihm spielen wollten. Vielleicht nahmen sich die Frauen vor, ihm einen hübschen Wams und Leggins zu nähen und ihm einen Namen zu geben, denn er war ein außergewöhnliches Geschöpf. Und als man ihnen erklärte, daß es sich um einen Bären gehandelt hatte – was haben sie wohl darauf geantwortet? Sie waren erleichtert, Loki, weil sie keine Erklärung für etwas Seltsames, Ungewohntes finden mußten, auch wenn sie ihn vermißten. Und was war aus dem Jungen geworden? Warum hatten ihn die Piekan gleich ins Herz geschlossen? Was hatte ihn weggetrieben? War es Sehnsucht? Tiefe Einsamkeit? Wilder Drang? Verwandelten sich seine Spuren in der Finsternis in Bärenspuren? Ging sein munteres, fremdes Geplapper im Winseln und Knurren der wilden Tiere unter? War in seinem Hirn etwas, was wir Denken oder Erinnerung nennen? Ernährte er sich von seines eigenen Jungen Herzen? Träumte er? Spiegelte sich tief in seinen Augen, wie eine Erinnerung, das Bild spielender Kinder?

25

Der Bär tritt hervor

Set taumelt und dreht sich in seinem Innern. Er spachtelt mit einem Messer Farbe auf sein Hirn. Rauch durchdringt das Medizinbündel; schwache Hitze strahlt von ihm aus. Tänzer setzen ihre Füße auf der Erde auf. Ein Schwachsinniger starrt aus dem Schatten. Eine uralte Frau nimmt vom Körper eines jungen Mädchens Besitz. Tod verdrängt den silberfunkelnden Fisch. Der Bär tritt hervor.

Ebenen.

Zweites Buch

Linien

Die Erde dunkelt und ist mit dem Schweiß der Wildnis geschmückt,
und der Bär tritt hervor;
von Herrlichkeit durchdrungen dringt die Erinnerung
in das Geheimnis der Zeit,
nun um den Leidensweg wissend,
unwissend jedoch, wohin er führt.

Yvor Winters, *QUOD TEGIT OMNIA*

1

Angesichts der Macht solcher Ereignisse gibt es wenig zu sagen

Niemand sah die Schwestern je wieder. Nur an dem Tag, als sie das Lager verließen, waren ihre Namen in jedermanns Mund. Ihre Namen waren bald vergessen, die Erinnerung an die Schwestern jedoch blieb, nicht die Erinnerung an die einzelnen Kinder, an ihr Aussehen und ihr Gehabe, sondern die Erinnerung an die Schwestern als Einheit: Sie waren die kleinen Schwestern *geworden,* denen das widerfuhr. *In den ersten Tagen und Wochen nach dem Verschwinden der Kinder versammelte sich das Volk in der Abenddämmerung und wartete, bis die Sterne am Himmel aufgingen. Und wenn die Sterne am schwarzen Email des Firmaments funkelten, erfüllte Staunen die Leute – und auch Einsamkeit. Da und dort waren verwunderte Rufe zu hören, die meisten jedoch blieben stumm und feierlich, andächtig fast. Angesichts der Macht solcher Ereignisse gab es wenig zu sagen. Dann brauste ein gewaltiger Sturm über die Hügel herab, und der Himmel brandete vier Tage und vier Nächte, und es waren keine Sterne zu sehen. Als der Sturm vorbei war, versammelte sich das Volk nicht mehr wie früher, um auf die aufgehenden Sterne zu warten. Das Leben ging weiter, als sei nichts geschehen. Selbst für die Eltern der vermißten Kinder ging das Leben weiter, als sei nichts geschehen. Natürlich stellte sich anfänglich die Frage, ob trauern oder nicht. Und sie kamen zu dem Schluß, daß kein Grund zum Trauern sei. Und niemand tadelte sie, niemand schmähte sie. Nur die alte Koi-ehm-toya stieß eines Morgens, als es auf Mittag zuging und der Schnee vom Himmel wirbelte und tiefes Schweigen das Lager einhüllte, eine Reihe hoher, zitternder Schreie aus und schnitt sich zwei Finger ihrer linken Hand ab.*

2

Das Spiegelbild im Glas ist die durchscheinende Maske eines Mannes

Set?

Er betrachtete sich in der Glasscheibe und sprach mit sich selbst.

Set?

Das Spiegelbild im Glas ist die durchscheinende Maske eines Mannes.

Ich bin er. Jener Mann bin ich. Es ist mein Gesicht. Ich mag mein Gesicht. Ich mag es, weil es meines ist und weil ich es viele Jahre betrachtet und mit meinen Händen berührt habe; ich habe mein Gesicht studiert und mich damit beschäftigt und es mir eingeprägt. Ich mag mein Gesicht, weil ich ein Künstler bin. Und ich staune über dieses Verwirrspiel aus Licht und Schatten, dieses kalte Zerrbild meiner selbst. Was soll's, es ist ohnehin unvollkommen, dieses blasse, zerfließende Bild. Die Poren und die Pockennarben und die Stoppeln in meinem Gesicht sind nicht erkennbar. Dennoch, das Bild ist gut. Es ist nüchtern und essentiell wie eine Strichzeichnung von Hokusai, schnörkellos und archaisch wie der Damhirsch von Lascaux. Und ich wünschte mir bei Gott, daß ich es gezeichnet hätte, denn ich bin ein Künstler wie Hokusai und wie jener, dessen Hand den Damhirsch festhielt.

Glas. Glas darf den Künstler nicht übertreffen. Als ich ein Junge war, acht oder neun Jahre alt, rannte ich durch eine Glastür, daher stammt die – im Glas allerdings nicht erkennbare – weiße Linie in der Braue über dem rechten Auge.

Du.

Dort.

Dein linkes Auge.

Bist du Set?

Das Glas ist wie ein Eisblock, hart, glänzend, durchscheinend, das Bild darin versenkt wie ein Fossil. Das Gesicht eines Fossils.

Set.

Setman.

Nein. Es erinnert mich an ... ja: Ich habe einmal eine Lithographie des Dorset-Künstlers Jamasie gesehen. Sie trug, glaub ich, den Titel *IGLUBAUER VON BÄR ERSCHRECKT*. Sie stellte Eisblöcke dar, fein geriffelt und von glänzendem Rauch durchdrungen wie das Bild hier. Der Bär ist abgezehrt, sein Körper lang und geschmeidig wie der eines Wiesels. Eisbär, lang und abgezehrt, Nanuk, Gottes Hund, alter Mann mit einem Fellmantel. Sag, Set, ist das Kunst? Doch Kunst – Zeichnen, Malen –, was ist das, Kunst? Eine besondere Art von Intelligenz; die Hand und das Auge bannen die Vision auf Papier, auf die Leinwand. Ist das nicht ein nahezu vollkommenes Erkennen des Akts des Erkennens selbst? Ha! In einer Glasscheibe jemanden betrachten, der sich in einer Glasscheibe betrachtet: ein Erkennen, das den Fingerspitzen nicht Eisbären und Angst übermittelt, sondern Eisbären und Angst und noch mehr – eine aus Fragmenten komponierte Einheit: ein Ganzes. Schau! Ich lege die Fingerspitzen aneinander, den Daumen und den Zeigefinger und den Mittelfinger meiner rechten Hand – deiner linken –, und stelle mir vor, daß ich mit einem ganz, ganz feinen, in blaßfarbenes Wasser getauchten Pinsel eine Linie auf einer Porzellanfläche ziehe. Mein Vater besaß solche Pinsel. Seine Pinsel waren weich und spitz, spitz wie Nadeln. Roter Zobel. Ich zwirbelte das Zobelhaar zwischen meinen Fingern und staunte über die geschmeidige Spannkraft der winzigen Fasern, die eine so kompakte, unglaublich feine Spitze bildeten. Wie schaffte es mein Vater, mit einem so weichen Material wie Pelz eine Linie zu ziehen, so sauber wie der Strich eines sehr harten, sehr spitzen Bleistifts längs der Kante eines Lineals? Auf dem Bild im Glas ist keine Kante, und – wie ist das möglich? – ich sehe nur ein Auge. Seltsam. Und in dem einen Auge kein Funke Leben. Obwohl es ein lebendes Auge ist. Ich kann mir zwar vorstellen, daß ich es bewege, aber ich kann nicht sehen, daß ich es bewege. Das ist das Problem. Ist nicht besonders lustig, oder? Warum lachte ich also? Warum presse ich die Fersen auf den Fußboden, um mein ganzes Gesicht ins Blickfeld zu projizieren?

Du? Set?

Ja, ich bin Set.

Und dort, hinter der Glasscheibe, ist eine Diele: Die gegenüberliegende Wand hat eine rauhe, dunkler-als-cremefarbene Struktur, poröser als Bimsstein oder alte Knochen – es wirkt zumindest so. Ich versuche, den Blick scharf auf das Spiegelbild meines Gesichtes zu konzentrieren, doch plötzlich driftet er ab, prallt wie ein Schuß auf die Wand im Hintergrund und von da zur Glasscheibe zurück, zum Zyklop, zum starren, ausdruckslosen Auge.

Set also.

Set.

Nicke, verdammt! Das Auge verengt sich leicht, doch es ist immer noch starr, obwohl es zu sehen scheint. Ich wende mich ab, die feuchte Luft ist zum Schneiden. Der Regen, der den ganzen Tag nicht nachgelassen hat – einen Tag, zwei Tage, viele Tage? –, prasselt ununterbrochen, trommelt, peitscht mit dem Wind. Als sich mein Ohr an das scharfe, unregelmäßige Klatschen des Regens gewöhnt hat, wird mir bewußt, daß das Telefon im Zimmer nebenan geklingelt hatte, daß das Klingeln aufgehört hatte, daß das Telefon lange geklingelt hatte. Ich schaue durch den

Spalt in der Tür: eine dunkle Höhle. Stille, dichte, fast greifbare, in Regen gehüllte Stille.

Das Bild in der Glasscheibe löst sich auf. Der Regen hüllt plötzlich alles in Nacht. Die Gegenstände rund um mich herum sind nur noch undeutlich erkennbar – mit Ausnahme der herumstehenden Leinwände. Seltsam; die große dort, die einzige, die ich kürzlich in Angriff genommen habe, ist düsterer als die übrigen. Sie heben sich hell ab. Sie sind nackt und geradezu leuchtend im diffusen Licht, mehr oder weniger scharf umrissene Rechtecke und Vierecke, schimmern wie feiner weißer Sand oder wie polierter Reis. Die eine jedoch, die große auf der Staffelei direkt unter dem Dachfenster, in Augenhöhe an der Klemmvorrichtung befestigt, sie verschwindet in der Dunkelheit. Ich bin bestürzt. Ich strenge mich beunruhigt an, um zu sehen, was los ist. Gott, denke ich, habe ich nicht heute daran gearbeitet, heute morgen? War es gestern?

Auf dem Oberlicht das ununterbrochene Farbenspiel der Straßenlampen, der Verkehrsampeln und der Autoscheinwerfer unten auf der Straße – und das Aufprallen des Regens, jeder Tropfen auf der weißen Fläche zu Farbe zersplitternd. Keine Farbstrudel, nein, jetzt nicht; sondern Tümpel, tief und grenzenlos im aufflammenden gelben, weißen, blauen, grünen, orangen, roten Licht. Und ich stelle mir vor, daß es sich um wirkliche Formen handelt, einzigartige, komplizierte Formen, unmittelbar mit den dunklen, endlos hintereinander verlaufenden Flächen verbunden, die sich in einer schwarzen Unendlichkeit verlieren: genau definierte Formen genau definierter Dinge – jener Dinge, die ich mit anderen Mitteln nicht erfassen kann.

Im Zimmer nebenan klingelt das Telefon. Nein, es hat geklingelt. Es hatte geklingelt.

Lola?

Bent?

Jason – du?

Hallo, ist jemand dort?

Egal. Und wenn ich hinausginge? Ich mache einen zögernden – bloß einen zögernden – Schritt auf die Höhle zu. Meine Beine. Was? Meine Beine schmerzen und sind steif und gefühllos. Ich bin allzu lange in diesem großen, klinisch nüchternen Raum geblieben. Habe ich mich geräuspert? Was war das für ein Geräusch?

War ich das?

Ich muß mich überzeugen, muß mich unbedingt davon überzeugen, daß ich sprechen kann. Das Telefon wird erneut klingeln. Bestimmt. Ich habe nichts gesagt. Ich habe den ganzen Tag kein Wort gesprochen, nicht laut jedenfalls. Tatsächlich? Kein einziges Wort zu einer lebenden Seele. Es regnet immer noch, ohne Unterlaß. Die schimmernden Leinwände vibrieren; ich nehme den Hörer ab – die Leitung ist tot, mausetot – und presse ihn an mein Ohr.

Was ist? Vor ein paar Minuten wollte ich doch ausgehen? Es macht mir nichts aus, im Regen spazierenzugehen, im kalten, kühlen Regen. Eine Omelette bei *Joe's* oder eine Fischsuppe bei *Scott's*. Ich müßte eigentlich hungrig sein – wann habe ich zum letzten Mal etwas gegessen? –, aber ich habe keinen Hunger, wirklich nicht. Ich fühle mich elend, krank; der Whiskygeschmack macht mich krank. Mein Gott, bin ich zwei ganze Tage krank gewesen? Mein Hemd ist naß vor Schweiß. Durst. Ich habe schrecklichen Durst. Ich muß etwas trinken.

Schau, die Lichtorgel im Dachfenster. Der Sturm pinselt leuchtende, bunte Flächen, die ineinander verlaufenden Felder erstrecken sich endlos, endlos in die Nacht; blinkende Punkte, leuchtende Wellenlinien, Zacken, Licht in allen Farben und Schattierungen. Darum herum ist es dunkel – abgesehen von den gesprenkelten, sanft spiegelnden Lachen unter den Straßenlampen, in denen die Regentropfen aufspritzen – und menschenleer. Nur hin und wieder Schritte aus einem Hauseingang, die in der dampfenden Regenwand ersterben. Und die Bucht ist schwarz.

Hallo. Set.

Mein Ohr ist taub. Nichts, nur ein Summen in meinem Kopf. Dann … das Knistern des Sturmes … und Stimmen, ferne, verworrene Stimmen.

Hallo. Set hier.

Set hier.

Set.

3

In Schatten gehüllte Bäume treten hervor und eine kriechende Gestalt zwischen den Bäumen

Väter, Bent.

Väter. Wir brauchen gute Väter.

Sei mein Vater, Bent. Ich habe einen seltsamen Traum gehabt. O Bent, ich habe so seltsame Träume. Am Morgen wachte ich gepeinigt auf – und erleichtert zugleich. Etwas ist mit mir geschehen. Nein, es hat nichts mit der Reise nach Cradle Creek zu tun – mit der Wallfahrt zu Cate Setmans Grab, wie du das nennst –, mit jenem ungewöhnlichen, spontanen Entschluß (obwohl es irgendwie doch damit zu tun hat). Nein, es muß lange davor begonnen haben. Ich weiß mir nicht zu helfen, Bent, ich weiß nicht, wie ich es dir erklären soll. Es ist so finster um mich herum. Die Welt ist voller Nacht. Ich wußte das nicht.

Viele meiner Träume hatten mit meiner Kindheit zu tun. Ich möchte, ich könnte sagen, daß dies Vergangenheit sei; doch dem ist nicht so. Es geht weiter. Es ist nicht so, daß ich einst Träume hatte: Ich habe Träume! Wann ist Luki gestorben, Bent? Und Señora Archuleta? Ich erinnere mich, wie du Luki nach Hause brachtest; ich war damals zwölf oder dreizehn. Er war so weich und drollig, und er hatte die wunderbarsten Ohren! Sie waren so warm, dünn und durchscheinend wie Señora Archuletas Tortillas. Als man sie kupierte und ihm einen Verband anlegte, sah er aus wie eine Klosterfrau, wie eine Nonne. Mit seinen glänzenden Augen und seinen spitzen, blitzend weißen Zähnen. Er war der niedlichste Welpe, den ich je gesehen habe; sein Fell glänzte seidig; es hatte die Farbe von Seehundfell.

María Consuelo Ynocencia Archuleta. Manchmal erkühnte ich mich, sie María zu nennen oder Connie – eine unvorstellbare Frechheit, die letzte Stufe vor der Todsünde. Sie strafte mich mit einem vernichtenden Blick, so daß ich mich tagelang wie ein Verbrecher fühlte, wie eine arme Seele im Fegefeuer. Sie schickte mich zu ihren Priestern zur Beichte, aber ich wußte nicht, wie mich anstellen. An jenem Abend, als du mit uns in die Oper gingst, war sie rührend – weißt du noch? Strahlend. Ich sehe ihr Gesicht vor mir, gefurcht und heiter und voller Würde. So aufgeregt und hingerissen angesichts der Pracht Sevillas. Entzückt. Verzückt war sie. Sie kannte den Text auswendig, erinnerst du dich, Bent? Sie flüsterte die Worte vor sich hin.

L'amour est un oiseau rebelle
Que nul ne peut apprivoiser
Et c'est bien en vain qu'on l'appelle
S'il lui convient de refuser!
Rien n'y fait, menace ou prière
L'un parle bien, l'autre se tait;
Et c'est l'autre que je préfère
Il n'a rien dit, mais il me plaît.

Und Micaela. Sie war von Micaela fasziniert. Sie kannte Carmens Seele, aber sie selbst – sie war Micaela.

Je dis que rien ne m'épouvante
Je dis, hélas! que je réponds de moi;
Mai j'ai beau faire la vaillante
Au fond du cœur je meurs d'effroi!

Verzückung. So mußte sie als Kind ausgesehen haben, als kleines Mädchen, anmutig und zart und mit staunenden Augen bei einer Weihnachtsfeier in Taos.

Die Sache ist die, Bent, daß ich beginne, an meinem Verstand zu zweifeln. Ich bin nicht etwa krank, nein, doch es gibt Zeiten, da habe ich das Gefühl, daß ich mein inneres Gleichgewicht verloren habe, daß ich neurotisch bin, besessen. Ja, besessen – sofern ich den Sinn dieses Wortes richtig verstehe. Doch wovon besessen, das weiß ich nicht. Und das macht es nur noch schlimmer. Ich denke, ich bin je länger, je mehr nach meiner Arbeit süchtig, und trotzdem fällt es mir unheimlich schwer, mich darauf zu konzentrieren. Ich fürchte, daß ich an einen Punkt kommen könnte, an dem es mich drängt zu arbeiten – ich liebe meine Arbeit, ich kann ohne sie nicht sein –, ich es aber nicht kann. Das macht mir angst. Vorige Nacht, als ich versuchte, mir über meinen Zustand klar zu werden, dachte ich: Ich bin an einem gefährlichen Punkt angelangt. Etwas bedroht mich – eine Lebenskrise? Krankheit? Was? Manchmal habe ich den Eindruck, als fresse mich ein Leiden auf, seit langem ... seit jeher. Ich kämpfe gegen etwas an, doch der Kampf wird zunehmend quälender, und ich verzweifle daran. Ich mag es nicht, verzweifelt zu sein; ich habe Angst vor der Verzweiflung. Guter Gott, Bent, ich schäme mich, über solche Dinge zu reden. Es ist demütigend. Ich komme mir vor, als spielte ich inmitten von lächerlichen Requisiten eine melodramatische Rolle in einer Schulaufführung, als rezitierte ich irgendwelche belanglose Verse, während ich um mein Leben kämpfe. Genau so ließe sich meine Rolle umschreiben. Der Kampf jedoch ist wirklich; er ist nicht auf die Bühne beschränkt. Und ich weiß das, ich bin der einzige, der das weiß. Vielleicht, Bent, vielleicht habe ich meinen Dämon herausgefordert. Hast du nicht einmal gesagt, daß dies der älteste Exorzismus überhaupt sei? Ja, und du hast noch etwas gesagt, du hast gesagt, das 7. Seefahrtsgebot laute: Nimm dich niemals zu verdammt ernst.

Später, ungefähr um elf Uhr: Ich hatte in vier verschiedenen Bars herumgesessen und getrunken und stand plötzlich in der Scott Street. Ich hatte nicht angerufen, doch ich wußte, daß du noch auf warst, vielleicht über einer mystizistischen Abhandlung brütend, die du bereits dutzendmal gelesen hattest. Geistige Gymnastik nennst du das, Bent. Du bist nun – laß mich überlegen –, du bist nun neunundsechzig, und dein Hirn ist wie ein Muskel, den du mit unerbittlicher Disziplin trainierst. Wir spielten zusammen eine Partie Schach, aber es war bereits halb eins oder eins. Ich war zerstreut, und du warst ungehalten.

»Ich kann mich nicht konzentrieren«, sagte ich, »ich bin deprimiert.«

Deprimiert! Ich hatte mir noch nie überlegt, was für ein hochtrabendes Wort das ist – oder sein kann.

»Du bist betrunken«, sagtest du, fügtest dann hinzu: »Worüber deprimiert?«

»Ich weiß es nicht.«

»Dann laß mich gefälligst in Ruhe damit.«

»Ich weiß es wirklich nicht. Jason sagt, daß ich deprimiert sei. Das sind seine Worte.«

»Jason ist ein Narr.«

»Mag sein, aber er versteht es, meine Bilder zu verkaufen.«

Eine alberne Antwort, zugegeben, aber in letzter Zeit war ich beständig in der Defensive, und ich wunderte mich über mich selbst. Es war sonst nicht meine Art, Jason zu verteidigen, besonders Bent gegenüber nicht, denn im Grunde fühlte ich mich Jason überlegen. Ich konnte mit seinem Talent nichts anfangen, er mit meinem hingegen sehr viel, und das nahm ich ihm übel. Und Bent ebenso. Zugegeben, ich bezahlte Jason gern für seine Arbeit, weil er sein Metier verstand. Es mochte sogar sein, daß er das Geld wert war, das ich ihm bezahlte. Doch jetzt war er verstimmt, frustriert, weil ich nicht malte, was er gern von mir gemalt gehabt hätte. Er bevorzugte große, leuchtende, teure Leinwände – meine Arbeiten waren seit einiger Zeit düster geworden, dicht. Er war enttäuscht, und er meinte, ich sei deprimiert, denn ich würde unter meinem Niveau malen. Niveau! Ein weiterer Ausdruck Jasons.

»Jason ist ein Narr«, wiederholte Bent.

Ich ließ es dabei bewenden.

Doch irgendwann an jenem Abend gestand ich Bent, daß sich alle meine Gedanken (Ahnungen, Instinkte, was immer es war) auf einen bestimmten Zeitpunkt und einen bestimmten Ort in der Vergangenheit zu konzentrieren schienen, in einer weit zurückliegenden Vergangenheit vielleicht. Es war, als ob ich versuchte, eine entscheidende, verschüttete Erinnerung an die Oberfläche meiner Gedanken zu bringen. Bent hörte zu, und er hörte die Verzweiflung in meiner Stimme.

Sei mein Vater.

(Bent, ich träumte von Wäldern. Finsternis breitete sich hinter den ineinander verlaufenden, mit dichtem Unterholz bewachsenen Ebenen aus. Ich war ein Junge, ich war allein. Die Luft um mich herum knisterte; da und dort schimmerte sie wie zerknitterter Samt. Ich wurde in das dunkle Innere gezogen. Ich fühlte mich unwiderstehlich von einem schwarzen Punkt angezogen, dem Herzen der Finsternis. »Loki!« hörte ich meinen Namen rufen. Es war ein verzweifelter Aufschrei – doch seltsam, es klang wie meine eigene Stimme. Ich war nicht sicher, ob tatsächlich ich es war, der schrie, und das erschreckte mich. Ich geriet in Panik; ich wußte nicht mehr, wer ich war und wo ich war. Es war, als suchte ich mich selbst, als hätte ich mich verloren. In mir war beklemmende Hast. Schließlich hielt ich die undurchdringliche Finsternis um mich herum nicht mehr aus. Ich drohte zu ersticken. Und da wachte ich auf.)

»Helmbrecht Brandt. Er will fünfzig Prozent«, sagte Jason, »und will zusätzlich die Kosten für das Rahmen teilen.«

»Kommt nicht in Frage«, sagte ich, »vierzig Prozent, und um das Rahmen soll er sich selbst kümmern.«

Ich scherzte. Das waren Dinge, die in Jasons Kompetenz fielen. Ich hörte aus dem Tonfall seiner Stimme, daß Brandts Bedingungen in Ordnung waren, aber ich wollte ihn etwas auf die Folter spannen.

»Wie du meinst«, sagte Jason gereizt, »ich möchte aber zu bedenken geben, daß wir noch nie in Köln ausgestellt haben und daß Brandt dort einen Namen hat. Er will uns im Juli in Basel zeigen. Er ist überzeugt, daß er alles verkaufen kann, was wir ihm schicken.«

»Ach so, du meinst also, das Angebot ist okay?«

»Es ist okay«, sagte Jason.

Er lächelte, was Lola sein Neun-Dollar-Lächeln zu nennen pflegte.

Lola!

(Lola, was ich dir nicht gesagt habe – es wahrscheinlich nicht über mich brachte, dir zu sagen, und nicht weiß, wie ich es dir sagen soll: Zwischen uns ist etwas anders geworden. Etwas hat sich verändert. Während der ganzen Zeit, als wir uns so nahestanden, glaubte ich zu wissen, wer ich sei. Jetzt – jetzt weiß ich es nicht mehr. Wenn ich dich sah, an dich dachte, dich berührte ... kehrten meine Gedanken immer zum Anfang zurück, zu jener Nacht, als wir zum ersten Mal zusammen waren, zu den darauffolgenden Tagen und Wochen.)

Jasons Respekt vor dem Geld war offenkundig. Es war jedoch nicht das Geld an sich, das ihn erregte; es war die Tatsache, Geld zu verdienen. Es machte ihm Spaß, Mittel und Wege zu finden, das Geld anzuziehen – wie ein Magnet die Feilspäne. Er war ein Meister in der Kunst, Geld anzuziehen. Nichts forderte ihn so sehr heraus. Er war kein komplizierter Mensch, wie ich mit der Zeit herausfand, doch er erweckte den Eindruck, als sei er kompliziert. Sein Charakter hatte viele Facetten, und es gab Dinge, die ich an ihm bewunderte. Er verstand weitaus mehr von Malerei als die meisten Agenten, mit denen er es zu tun hatte. Auf seinen Geschmack konnte man sich verlassen, der im übrigen nicht bloß anerzogen, sondern ebensosehr angeboren war. Und Jason war ehrlich. Lügen und schwindeln lag ihm nicht – eine Ausnahme in einer Branche, in der es von Lügnern und Schwindlern nur so wimmelt. Was meine Arbeit anging, so lernte ich schnell, mich auf sein Urteil zu verlassen. Wenn er eines meiner Bilder gut oder schlecht fand, wenn er der Ansicht war, daß es mir nicht unbedingt entspreche, sagte er es mir ins Gesicht. Und in den meisten Fällen hatte er recht. Sein Selbstvertrauen war unerschütterlich. Ich mochte ihn nicht besonders, nein. Aber ich vertraute ihm.

Er war etwas jünger als ich – und sah besser aus. Er stammte aus Boston und war *Ivy Leaguer;* in meinem Atelier wirkte er etwas fehl am Platz, im Bankenviertel hingegen, wo wir oft zusammen lunchten, war er sehr zu Hause. Er war immer in Form, als ob er eben von einem Tennisurlaub oder einer Kletterwoche in den Bergen zurückkäme. Ich habe ihn höchst selten in Hemdsärmeln gesehen. Gewöhnlich trug er teure dunkle Anzüge und ausgesuchte Seidenkrawatten.

Ich arbeitete am großen Tisch, wo ich zu zeichnen pflegte, während er ein Bild betrachtete, das ich schon vor längerer Zeit gemalt hatte: das Porträt eines Jungen, den ich in Tiburon in einem Boot gesehen hatte, ein Acryl auf Leinen. Lola war zufällig ebenfalls anwesend. Sie saß an einem kleineren Tisch und blätterte in einem Magazin. Sie trug ein schulterfreies T-Shirt mit schmalen, im Rücken gekreuzten Trägern, Shorts und Turnschuhe und sah bezaubernd aus. Ich wußte, daß Jason in ihrer Anwesenheit befangen war. Sie erregte ihn sexuell; sie wußte das, und wenn sie in Stimmung war, zog sie ihn auf subtile, diskrete

Weise auf. Meistens jedoch ignorierte sie ihn. Zwischen den beiden herrschte eine Art permanenter Kriegszustand.

»Wann malst du wieder etwas Großformatiges, große Leinwände, leuchtende Farben?« fragte Jason.

»Ist es das, was gefragt ist?«

»Immer. Und vor allem von dir. Erinnerst du dich, was für ein Erfolg die Carruth-Ausstellung war?«

»Mag sein, aber ich habe mich in Papier verliebt«, sagte ich. Was er gar nicht gern hörte.

»Gewiß, Papier ist ein wundervolles Material«, meinte er ohne Überzeugung.

»Ich habe viel gezeichnet – Tusche, Kohle und Temperafarben.«

Er zuckte die Schultern.

»Farbe!« verkündete er, streckte dabei den Zeigefinger in die Höhe, als verkünde er eine fundamentale Wahrheit, »ein universelles Gesetz.«

Ich sagte nichts, aber Lola konnte es sich nicht verkneifen, für mich Partei zu ergreifen.

»Die neuen Zeichnungen sind sehr schön, oder etwa nicht?« fragte sie, ließ Jason aber keine Zeit, zu widersprechen.

»Sie sind sehr eindringlich und originell. Irgendwann werden sie ebenso gefragt sein wie die Leinwände.«

»Ich habe intensiv daran gearbeitet«, sagte ich, »ich glaube, ich bin an einem Punkt angelangt, wo die Spontaneität eine Schlüsselrolle spielt. Es sind eigentlich keine Zeichnungen, nur Impressionen, Skizzen. Ich bin zu etwas Elementarem zurückgekehrt, und das Resultat ist meines Erachtens sehr befriedigend. Schau!«

Ich redete, während ich zeichnete. Ich wollte, daß er und Lola mir dabei zuschauten.

»Was ist das?« fragte Jason.

»Du mußt es aus der Nähe betrachten«, forderte ich ihn auf.

Jason und Lola studierten die Zeichnung aufmerksam.

»Hm, es ist ein Tier, oder?« fragte Jason schließlich.

Ich tauchte einen Pinsel in Terpentin und führte die Kohle in raschen, ausholenden Kreisen über das Blatt: In Schatten gehüllte Bäume traten hervor und eine schleichende Gestalt zwischen den Bäumen.

»Ja«, sagte Lola.

»Es ist ein Selbstbildnis«, sagte ich.

Jason lachte. Lola jedoch nicht. Sie wiederholte: »Ja!« Und dann schaute sie weg und streckte ihre langen Beine. Jason konnte den Blick nicht von ihr wenden. Sie straffte ihre Waden und zeigte mit den Spitzen ihrer weißen Turnschuhe auf die Straße. Sie machte sich wieder einmal über Jason lustig.

In meiner Arbeit tauchten seit einiger Zeit immer wieder dunkle Figuren auf. Ich wußte selbst nicht, warum. Sie faszinierten mich irgendwie. Sie kamen mir unglaublich lebendig, unglaublich geheimnisvoll vor. In einem gewissen Sinn waren es tatsächlich Selbstbildnisse, denn sie drückten etwas Unterschwelliges aus, das sich tief in mir regte. Ich wußte nicht, was es war, aber ich wußte, daß dem so war, und ich wußte, daß es mich beunruhigte. Und es stieg näher und näher an die Oberfläche meiner Gedanken; ich würde es früher oder später erkennen und verstehen, und der Akt des Erkennens und Verstehens würde für mich von größter Bedeutung sein.

Ich fand zu meinen üblichen Beschäftigungen zurück. Ich malte, ich las, ich ging spazieren. Ich aß in meinen Lieblingslokalen. Ich rief regelmäßig Bent an – er hatte ziemlich nachgelassen seit der Zeit, als wir zusammen lange Spaziergänge im Presidio und im Golden Gate Park unternommen hatten. Ich war wie früher viel mit Lola zusammen – ich nächtigte bei ihr, ich meditierte mit ihr, ging mit ihr aus, amüsierte mich mit ihr und schlief mit ihr. Ich besuchte meine Galeristen und tat all die Dinge, die man von mir erwartete. Es war jedoch nicht mehr das gleiche. Eine Veränderung war in mir vorgegangen. Eine tiefe Veränderung sogar, wie ich mir eingestehen mußte, und diese Tatsache beunruhigte mich, denn, wie bereits gesagt, ich verlor zusehends die Kontrolle über ganz alltägliche Dinge. Seit der Zeit, als ich adoptiert worden war, war ich immer für mich selbst verantwortlich gewesen – Bent hatte mir dieses Verantwortungsbewußtsein, dieses Selbstvertrauen eingeprägt. Ich allein war für mein Handeln verantwortlich. Ich entschied, was tun und was nicht tun. Ich überließ es, wenn irgendwie möglich, nicht dem Zufall, mein Leben zu gestalten, meine Pläne zu beeinflussen. Doch jetzt quälte ich mich mit etwas Unbekanntem, das stärker war als ich und schleichend von mir Besitz ergriff. Etwas Subtiles, Bösartiges; ich war nicht mehr ich selbst. Und mit der Zeit stellten auch die andern fest, daß mit mir etwas nicht in Ordnung war. Ich hatte mich schon lange nicht mehr so hilflos gefühlt, doch jetzt fühlte ich mich zunehmend hilfloser.

Lola Bourne betrachtete mich nachdenklich. Sie räusperte sich, wollte etwas sagen, seufzte dann bloß. Ich fühlte mich unbehaglich, deutete ein schiefes Lächeln an, doch ich las in ihren großen, verträumten Augen, die ihr Innerstes verrieten, daß sie ratlos war, daß sie hilflos und unendlich traurig war. Ich verstand: Ich entzog mich ihr – oder besser gesagt, etwas entzog mich ihr. Und sie empfand das ebensosehr, vielleicht noch stärker als ich. Das bedrückte mich zusätzlich, frustrierte mich, und ich fühlte mich schuldig. Denn ich wollte ihr nicht weh tun. Ich haßte es, wenn zwischen Lola und mir nicht alles klar war. Wir hatten eine wunderbare Zeit zusammen verlebt. Wir hatten uns gegenseitig unser Bestes gegeben, und wir wußten es, und alle, die uns zusammen sahen, wußten es auch. Wir waren zwar nicht mehr so oft zusammen, aber wir waren immer noch füreinander da.

In der Sutter Street hatte eine Ausstellung meiner Arbeiten stattgefunden, dort hatten wir uns kennengelernt. Es war meine erste Ausstellung in San Francisco, ein wichtiges Ereignis für mich. Ich war berauscht; ich hatte das Gefühl, daß ich auf einer Glückswelle schwamm, daß die Welt mir gehörte. Ja, und da war Lola Bourne aufgetaucht, hatte eingehend meine Bilder betrachtet und schließlich eines gekauft. Es war eines der Bilder, die mir sehr viel bedeuteten. Ich hatte gezögert, einen Preis zu nennen; ich wollte es eigentlich für meine persönliche Sammlung behalten. Als sie sich dafür interessierte, war ich überrascht und zugleich geschmeichelt. Ich konnte mir nicht vorstellen, daß es jemand kaufen wollte. Es war ein provokatives Bild, das eine seltsame, ja eine beunruhigende Energie ausstrahlte. Ich dachte, daß nur wenige Leute mit einem solchen Bild etwas anzufangen wüßten. Wie auch immer: Wir unterhielten uns über das Bild – sie und ich –, und sie kaufte es. Ein paar Tage später erhielt ich eine kurze Mitteilung von ihr. Sie lud mich zum Tee ein, um mir zu zeigen, wie sich das Bild bei ihr ausnahm. Sie wohnte in einem kleinen, eher abgelegenen Haus inmitten von Bäumen auf der Peninsula. Es war von Rasen umgeben, und die mit Steinplatten belegte Auffahrt war mit bunten Blumenrabatten gesäumt. Es war ein wundervoller Ort. Sie erwartete mich unter der Haustür; sie trug eine blaue Bluse, einen weißen Rock und weiße Sandalen. Sie trug das Haar offen und sah überaus reizend aus. Ich war etwas nervös. In der Galerie hatte sie einen Hosenanzug getragen und darüber einen eleganten Umhang, der ihre Figur verhüllte. Sie führte mich ins Wohnzimmer, und da erst kam ich dazu, sie eingehender zu betrachten. Ihr Körper war geschmeidig und wirkte irgendwie zart, sie hatte kleine, hohe Brüste und eine schmale Taille. Ihr Kinn, die Handgelenke und Ellbogen waren eher knochig, doch ihr Hinterteil und die Beine waren perfekt, sie hatte schöne Hände und schlanke

Füße. Sie hätte Tänzerin sein können. Sie hatte ein anmutiges, von gewelltem blondem Haar eingerahmtes Gesicht mit großen, glänzenden Augen und ein einnehmendes Lächeln. Eine ganz besondere Ausstrahlung ging von ihr aus, die auf wache Intelligenz schließen ließ und die sich in ihrer Haltung und in allen ihren Gesten ausdrückte. Selbst in einer Menschenmenge hätte sie die Blicke auf sich gezogen.

»Sie müssen sich zuerst Ihr Bild ansehen«, sagte sie und führte mich in das Zimmer nebenan. Es war ein Arbeitszimmer, ringsum getäfelt, mit Bücherregalen an den Wänden, einem überladenen Schreibtisch, einem riesigen Lederarmstuhl und einem Kamin. Das Bild hing in Augenhöhe neben dem Kamin, schräg gegenüber war ein Fenster, so daß die Farben im natürlichen Licht voll zur Geltung kamen.

»Es wirkt hier besser als in der Galerie«, sagte ich.

»Nicht wahr? Sie glauben gar nicht, wie sehr mir das Bild gefällt. Ich habe mir zwei Tage lang den Kopf darüber zerbrochen, wo es am besten zur Geltung käme. Ich habe mir sehr viel Zeit genommen. Ich ertappe mich immer wieder dabei, wie ich von draußen oder aus dem Schlafzimmer komme, bloß um es zu betrachten und zu bewundern – um es zu bestaunen. Es ist, als habe es mich verhext. Es erinnert mich an ein Bild von Emil Nolde, das mich sehr beeindruckt hat. Kennen Sie den *STERNENWANDLER?* Eines der eindringlichsten Bilder überhaupt – finden Sie nicht? Eine Kunst, die sich selbst übertrifft. Der Betrachter glaubt, in die Tiefe zu sehen – in die Tiefe des Universums. Ja, es ist, als eröffne sich einem das Universum.«

»Bitte, beschreiben Sie es mir doch.«

Ich war nicht ganz sicher, von welchem Bild Noldes sie sprach.

»Also, es stellt einen kleinen Mann dar – irgendwie

Ihrem ähnlich –, aber man weiß nicht, wer er ist. Er trägt einen dunklen, schweren Wintermantel und eine Mütze – oder ein Stirnband – und ist von Sternen umgeben. Der Hintergrund ist pastös, blau und grau, und die Sterne sind grell und rudimentär, hingekritzelte Sterne, wie Kinder sie malen, die Augen jedoch sind schwarze Höhlen. Sein Ausdruck ist ... wie soll ich sagen? ... leer und trotzdem irgendwie beunruhigend ... es läßt sich nur schwer beschreiben.«

»Vielleicht drückt es Noldes Gottesverständnis aus.«

»Nein. Der Mann, der *STERNENWANDLER*, ist unendlich weit von Gott entfernt.«

»Der *NACHTFENSTERMANN* – so heißt mein Bild – ist ebensowenig Gott«, sagte ich.

»Das würde ich nicht behaupten, aber er ist jedenfalls weit weg. Das Wesentliche ist unerkennbar. So sehe ich ihn zumindest. Es ist mein Fenster, und durch dieses Fenster sehe ich ihn auf mich zukommen. In ihm ist drängende Hast. Er kommt auf mich zu ... nähert sich einer unheimlichen Erkenntnis. Es ist mein Fenster, ja, und seine Erkenntnis ist ebenso meine. Wissen Sie, wenn ich diesen Raum betrete, habe ich immer das Gefühl, daß er sich inzwischen verändert hat, daß er nicht mehr der ist, der er vor einer Stunde noch war: daß er sich verwandelt hat.«

»Ich weiß nicht, ob andere das Bild so sehen wie Sie; jedenfalls weckt es in Ihnen eine Fülle von Assoziationen«, wandte ich ein. Ihre Begeisterung machte mich verlegen.

»Ja, es beschäftigt mich. Es wühlt mich zutiefst auf. Doch in Wirklichkeit ist es Ihre Inspiration ... nicht meine.«

Sie habe einen weißen Burgunder, einen Montrachet Jahrgang 1966, eine Flasche, die sie für eine ganz besondere Gelegenheit aufgespart habe, sagte sie, das sei doch viel besser als Tee. Wir saßen im Wohnzimmer; auf der einen Seite stand ein riesiger Flügel, an der Wand dahinter hingen Bilder, und überall standen Kunstgegenstände, die von ihrem kultivierten Geschmack zeugten. Der Raum war hell und einladend, und Lola Bourne gab mir das Gefühl, willkommen zu sein. Doch ich fühlte mich alles andere als entspannt. Ihre bloße Gegenwart löste in mir einen Zustand permanenter Erregung aus.

Beim Wein plauderten wir über dieses und jenes, dann schlug sie einen Spaziergang vor. Die Gegend war grün und friedlich. Jedes Haus war in einem andern Stil gebaut, doch sie waren alle hübsch und mit großen Rasenflächen davor; die Straßen waren breit und mit prächtigen alten Bäumen gesäumt. Mein Atelier lag auf der anderen Seite der Stadt, drei Stockwerke über der Beach Street und der Fillmore Street, mit einem schmalen Ausblick auf die Bucht. Ich besaß zwei auf der gleichen Etage gegenüberliegende Wohnungen, die vom Grundriß her identisch waren. Die eine war mein Atelier, wo ich arbeitete und auch die meiste Zeit über wohnte. Es war alles vorhanden, was ich zum Zeichnen, zum Malen und sonst noch brauchte. Es war unaufgeräumt und spärlich möbliert, doch ich brauchte nicht mehr. Ich fühlte mich dort wohl. Die andere Wohnung war ziemlich teuer eingerichtet: ein Wohnzimmer, ein Schlafzimmer, ein Arbeitszimmer und eine Küche. Ich benützte sie vor allem als Gästewohnung. Im Atelier schlief ich in einer Hängematte, ich hatte ein Telefon, Geschirr, einen mit Überlebensproviant gefüllten Kühlschrank, meine Arbeitsutensilien, eine Staffelei, Tische, Stühle, Hocker, Schränke, einen Kleiderständer, einen Wandschirm für die Modelle. Es war, wie ich es nannte, mein Dachboden; alles war voller Farbkleckser, und es roch nach Ölfarben und Klebstoff und Verdünner und Kleister. Ich hätte ohne nicht leben können.

Wir machten einen ausgedehnten Rundgang, blieben zwischendurch stehen, schauten Kindern zu, die mit einem Hund spielten, einem jungen Setter. Sie kickten oder warfen ihm einen Ball zu, ungefähr so groß wie ein Fußball. Er war zu groß für den Hund, er konnte ihn nicht mit den Zähnen packen, doch er stürzte sich zum Entzükken der Kinder mit wilder Begeisterung darauf und schubste ihn mit der Schnauze und den Pfoten aufgeregt umher. Schließlich hatte der Hund genug, er zottelte davon und legte sich hechelnd neben einen Entenweiher. Die Kinder, zwei Mädchen und ein Junge, ließen ihn in Frieden. Eines der Mädchen trug eine Brille mit dicken Gläsern, die die Augen in ihrem kleinen, runden Gesicht übertrieben vergrößerten. Als wir weitergingen, sagte sie artig: »Hallo.«

Wir erzählten uns gegenseitig aus unserem Leben, wer wir waren und was wir machten. Sie war im Norden von Chicago aufgewachsen, hatte viele Jahre bei berühmten Lehrern Musik studiert, hatte dann in Berkeley ein Diplom als Bibliothekarin erworben. Sie war verheiratet gewesen und war nun geschieden. Sie hatte von ihren Großeltern mütterlicherseits ein ziemliches Vermögen geerbt, doch sie legte Wert darauf, sich ihren Lebensunterhalt selbst zu verdienen, mit Klavierstunden und dem Katalogisieren seltener Bücher im Auftrag von Antiquitätenhändlern und Sammlern. Sie hatte es offensichtlich in beiden Berufen zu beträchtlichem Erfolg gebracht, sie wurde in Fachkreisen geschätzt, und ihr Urteil war gefragt, obwohl sie sich in dieser Hinsicht sehr bescheiden gab.

Was mich betraf, so erzählte ich ihr, daß meine Eltern gestorben waren, als ich noch ein Kind war. Ich erzählte ihr von der »Peter-und-Paul-Heimschule«, von meiner Adoption, und ich erzählte ihr, wie ich Maler geworden war. Sie zeigte aufrichtiges Interesse und wollte alles wissen. Nein, ich hatte meine Mutter tatsächlich nicht gekannt; mein Vater war Künstler, Maler; er war gestorben, als ich noch ein kleiner Junge war; mein Adoptivvater war Philosoph und ein Mann von Welt, Professor für Philosophie, der, von der akademischen Welt enttäuscht, mit knapp vierzig in den Ruhestand gegangen war.

»Mögen Sie Eis?« fragte sie.

»Sehr.«

»Welches Aroma am liebsten?«

»Also … Schokolade, glaub ich. Nein, Vanille.«

»Nur Vanille?«

»Nein, Vanille mit Schokolade. Mit Schokoladesplittern.«

Sie lachte und nahm meine Hand und drückte sie.

»Wenn ich nervös bin«, sagte sie, »rede ich über Eis. Es beruhigt mich.«

»Sind Sie nervös?« fragte ich.

»Ja, ziemlich.«

»Ich auch.«

Schatten überzog die Rasenflächen, und das Sonnenlicht auf den Wipfeln und Blättern wirkte naßdunkel. Ich hatte schon lange keine Hand in der meinen gehalten. Es tat gut, Lolas Hand zu halten; es war ein ganz besonderes Gefühl, wie ein Wunder; ein Wunder, das ich seit meiner Jugendzeit nicht mehr gekannt hatte. Ich hatte vergessen, wie schön das war.

»Vorhin, als Sie kamen, war ich aufgeregt wie ein kleines Mädchen«, sagte sie. »Ich wollte Ihnen mit meinen Kunstkenntnissen imponieren.«

»Sie haben mir imponiert.«

»Über Musik kann ich mich intelligenter unterhalten.«

Ich wollte ihr gestehen, daß ich mich über Musik überhaupt nicht unterhalten konnte, sagte aber statt dessen: »Mögen Sie Eis?«

»Was für eine Frage«, sagte sie, »nein, ich verabscheue Eis.«

»Was für ein Aroma?« fragte ich. Doch sie überhörte meine Frage.

»Set, ich kann den Kopfstand machen. Soll ich es Ihnen zeigen?«

»Nun … ich weiß nicht …«

»Ich zeige es Ihnen«, sagte sie.

Sie ließ meine Hand los und zog ihre Sandalen aus. Sie ließ sich auf die Knie nieder, legte Kopf und Hände im richtigen Winkel auf das Gras. Dann schwang sie zuerst das eine, dann das andere Bein in die Höhe. Einen Moment lang machte sie die Schere, während ihre langen Beine das Gleichgewicht suchten, dann berührten sie sich an den Knien, an den Waden, an den Knöcheln, die Zehen waren durchgestreckt, als setze sie zu einem tadellosen Kopfsprung an; ihr schlanker, kerzengerader Körper wich nur um drei oder vier Grad von der Senkrechten ab, alle ihre Muskeln waren angespannt. Ihr weißer Chinakrepp-Rock rutschte über ihre Hüfte, rollte sich an der Taille zusammen. Ihr Höschen war blau, hellblau mit diagonalen Streifen in einem leicht schimmernden, helleren Blau. Vereinzelte krause Schamhaarbüschel, etwas dunkler und rötlicher als ihr Haar, kringelten sich darunter hervor.

»Wie finden Sie das?« fragte sie kopfunter.

Ich räusperte mich und nickte anerkennend.

»Gut, verdammt gut.«

»Können Sie das auch?«

»Hoffnungslos.«

»Versuchen Sie es doch!«

»Nein. Selbst wenn ich auf dem Kopf stehen könnte, würde ich es nicht tun: Der ästhetische Eindruck wäre im Vergleich zu Ihrer Darbietung verheerend.«

Dann wieder die Schere. Sie senkte mit einer Radbewegung den einen Fuß, dann den andern, und hüpfte auf die Beine, mit durchgedrückter Taille, die Arme seitlich gestreckt, in der Haltung eines Turners, der nach einem Sprung sicher wie ein Speer auf der Matte aufsetzt.

Später, im Licht chinesischer Lampions, die in den Baumkronen hingen, sagte sie: »Wir sind drauf und dran, uns zu verlieben, nicht wahr?«

»Ja«, sagte ich.

»Dann mußt du die Nacht mit mir verbringen.«

»Ja«, sagte ich nochmals.

Und wir aßen schweigend unseren Geflügelsalat.

Das war vor vier Jahren gewesen; es war der Beginn einer unvergeßlichen Liebesbeziehung – einer jener Beziehungen, die jedem Menschen im Leben widerfahren sollten, als ein ihm von Geburt aus zustehendes Recht gewissermaßen.

Wir spielten alle möglichen Spiele, unermüdlich, vor allem Wortspiele. Wir scherzten und neckten einander, Schlag auf Schlag, und bekamen nicht genug davon. Sie sagte etwas, und ich fing es auf und machte etwas anderes daraus, und sie machte weiter, unersättlich, es war die reinste Lust. Wir empfanden beide das Leben als schiere Lust. Wir waren glücklich zusammen, unsagbar glücklich. Wir hätten eine Glanznummer in einem Boulevardstück abgegeben: »Habe ich richtig gehört, Mr. Setman?« – »Sie haben tatsächlich richtig gehört, Miss Bourne.« Wir zerknüllten Servietten und bewarfen uns damit über die Restauranttische von San Francisco. Wir sangen Duette auf dem Taxi-Rücksitz. Wir schmusten in Aufzügen, im Kino, an den Straßenecken. Wir setzten uns selbst in Szene: Setman und Bourne.

Doch das war vor vier Jahren – muß ich ehrlicherweise hinzufügen. Etwas stimmte nicht mehr zwischen uns – stimmte nicht mehr mit mir. Ich wurde schweigsam und griesgrämig. Wir begannen uns anzuschweigen; wir sahen uns in immer längeren Abständen. Wir wohnten nicht zusammen, selbst am Anfang nicht, als wir so verrückt nach einander waren. Ich war der Meinung, das Zusammenleben könnte einen Einfluß auf meine Arbeit haben. Ich stellte schon bald fest, daß sie ein geselliges Wesen war, ich liebte sie gerade deswegen, doch ihr Lebensstil war dem meinen diametral entgegengesetzt. Sie war gern unter Leuten, von morgens bis abends; sie hatte eine besondere Begabung, auf die Leute einzugehen, so daß jedermann sie vergötterte. Sie war die meiste Zeit von irgendwelchen fröhlichen Menschen umgeben – ich redete mir das zumindest ein –, und ich hatte Mühe, das zu akzeptieren. Sie beteiligte sich an Bürgerinitiativen und an öffentlichen Projekten, an dieser Spendenaktion und an jener Kampagne; sie besuchte ständig Konzerte und Wohltätigkeitsveranstaltungen und Dichterlesungen. Und sie war immer heimlich enttäuscht, wenn ich mich weigerte, sie zu begleiten. Ich versuchte immer wieder, ihr begreiflich zu machen, daß meine Kunst eine einsame Arbeit sei, daß ich, um mein Bestes zu geben, die Einsamkeit brauchte: einen hellen Raum mit kahlen Wänden, wo mich nichts ablenken konnte. Sie bemühte sich, auf mich einzugehen, und machte große Zugeständnisse. Mit der Zeit fühlte ich mich schuldig. Sie war ein guter Kumpel. Lola und Bent mochten sich von der ersten Sekunde an und entwickelten große gegenseitige Zuneigung. Ich war glücklich, daß sie einander so nahestanden – und mir nahestanden. Und das taten sie auch.

Selbst als wir begannen, eigene Wege zu gehen, verbrachten wir viel Zeit zusammen, Lola und ich. Wir unternahmen alles mögliche. Am Vormittag malte ich, am Nachmittag holte mich Lola zu einem Ausflug ab. Wir gingen schwimmen und radfahren und spielten Tennis, wir veranstalteten luxuriöse Picknicks in Marin, und wir lasen die Wochenendausgabe der *NEW YORK TIMES* auf der Terrasse von *Sam's Archor Café* in Tiburon. Wir entdeckten die Weingegend um San Francisco. Manchmal platzten wir bei Bent herein, doch er freute sich immer darüber, besonders wenn Lola nach Señora Archuletas alten Rezepten kochte. Wir sammelten schummrige Bars und kleine Kneipen, lauschige Lokale mit Terrassen und Patios, Gärten mit Springbrunnen und verborgene Winkel, die nach Meer rochen. Und sie spielte für mich. Sie spielte wunderbar. Trotz ihrer zahlreichen Verpflichtungen widmete sie sich intensiv ihrer Musik und arbeitete hart an sich – wohl ebenso hart wie ich an meinen Bildern. Das verband uns. Pflichtbewußtsein war eine Eigenschaft, die uns gemeinsam war, etwas, wofür wir Verständnis hatten.

Eines Tages – es ist noch nicht lange her – verabredeten wir uns bei *Perry's* zum Lunch; ich war etwas zu früh. Ich trank ein dunkles Bier und plauderte mit Seamus James, dem Barmann. Es waren noch keine anderen Gäste da. Seamus erzählte mir, er habe nicht viel geschlafen die vorige Nacht – eine verworrene Frauengeschichte, sogar ein Ehemann kam darin vor. Seamus war ein begnadeter Geschichtenerzähler.

»Um ehrlich zu sein, Set, ich habe einen verdammten Kater heute morgen.«

Er schüttelte den Kopf und wischte den Tresen ab. Er blickte kummervoll drein wie ein Basset. Er suchte offensichtlich eine mitfühlende Seele.

»Und was für einen!« sagte ich. »Es ist Mittag, Seamus.«

»Heilige Mutter Gottes, ist es bereits Mittag?«

»Mensch, Sie sehen wirklich jämmerlich aus.«

Er setzte ein leidendes Gesicht auf, eine Armsündermiene, und seufzte.

»Hab's Ihnen ja gesagt, ich habe kaum ein Auge zugemacht ... hoffentlich kommt die Ablösung bald.«

»Ehrlich, Seamus, Sie sehen aus wie ein Gespenst.«

»Heilige Mutter Gottes, worauf wollen Sie hinaus? Ich hasse es, wenn man lange um den Brei herumredet«, sagte Seamus und verdrehte verzweifelt die Augen.

Lola kam atemlos herein, glitt auf den Hocker neben mir.

»Set«, keuchte sie, »ich habe soeben mit Jason gesprochen. Er versucht schon die längste Zeit, dich zu erreichen. Du stellst in New York aus, und anschließend in Paris!«

»Tatsächlich?«

Das war alles, was ich denken und sagen konnte. Seamus brummte etwas vor sich hin und blinzelte mir zu.

»Ja, tatsächlich«, sagte Lola lachend. »Darf ich mit zur Vernissage?«

»Wer spendiert den Lunch?« fragte ich.

»Ich«, sagte Seamus, »das ist das mindeste, was ich dazu beitragen kann.«

»Das allermindeste«, sagte Lola zwinkernd. »Unter uns gesagt, Seamus, Sie haben wohl spät Feierabend gemacht gestern? Sie sehen jämmerlich aus.«

Ich malte wie besessen im Hinblick auf die Ausstellung, und vier Monate später flogen wir nach New York. Jason und Lola rauften sich zusammen. Jason war im *Algonquin* abgestiegen, Lola und ich im *St. Moritz*. Es war Januar, und in New York war es kalt. Trotzdem war die Vernissage in der Madison Avenue sehr gut besucht. Es war, wie Jason händereibend feststellte, eine erfolgreiche Vernissage. Etliche Bilder waren bereits am ersten Abend verkauft – alle zu überhöhten Preisen, dachte ich. Wir lernten eine ganze Menge wichtiger Leute (wie Jason beteuerte) kennen, darunter Alais Sancerre, die Besitzerin der Galerie Colombes in Paris, wo ich anschließend ausstellen würde. Sie war eine attraktive Frau, und Jason benahm sich geradezu unterwürfig in ihrer Gegenwart. Lola gab sich kühl. Nichts war wie sonst; alle schienen sich gegenseitig mißtrauisch zu belauern, anstatt meine Bilder zu betrachten, und ihre Bemerkungen waren unverschämt, unmöglich und belanglos – soweit sie mich betrafen. Nichtsdestotrotz war es ein künstlerischer Erfolg. Ich amüsierte mich, auch wenn ich aus Lolas Blicken schloß, daß sie Alais Sancerre nicht traute. Ich schlug daher vor, daß wir uns – nur wir zwei – am nächsten Tag zum Lunch treffen wollten.

Am Abend feierten wir im *Russian Tea Room*. Ich saß zwischen Lola und Jason, die wie üblich aneinandergerieten. Es war ein frostiger Abend, und jedermann war gereizt.

Später dann, im Hotel, war Lola in bester Stimmung. Eben war sie noch mürrisch, sogar abweisend gewesen. Doch plötzlich war sie wieder sie selbst, wunderbar und verführerisch und neckisch. Sie entschuldigte sich. Was mich betraf, so widerstand ich zum Glück der Versuchung, den Gekränkten zu spielen und mich selbst zu bemitleiden. Was soll's, der Abend war für mich ein voller Erfolg gewesen. Ich war zufrieden, war stolz auf mich, war überschwenglicher Laune. Ich bestellte beim Zimmerservice einen Nachttrunk: Brandy Alexanders.

Lola legte Wangenrouge, einen schwarzen Kajalstift, ein Fläschchen Pollen und eine hellblaue, unidentifizierbare Salbe vor mich hin, die sie sich wohl von einer Hexe besorgt hatte, und begann sich auszuziehen.

»Heute morgen habe ich in der 52. Straße in einem Schaufenster zwei Leute gesehen, einen Mann und eine Frau, die sich gegenseitig bemalten, sie ihn und er sie. Ich habe noch nie etwas so Aufregendes gesehen.«

In ihren Augen lag ein sehnsüchtiger, verträumter Glanz, und ihr Körper war herrlich. Ich dachte: Dieser Körper ist mir vertraut; ich kenne die Beschaffenheit der Haut und die Form der Knochen darunter; ich kenne jeden Muskel und jedes Fettpölsterchen und die straffen Sehnen und das Pulsieren des Blutes in den Adern. Doch nun, im Lichte dessen, was sie eben gesagt hatte, und der Farben, die sie mir in die Hand gedrückt hatte, sah ich ihren Körper, wie ich ihn zuvor noch nie gesehen hatte.

»Waren sie nackt?«

»Sozusagen.«

Ich stieg aus den Kleidern. Sie malte sorgfältig eine blaue Maske auf mein Gesicht – wie eine Guerrero-Tanzmaske, das Gesicht des Mohren – und Schlangenlinien, rote und schwarze, die sich um meinen Brustkasten, meinen Rücken und meine Arme wanden. Sie bemalte meinen Penis halb rot, halb gelb. Es war unheimlich erregend, sich gegenseitig mit den Farben zu berühren. Ich malte gelbe Tupfer auf ihre Stirn. Ich malte ihren Mund und ihre Brustwarzen leuchtend rot. Dann zeichnete ich dunkelblaue Kreise um die Rundung ihrer Brüste. Ich malte Halbmonde auf ihren Bauch, ich umrahmte ihren Nabel mit einem schwarzen Ring. Ich malte mit Rot und Gelb zuckende Blitze auf ihre Schenkel und übersäte ihre Füße mit schwarzen Sternen. Als ich fertig war, trat sie vor den Spiegel und betrachtete sich.

»Sehe ich nicht wunderbar aus?« jubelte sie.

Sie sah tatsächlich wunderbar aus.

Mitten in der Nacht wachte ich auf; sie stand am Fenster. Ich trat zu ihr hin und nahm sie in meine Arme, denn ich spürte die tiefe Einsamkeit in ihr. Wir schauten lange schweigend in die Nacht hinaus. Es hatte zu schneien begonnen. Aus der mit Großstadtlichtern durchsetzten Dunkelheit wirbelten Millionen von Schneeflocken lautlos auf die Sixth Avenue.

Als wir wieder im Bett lagen, fragte sie, ob ich jemals einen Frauenkörper bemalt hätte.

»Nein«, antwortete ich.

Dann erinnerte ich mich plötzlich und fügte hinzu: »Aber ein Frauengesicht habe ich einmal bemalt.«

»Was meinst du damit? Daß du sie hergerichtet hast? Geschminkt?«

»Nein, nicht geschminkt. Ich habe Symbole gemalt, drei kleine Zeichen. Wie Schilde. Ich glaube, sie hatten eine besondere Bedeutung.«

»Und sah sie auch wunderbar aus?«

»Ja.«

»Liebtest du sie?«

»Nein. Ich kannte sie ja kaum.«

»Seltsam, das Gesicht eines Menschen zu bemalen, den man kaum kennt.«

Seltsam. Ich fühlte mich unbehaglich, als sie das sagte,

als ob sie unbewußt an etwas sehr Intimes gerührt hätte. Ich wußte nicht, was darauf antworten.

Lola schlief bald ein, ich aber lag bis zum Morgen wach. Die Erinnerung an jenen Nachmittag in Oklahoma zehrte unbewußt an mir. Ich versuchte, mir Greys Gesicht in Erinnerung zu rufen, doch das Bild blieb verschwommen. Sie hatte ein hübsches Gesicht ... war es noch hübscher gewesen ... nachher? Und ihre Stimme, ihre Hände? Die Berührung ihrer Hände? Und dann erinnerte ich mich, ungestüm und plötzlich und mit blendender Klarheit, an das Medizinbündel. Ich hatte es nicht geöffnet, hatte es im Atelier auf ein Regal gelegt, in einer Art Abstellkammer versorgt, die ich selten benützte. Ich fürchtete mich davor. Ich hatte niemandem davon erzählt. Ich hatte mir eingeredet, es existiere nicht. Nun aber schien es meinen Geist schmerzhaft zu durchdringen. Ich hatte das überwältigende Bedürfnis, in seiner Gegenwart zu sein, ganz nahe, es mit meinen Händen zu berühren. Was für eine Überheblichkeit, was für ein Fehler, es zurückgelassen zu haben! Ich fühlte es unter meinen Fingern ... wie damals, als Grey und ich es in den Händen hielten ... ich spürte die unheimliche Macht, die davon ausging. Ja, das war es: eine düstere Macht, wie ein dicker, ätzender Rauch. Böses. Es ging etwas Böses von ihm aus. Was hatte dieser Gegenstand mit mir zu tun? Worauf beruhte diese plötzliche, unwiderstehliche, quälende Anziehungskraft?

Eines der Bilder, die ich in New York verkauft hatte, war ein Aquarell, kleiner als die übrigen Bilder. Es stellte die undeutlichen Umrisse eines Mannes auf einem Pferd dar, verschwommen, bloß linear angedeutet. Man mußte das Bild genau betrachten, um die Gestalt zu erkennen, die beinahe mit dem strudelnden Hintergrund aus pastösen roten und gelben und braunen Schattierungen verschmolz; jede Farbe stellte eine räumliche Dimension dar, die sich, eine hinter der anderen, in der Tiefe verlor. Es war, als ob der Reiter von der Zeit in die Zeitlosigkeit überginge – so wirkte es jedenfalls auf mich –, und ich hatte das Bild tatsächlich *ABENTEUER AUSSERHALB DER ZEIT* genannt.

Alais Sancerre hielt es für ein interessantes Bild; wir unterhielten uns am folgenden Tag während des Lunchs ausführlich darüber. Sie freue sich für mich, daß es verkauft sei, sagte sie, aber sie hätte sich gewünscht, es in Paris ausstellen zu können.

Ihre Stimme war weich, ihr Akzent ziemlich ausgeprägt. Sie wirkte, was ihre Kleidung und ihr Auftreten anging, eher konservativ. Sie trug, von Perlenohrringen abgesehen, keinen Schmuck, ein elegantes graues Kostüm und schwarze Schuhe, eine schlichte weiße Bluse, dazu ein Foulard mit hübschen blauen, dunkelroten und grünen Mustern, alles in gedämpften Farbtönen. Ihre Hände waren klein und ausdrucksvoll, sehr weiblich, sehr weiß, so daß die Haut fast durchscheinend wirkte, die gepflegten Nägel wölbten sich leicht über die Fingerkuppen. Ihr Haar war dunkelbraun mit einem rötlichen Schimmer und mit ein paar grauen Strähnen durchsetzt, sie trug es straff nach hinten gekämmt und zu einem Pferdeschwanz gebunden. Ihre Augen waren nicht hart und klar wie Katzenaugen, sondern sanft und glänzend. Wenn sie sprach, schien ihr Blick mich zärtlich festzuhalten, es war ein freundlicher, einladender Blick. Sie war mittelgroß und weder schlank noch füllig. Ich schätzte sie gegen vierzig.

»Ein sehr ungewöhnliches Bild«, sagte sie, »ich möchte es fotografieren – mit dem Einverständnis des neuen Besitzers … und Ihrem natürlich. Dann kann ich meinen Kunden zumindest das Foto zeigen. Fotos sind jedoch meist – wie soll ich das ausdrücken? – nicht sehr aussagekräftig. Hoffen wir, daß der geheimnisvolle Mittelpunkt des Bildes erkennbar ist. Wir Franzosen lieben Geheimnisse über alles.«

Ich mißverstand sie.

»Ich denke, es sind die Wasserfarben, die das Geheimnisvolle ausmachen«, sagte ich, »die ineinander übergehende farbliche und räumliche Transparenz.«

»Nein, nein«, fiel sie mir ins Wort, »das Geheimnis ist in Ihnen. Sie sind das Geheimnis. Sie sind das eigentliche Geheimnis. Wenn Sie selbst nicht geheimnisvoll wären, könnten Sie nicht etwas schaffen, was auf dem Papier oder auf der Leinwand geheimnisvoll wirkt – habe ich recht? Zentauren sind immer geheimnisvoll, nicht wahr?«

»Zentauren?«

»Ihre«, sagte sie, als handle es sich um die selbstverständlichste Sache der Welt.

»Der Zentaur auf Ihrem Bild, der die Zeit durchbricht. Ich bewundere das Konzept.«

»Sind Sie sicher, daß es ein Zentaur ist?« fragte ich erstaunt.

»Aber natürlich ist es ein Zentaur – oder der Reiter ist im Begriff, sich in einen zu verwandeln.«

Sie stellte das so selbstverständlich fest, daß ich nicht zu widersprechen wagte. Seltsam: Ich hatte in jenem Moment das unbestimmte Gefühl, als dringe etwas an die Oberfläche meines Bewußtseins: ein Erkennen, eine Wahrheit.

»Vielleicht«, sagte ich.

»Sagen Sie, Mr. Setman, haben Sie dabei vielleicht an Kafka gedacht?«

»Kafka? Sie bringen mich in Verlegenheit.«

Sie lachte: »Also, ich dachte, daß Sie vielleicht Franz Kafkas kurze Beschreibung des Zentaurs vor Augen hatten. Wie ist doch der Titel? *WUNSCH, INDIANER ZU WERDEN,* glaub ich. Er schildert darin, was für ein Gefühl ein Indianer haben muß, der auf seinem schnellen Pferd über die Prärie reitet, so schnell und ungebunden, daß die Erde verschwimmt und der Kopf des Pferdes sich auflöst. Und damit meint er zweifellos, daß der Indianer eins wird mit dem Pferd, daß er selbst zum Kopf des Pferdes wird ... Vielleicht drücke ich mich ungenau aus, jedenfalls geht es um eine Verwandlung. Kafka hat doch *DIE VERWANDLUNG* geschrieben. Er war von dem Thema fasziniert.«

Ihre Erklärung stimmte mich nachdenklich. Alais Sancerre schien etwas klar erkannt zu haben, dem ich selbst keine Beachtung geschenkt hatte. Später kehrte ich in die Galerie zurück und betrachtete lange mein Bild *ABENTEUER AUSSERHALB DER ZEIT*, versuchte, tiefer hineinzusehen, als ich es bisher getan hatte, versuchte zu sehen, was andere vielleicht deutlicher sehen konnten als ich, etwas, das tief in mir selbst war und das ich unbewußt bildlich wiedergegeben hatte.

Auf dem Rückflug nach San Francisco wurde ich von Unwohlsein gepackt. Ganz plötzlich, während ich mit Lola plauderte. Ich fühlte mich grenzenlos erschöpft, und meine Augen brannten. Ich zitterte am ganzen Körper. Sie redete besorgt auf mich ein, ich konnte die Angst in ihrem Gesicht erkennen, aber ich verstand nicht, was sie sagte. Dann – Finsternis. Als ich wieder auftauchte, fühlte ich mich gleich wieder besser. Der unerklärliche Anfall war vorüber, aber ich war schweißüberströmt. Ich klammerte mich so fest an Lolas Hand, daß ich den Eindruck hatte, ich sei mit ihr verwachsen. Ich konnte mich nur mühsam lösen, meine Finger hatten sich in ihr Fleisch gekrallt. Ich hatte ihre Hand fast zerquetscht, meine Nägel hatten tiefe, blutunterlaufene Abdrücke hinterlassen. Ihr Gesicht drückte Schmerz aus – und tiefe Angst.

Bent, sei mein Vater.

Sei mein Vater, Bent.

Ich liebe dich.

4

Ein Markstein in der Phase ihres Erwachsenwerdens

Sie schrieb mit einer kleinen, fast unleserlichen Handschrift:

These figures moving in my rhyme …
Who are they? Death, and death's dog Time.

All die tanzenden Gestalten
In meinem Reim?
Wo sind sie geblieben?
Tot – und des Todes Hund Zeit.

Ein heftiger Schneesturm war über die Prärie hinweggefegt. Er hatte in Colorado und Nebraska, vor allem aber in Kansas gewütet, hatte Oklahoma gestreift und hatte unbarmherzig die Erde aufgewühlt. Die Bäume am Cradle Creek ragten steif und starr in den Himmel, Frost lag über dem welken Gras. Der Wind trieb riesige Schneewolken vor sich her und blies alles um, was ihm im Wege stand. Das Vieh knäuelte sich, um sich vor der eisigen Kälte zu schützen. Viele Tiere starben. Kope'mahs und Catlin Setmans Gräber waren eisig kahl.

Dann war sommerliche Wärme ausgebrochen. Die Erde war aufgeweicht, vom Schmelzwasser und von der Hitze durchdrungen. Das Gras begann zu sprießen, die Bäume trieben die ersten Knospen, und das Wasser rauschte. Dann waren die Felder wieder trocken, die Vögel zwitscherten, und überall regte sich Leben. Es war wie im Frühling.

Der Bürgermeister von Bote, Oklahoma, saß in der

Laube des Mottledmarschen Anwesens über den Tisch gebeugt; vor Grey lag links ein Buch, rechts ein Heft. Sie las, sie machte sich Notizen, sie schrieb. Poesie und Prosa. Es war später Vormittag. Sie hatte nachts tief geschlafen, hatte in der Frühe zur Sonne gebetet, hatte eine ganze Menge Earl-Grey-Tee getrunken, in den sie reichlich rohe Milch von einer Jerseykuh aus Dicks Herde rührte. Während sie langsam im Buch blätterte, schlürfte sie einen weiteren Becher Tee.

»Hey, Autor! Autor!« rief sie aus und klatschte in die Hände. »Wahrhaftig, du schreibst ja über eine der Yazzies, eine der Low Mountain Yazzies – über eine der Schwestern. Mein Onkel Ashkii kannte die Ladies; es waren ihrer drei, konnten reiten wie der Teufel, nahmen es mit jedem Mann auf, jede der drei. Wie hieß doch die älteste? Nein, nicht Desbah … Bertha! Bertha Yazzie. Die Lady konnte reiten, und wie, hat mein Onkel gesagt. Sie konnte allerdings nicht nur reiten, hat mein Onkel gesagt. Sie sei eine Spielerin gewesen, hat mein Onkel gesagt. Sie habe wunderbaren Schmuck besessen. *Nizhóni yei!*« Sie las die Stelle nochmals durch:

Einige Männer aus Jemez ritten aus, um sich mit den Navajos zu treffen. Auch John Cajero war darunter. Er stand damals im besten Mannesalter, ein echter Tano, gewandt und kräftig und ein heller Kopf – und ein vorzüglicher Reiter; stattlich sah er aus mit seinem blauen Hemd und dem roten Hutband. Er ritt einen feurigen Falben, den er gut am Zügel hatte. Er entdeckte ein paar alte Freunde unter den Navajos, und schon bald bewegte sich die eine Straßenseite entlang in bester Stimmung eine Schar Reiter, unter denen Kameradschaft und gute Laune herrschte – und auch eine gewisse Rivalität. Plötzlich nahm John Cajero das aufgerollte Seil in die Hand und wirbelte es aus dem Handgelenk zu einer Schlinge, lehnte sich weit nach vorn, und das Pferd raste im gestreckten Galopp zwischen zwei Planwagen hindurch und zertrampelte beinahe einen Hund; der Hund jaulte auf und stob davon, doch das Pferd holte ihn ein, bäumte sich, rammte die Hinterhufe in die Erde, und das Seil sauste hinab, schlang sich um die Hinterbeine des Hundes, zerrte ihn über den Sand, wirbelte ihn durch die Luft und schleuderte ihn wieder zu Boden. Dann lockerte John Cajero die Schlinge, und der Hund schlich mit eingezogenem Schwanz davon, kroch winselnd unter den Wagen seines Meisters. John Cajero lachte, und die andern lachten ebenfalls, doch mir wollte scheinen, ihr Lachen klinge heiser. Die Navajos hatten der Vorstellung gleichgültig zugeschaut, bloß ein derber Spaß in ihren Augen, und sie überlegten sich genau, was die Darbietung wert war. Es ging um eine Art Handel: um einen Austausch von Dreistigkeit und Arroganz und Geschicklichkeit ... und primitivem Stolz. Danach stieg John Cajero ab, zog einen Dollarschein aus der Tasche, faltete ihn einmal der Länge nach und steckte ihn in den Sand. Er gab den andern ein Zeichen, winkte sie auffordernd herbei, doch zunächst verstand ich nicht, was er vorhatte. Er schwang sich wieder in den Sattel, gestikulierte, deutete auf das Geld im Sand. Niemand rührte sich, alle beobachteten ihn stumm. Er versammelte hochmütig das Pferd, riß es herum und gab ihm die Sporen; er setzte es in einen kurzen, leichten Galopp, beugte sich tief aus dem Sattel und griff nach dem Dollarschein. Seine Finger streiften ihn jedoch bloß, denn das Pferd hatte im entscheidenden Moment das Tempo verlangsamt. Er hatte den Schein nur um Haaresbreite verfehlt – ein aufregendes, wunderbares Schauspiel –, und schon saß er wieder aufrecht im Sattel. Er und sein Pferd, sie waren wie miteinander verwachsen, jede ihrer Bewegungen war genau abgestimmt. Ich war so hingerissen, daß ich das Mädchen zuerst gar nicht sah. Sie tauchte aus dem Nichts auf, ein geschmeidiges, hübsches Navajomädchen auf einem schwarzen Pferd. Sie war plötzlich aus John Cajeros Staubwolke aufgetaucht und hatte ihn überholt; ihr Pferd kanterte ruhig und gleichmäßig; sie beugte sich mit angezogenen Knien fast eine Armlänge aus dem Sattel, ihr sehniger Rücken war gebeugt wie ein Bogen, ihre Schulter satt an die Vorhand des

Pferdes geschmiegt; dann schwang sie den linken Arm wie eine Sense nach vorn – und hielt den Dollarschein zwischen den Fingerspitzen hoch über ihren Kopf, sie stand aufrecht in den Steigbügeln und galoppierte an John Cajero vorbei, ritt die Wagenkolonne entlang und durch das Dorf hindurch. Sie hatte ihm die Show gestohlen und auch das Geld, und sie ritt triumphierend davon, und nur noch ihr Lachen war zu hören. Später hielt ich in den Lagern nach ihr Ausschau, doch ich konnte sie nirgends entdecken. Sie hieß Desbah Yazzie, glaub ich, und ich stellte mir vor, daß sie mir aus dem Schatten nachspähte.

»Für dich, für niemand sonst, sagte mein Onkel«, murmelte Grey vor sich hin.

Sie schaute auf, blickte blinzelnd zu Dog hinüber. Er stand am Rand der großen Weide, nur etwa dreißig Yard entfernt. Er hatte die eisigen Tage des Blizzards unversehrt überstanden. Nun stand er träge in seinem Winterfell im kristallklaren Licht, den Kopf fast rechtwinklig zum Widerrist, und ließ sich dösend von der Sonne wärmen. Sie rief ihm etwas zu, und er hob brüsk den Kopf, schüttelte die Mähne, spitzte seine braunen Ohren. Sie nahm die Gerte aus geflochtenem Roßhaar, die an einem der Eckpfosten der Laube an einem Nagel hing, und ging ruhig auf das Pferd zu. Manchmal ließ das Tier sie widerstandslos gewähren; andere Male scheute es, benahm sich wie ein Wildpferd und raste im gestreckten Galopp davon, frech und ungestüm und übermütig. Sie hatte es seit zwölf Tagen nicht geritten, daher war Vorsicht geboten. Es hielt still, wandte ihr sogar den Kopf zu, stülpte die Oberlippe und entblößte die Zähne. Sie redete sanft auf es ein, erklärte ihm ganz ruhig, was es zu tun hatte.

Sie führte es zu einer flachen Stelle, die ihr für ihr Vorhaben geeignet erschien. Sie nahm ein Streichholz – das sie als Buchzeichen benützt hatte – und steckte es in die Erde. Dann schwang sie sich behende auf Dogs Rücken, ritt ein kurzes Stück, wandte das Pferd und überlegte sich den nächsten Schritt. Das Streichholz war deutlich erkennbar; die rotweiße Spitze ragte eineinhalb Inch aus der lockeren rostbraunen Erde. Die Distanz betrug ihrer Schätzung nach etwa hundert Fuß.

»Hör mir gut zu, Dog, die Sache ist ganz einfach; was es braucht, ist Tempo, Sorgfalt und Übereinstimmung, sagte sie. Das Tempo muß nicht halsbrecherisch sein, die Beschleunigung muß regelmäßig sein, und wir müssen genau zielen. Wir müssen genau aufeinander abgestimmt sein, du und ich. Da wir noch keine Übung haben, ist der erste Versuch von größter Bedeutung – entscheidend. Ich weiß genau, was ich zu tun habe. Aber weißt du, was du zu tun hast? Dog? Du mußt ganz regelmäßig kantern, darfst das Tempo nicht verlangsamen, hast du gehört? Du darfst nicht auf meine Bewegungen achten, egal, wie plötzlich und ungewohnt sie für dich sind. Du mußt mich in Reichweite des Streichholzes bringen. Es geht um Inches. Um den Bruchteil eines Inch sogar. Du mußt absolut gleichmäßig galoppieren, kurz und leicht. Hast du verstanden? Wenn wir zu schnell sind, dann liegt das bestimmt nicht an mir – wenn du verstehst, was ich damit meine. Bist du bereit?

Beim ersten Durchgang bäumte sich Dog und hätte sie beinahe abgeworfen. Sie hielt sich wie eine Zirkusartistin mit bewundernswertem Gleichgewicht im Sitz. Beim zweiten Durchgang stemmte sie die Fersen nicht fest genug in die Flanke des Pferdes und wurde abgeworfen. Sie fiel auf die linke Schulter, rollte sich zusammen und blieb unverletzt. Beim dritten Mal berührte sie das Streichholz, aber konnte es nicht greifen. Beim vierten, fünften, sechsten und siebten Mal klappte es überhaupt nicht. Sie waren nicht aufeinander abgestimmt, das Pferd und sie, und sie wurde zweimal abgeworfen. Beim achten Mal hielt sie das Streichholz zwischen den Fingern und jubelte. Sie war zwar etwas benommen und zerschlagen, aber triumphierend. Sie belohnte Dog mit Zucker, schalt ihn jedoch zuerst aus, weil er sich so dämlich angestellt hatte.

»Bertha Yazzie benötigte einen Sattel, und ihr Pferd hatte einen sehr übelriechenden Atem, hat mein Onkel gesagt.«

Sie ging jeden Tag zum Grab der Großmutter und sprach mit ihr, obwohl sie dazu nicht auf den Friedhof hätte gehen müssen, denn der Geist der Großmutter war überall, am greifbarsten jedoch im Zimmer, in dem sie gestorben war und wo Grey nun viele Stunden zubrachte. Jessie und Milo ließen sie gewähren. Sie achteten sie, weil sie wußten, daß sie im Begriff war, eine Medizinfrau zu werden. Zudem war Jessie ein großherziger Mensch, sie hegte aufrichtige Zuneigung zu Grey. Grey war für sie wie eine Schwester. Auch für Milo, der, hätte er sich getraut, Grey zudringlicher begegnet wäre, aber er fürchtete sich vor ihrer zunehmenden Kraft; sie war irgendwie unantastbar geworden. Und so erging es auch Worcester Meat. Grey wohnte nicht mehr in seinem kleinen Haus, und er fühlte sich sehr einsam ohne sie. Doch er war ein alter Mann und hatte schon vor vielen Jahren gelernt, mit seinen Verlusten zu leben. In seiner Sicht der Dinge war es ganz selbstverständlich, daß der Geist seiner Mutter in Grey weiterlebte, wie und warum auch immer. Er hatte keinen Anspruch auf sie; niemand hatte Anspruch auf sie. Also gab es nichts aufzugeben – doch vieles war verloren.

Grey war noch kaum erwachsen; ihre Träumereien bedeuteten ihr viel. Dessenungeachtet war sie sich bewußt, daß ihr Schicksal einzigartig war und daß sie schwerwiegende Verantwortungen würde übernehmen müssen. Doch vorläufig sah sie sich so:

»Nun hör mir mal gut zu – sagte Billy –, ich will dir sagen, was du falsch machst: Du zielst nicht. Du mußt zielen! Wie ich mit meiner Flinte. Was machst du, wenn dich ein Kerl fragt, wo der Saloon ist? Du antwortest: *well,* dort unten oder in dieser oder in jener Richtung oder an den Stallungen vorbei … und du zeigst mit dem Finger, ja? Und genau so mußt du es machen, Teufel noch mal. Du und dein Pferd, ihr hättet gar nichts anderes zu tun brauchen.«

Wenn er so auf sie einredete, hörte sie ihm respektvoll zu, mit Verehrung sogar, als ob er ein feierliches Gebet rezitierte. Woher wußte er das alles? fragte sie sich. Wie konnte ein Junge von einem Mann, kaum zweiundzwanzig Jahre alt, sich solche Kenntnisse angeeignet haben? Was für vergeudete Intelligenz.

Es war der 1. April. Vormittags. Billy war mit ein paar anderen Regulators in Tunstalls Kontor. Sie schaute die Straße hinunter, stellte jedoch nichts Ungewöhnliches fest. Squire Wilson jätete in seinem Zwiebelbeet. Eine Matrone mit einer Rüschenhaube trat aus einem Haus und verschwand in einem andern; sie trug einen Korb in der Hand. Am anderen Ende der Stadt spielten Kinder Krieg. Grey schauderte; die Sonne stand zwar bereits hoch am Himmel, doch es wehte immer noch eine kühle Morgenbrise. Alles schien friedlich.

Sie saß reglos auf dem Hengst. Auch Dog rührte sich nicht; er stand mit erhobenem Kopf und gespitzten Ohren an der Kreuzung, von wo aus man die ganze Straße überblicken konnte. Grey trug das lange weiße Kleid, das ihre Schenkel verhüllte und bis über die Füße reichte, die in kleinen, perlenverzierten Mokassins aus geschmeidigem Wildleder steckten. Ihr Haar, ihre Haut, ihr Kleid und die Mokassins, das dunkle Fell des Hengstes waren mit dem hellen Glanz des Frühlingmorgens übergossen. Sie wirkten wie eine Statue, das Mädchen und das Pferd, würdevoll, schmuck, unvergleichlich anmutig – ja, voller Anmut: Ein Standbild, das sich vor den Säulen eines Gerichtsgebäudes auf dem Marktplatz eines Nestes in Alabama oder vor den Zinnen von Patay gut ausgenommen hätte.

Punkt neun Uhr hob Grey kurz die rechte Hand, worauf fünf Männer aus Dolans Laden auf die Straße hinaustraten und langsam und sich vorsichtig umblickend auf sie zuschritten. Es handelte sich um Sheriff William Brady, George Hindman, John Long, George W. »Dad« Peppin und Billy Matthews. Sie waren bis an die Zähne bewaffnet. Brady trug das Gewehr in der Hand, das er Billy »the Kid« am 20. Februar im Zusammenhang mit dem Mord an John Tunstall abgenommen hatte.

Als die fünf Männer auf der gegenüberliegenden Straßenseite vor Tunstalls Kontor standen, fielen Schüsse, eine ganze Menge Schüsse. Grey kam die Szene unwirklich vor, wie ein Traum. Die Geräusche drangen nur gedämpft an ihr Ohr. Nach der ersten Salve fiel Brady von acht Kugeln getroffen tot zu Boden. Hindman wurde nur einmal getroffen, taumelte ein paar Schritte und brach zusammen. Long war verwundet. Squire Wilson, der in seinem Zwiebelbeet gearbeitet hatte, bekam an beiden Beinen Fleischwunden ab. Es mußte Billy »the Kid« gewesen sein, der Brady erschossen hatte; bei der wilden Schießerei war es unmöglich festzustellen, wer es gewesen war (Grey jedenfalls konnte es nicht feststellen), doch es war anzunehmen, daß Billy versucht hatte, seinen verhaßten Feind Billy Matthews zu erschießen, der schleunigst im Cisneros-Haus Zuflucht gesucht hatte.

Grey hielt den Atem an. Dort, nur ein paar Schritte von ihr entfernt, mitten in der kleinen Stadt Lincoln, war der Teufel los. Plötzlich war der Apriltag von Rauch erfüllt. Es herrschte wildes Durcheinander. Die Kinder von Lincoln müssen in ihre Zimmer in Sicherheit gebracht werden, dachte sie. Die Mütter müssen getröstet, beruhigt werden. Ehrbare Männer – rechtschaffene, fleißige, fromme, aufrichtige Männer – müssen ermutigt werden, müssen versichert werden, daß sie ihr Schicksal in Händen halten. Die Männer, die Frauen und die Kinder jedoch waren verängstigt und ohnmächtig, verloren und hilflos in diesem höllischen Gewaltausbruch.

Dann sah Grey, wie Billy – ihr Billy – aus dem Tor von Tunstalls Hof auf die Straße hinauslief. Ihr Herz stand still: Er schwenkte den Revolver und rannte … es waren nur ein paar Yard, die ihr endlos vorkamen. Das Blut gefror ihr in den Adern: Billy rannte, rannte im Zeitlupentempo, während die Schießerei weiterging … weit weg … in einer anderen Stadt … in einem anderen Land. Sie sah, wie er sich bückte, um sein Gewehr aufzulesen, das neben Sheriff Bradys Körper lag – und da kam ein Schuß aus dem Cisneros-Haus. Eine endlose Sekunde lang taumelte Billy »the Kid« und griff sich an die Innenseite seines linken Oberschenkels. Dann flüchtete er mit dem Gewehr in der Hand. Grey wußte nicht, wie schwer seine Verletzung war, wußte auch, daß sie es nicht so schnell erfahren würde. Er würde sich verstecken müssen. Er brauchte vielleicht ärztliche Hilfe. Konnte er überhaupt noch reiten? Er war offenbar an einer Stelle verletzt worden, die das Reiten erschwerte, wenn nicht gar unmöglich machte.

Nach Billy »the Kids« tollkühner Heldentat war der Krieg zu Ende. Der Pulverrauch verflüchtigte sich, und eine bedrückende Ruhe legte sich über die Stadt Lincoln.

Sie wendete das Pferd und schlug den Weg nach Norden ein. Die stark begangene Straße war mit tiefen Hufabdrücken übersät. Vögel zwitscherten in den Ästen. Von irgendwoher drang die wehmütige Stimme eines fahrenden Sängers, der eine Klage sang. Sie kannte das Lied nicht, doch es berührte sie zutiefst. Es handelte von einem jungen Mann, dessen Liebe sich im Tal der Feuer verirrt hatte. Sie lauschte der Melodie, und ihre Augen füllten sich mit Tränen. Als das Lied in der Ferne verstummte, gab sie Dog die Sporen. Sie donnerte an einer Apachenfamilie auf einem Wagen vorbei. Die Indianer starrten ihr stoisch fragend und verständnisvoll nach: Sie war wunderschön. Und sie ritt ein wunderschönes Pferd.

Grey war noch kaum erwachsen, doch in ihr rührte sich nun die Frau. Sie brauchte ihre Traumbilder, denn daraus schöpfte sie Kraft. Sie gehörten nur ihr, ihr allein; sie drückten ihr innerstes Wesen aus, ihre Vorstellungswelt. Und darin eröffnete sich ihr jetzt eine Wirklichkeit, die ihr ganzes Leben bestimmen würde – ein Schatz, auf den sie würde zurückgreifen können. Sie war mit überdurchschnittlicher Intelligenz ausgestattet, mit Gesundheit, Ausdauer und Willenskraft. Ihre Fähigkeiten wurden nur von ihrer unersättlichen Lebenslust übertroffen; sie liebte das Leben und konnte nicht genug bekommen davon. Und sie war überdies zum Träumen geboren. Das war es, was sie vor allem auszeichnete und ihr erlaubte, einmalige Situationen zu erschaffen und sich darin auszuleben. Sie empfand tiefe Achtung vor sich selbst und für die Erde und ihre Kreaturen. Ihr ganzes Wesen war von Staunen und Bewunderung durchdrungen. Träumen – das war der Mittelpunkt des Lebens, ihres Lebens zumindest.

Es war nicht ihre Entscheidung gewesen, eine Medizinfrau zu werden. Solche Dinge entscheidet man letztlich nie selbst. Sie wurde eine Medizinfrau, weil sie dazu bestimmt war: Sie strebte danach, es war ihr Daseinszweck. Sie träumte es.

Sie verfügte bereits über eine gewisse Macht, doch je mehr sie über die Welt lernte, desto mehr Macht würde sie erlangen. Sie lernte in ihren Träumen von der Großmutter. Sie lernte in ihren Träumen von den Adlern, von den Fischen, den Kojoten, Schildkröten, Mäusen und Spinnen. In ihren Träumen wußte sie um Dinge, die andere schon vor langer Zeit verloren hatten. Sie wußte um Dinge, die weit zurück in Zeit und Raum lagen. Sie wußte um den Winter, der die Welt bedrohte, um nackte Eiswüsten, um gebückte Ahnen, die wie Bären durch die Nebel wanderten. Und sie wußte um ein Kind: um den Jungen, der sich in das Sternbild des Bären verwandelt hatte.

Sie sammelte auf dem Grab der Großmutter Pollen und Gräser und Kräuter, und sie salbte den Erdhügel und sprach heilige Worte über dem Grab. Und auch über Catlin Setmans Grab. Es war eine Art vermittelnde Kraft, die sie an Catlin Setman denken ließ. Sie hatte ihn zwar nicht gekannt, natürlich nicht, und dennoch kannte sie ihn, sie träumte von ihm. In ihren Träumen klang seine Stimme anders als die der Großmutter. Sein Platz in ihrer Geschichte war strategischer Natur; er war das entscheidende Verbindungsglied zwischen der Großmutter und der undeutlichen Ahnenreihe auf der einen und seinem Sohn Locke Setman auf der anderen Seite, der in ihrem Leben eine wichtige Rolle spielen würde. Tatsächlich hatte das Ineinandergreifen schon begonnen; sie hatte Locke Setman die Bär-Medizin weitergegeben. Jene erste Handlung hatte Macht und Geheimnis und tiefe Bedeutung beinhaltet; die Form war gewahrt worden, die Übergabe hatte stattgefunden: Eine Ehe war geschlossen worden. Locke Setman, Set – ein Name, den sie nun oft vor sich hin flüsterte. Es war der Name des Mannes, der auf ihre Kraft und ihre Weisheit und ihren Geist angewiesen sein würde, dessen erfüllte Bestimmung ihre Bestimmung war.

Sie war noch kaum erwachsen; am Tag träumte sie von Billy »the Kid« und ging ihren gewohnten Beschäftigungen nach. Sie kümmerte sich um Worcester Meat, sie half Jessie einmal da, einmal dort, sie sorgte für Dogs Wohlbefinden. Und sie beschäftigte sich mit sich selbst. Sie las und hörte Musik – und arbeitete an der »Denkschrift«, wie sie das nannte. Sie sagte sich, daß Billy »the Kid«, Gefährte, Geliebter, Vertrauter und Held ihrer Mädchentage, der sie in die tiefsten mythischen Ströme des Wilden Westens eingeführt hatte, eine Würdigung verdient hatte – vor allem sie war ihm das schuldig. Sie hatte also damit begonnen, eine Abschieds-Elegie zu schreiben – eine »Denkschrift«, die übrigens den Titel *DIE UNGLAUBLICHE UND WAHRE GESCHICHTE MEINES LEBENS MIT BILLY »THE KID«* trug und die sich aus einundzwanzig Gedichten und Prosatexten zusammensetzte – ein Kapitel für jedes Jahr von Billys Leben –, in denen sich sowohl seine menschliche als auch seine legendäre Dimension widerspiegelten. Und es würde zudem eine Würdigung ihrer Kindheit sein.

Sie schrieb:

Ride, Billy, Billy,
Ride about the countryside …

Reite, Billy,
Billy, reite,
Durch die grenzenlose Weite.

Singe, Billy,
Billy, sing,
Sing ein Lied von der Prärie.

Halte, Billy,
Billy, halte an,
Laß dein Pferd verschnaufen.

Schlafe, Billy,
Billy, schlaf,
Schlafe traumlos
Schlafe tief.

Nachts jedoch duldete sie nur die Anwesenheit der Großmutter. Sie schob alles beiseite und folgte dem Medizinweg. Sie tauchte ganz in den tiefen Strom der Stimme der Großmutter ein. Seit dem Tod der Großmutter war Grey jede Nacht in das Schlafzimmer der alten Frau gegangen, an ihr Totenbett, und war stundenlang dort geblieben, manchmal die ganze Nacht. Sie saß im Dunkeln oder zündete eine Kerze an und lauschte. Manchmal redete sie, stellte Fragen, um die Bedeutung und das Geheimnis zu erfassen, um die heiligen Worte ihrer eigenen Stimme einzuprägen. Manchmal sang sie, und Jessie und Milo horchten voller Angst und Verwunderung auf, denn es war nicht Greys Stimme, die sie hörten, sondern die Stimme der Großmutter. Doch meistens hörten sie mit Ehrfurcht zu. Und Grey berührte mit ihren Händen die Habseligkeiten der alten Frau. Sie schlüpfte in die Mokassins, band die Schürzen der Großmutter um und wickelte sich in ihre Schals. Sie nahm den Spazierstock in die Hand, den Kamm, den perlenbestickten Beutel, die die Großmutter benützt hatte.

Und sie begann Masken zu formen. Sie formte sie aus Papier und Stoff und Leder. Sie stellten die Gesichter von Tieren und menschlichen Wesen und Geistern dar. Und wenn sie eine der Masken aufsetzte, war ihr, als ob auch die Macht des Geistes auf sie überginge, den sie darstellte. Sie arbeitete nur nachts im Zimmer der Großmutter daran, und sie trug die Masken vorerst auch nur dort. Anfänglich waren sie unbeholfen, rudimentär, doch jede neue war besser als die vorangehende, und mit der Zeit waren sie vollkommen, sachkundig und mit tiefer Überzeugung hergestellt, und es waren nicht bloß Kunstgegenstände, sondern sakrale Gegenstände – Insignien der Macht. Sie trug sie jetzt entsprechend ihren Stimmen und Zeichen auch außerhalb des Hauses.

Sie wartete in jenen Nächten und Tagen, bis ihre Zeit kam. Sie hatte keine Eile. Alles würde geschehen, wie es geschehen mußte und zur rechten Zeit. Ihre Vorbereitungen richteten sich nach dem Rhythmus der Natur – und auch Set würde sich danach richten müssen. Selbst wenn sie es gekonnt hätte, sie hätte sich dem Lauf der Tage, der Jahreszeiten, der Sonne und der Monde nicht widersetzt. Ihre Zeit würde kommen. Sie würde älter werden, weiser, immer enger in die Weite der Welt miteinbezogen. Ihr Körper würde die Harmonie der Flüsse und der Winde und Ernten finden. Ihre Lust würde sich nicht verringern, sondern sie würde lernen, sie vollkommen zu beherrschen. Ihre Leidenschaft würde nicht abklingen, sondern sie würde von ihrem Unterscheidungsvermögen bestimmt werden: Sie würde Teil ihrer selbst sein. Ihre Sensibilität würde ausgeprägter werden, ihr ganzes Wesen lebendiger.

Manchmal zog sie sich im Kerzenlicht aus und musterte ihren Körper, suchte nach Anzeichen der Verwandlung, die sie durchmachte. Ihr Körper war weicher geworden, fraulicher. Ihre Brüste waren voller, schwerer. Ihre Schultern wurden zusehends runder. Ihre Haut war nicht mehr so straff wie die der Heranwachsenden, sie war geschmeidiger und elastischer. Und sie erregte ihre Frauenhaut mit den Fingern. Sie streichelte ihre Brüste und kitzelte ihre Nippel. Sie fuhr die Innenseite ihrer Schenkel entlang. Und sie masturbierte. Ihr Verlangen war intensiver geworden. Es war nicht mehr körperlich – nicht nur körperlich –, sondern es beinhaltete eine neue emotionale Dimension. Eine Erkenntnis, die weit über die Pubertät hinausging. Sie wurde in jeder Beziehung zur Frau.

Es drängte sie, das Pamphlet über Billy zu Ende zu schreiben. Sie widmete sich dieser Arbeit mit Hingabe, denn sie war zu einem Markstein in der Phase ihres Erwachsenwerdens geworden, der Abschluß eines Lebensabschnitts. Der eine Teil würde alles enthalten, was ihre Kindheit gewesen war; der andere, was ihre Zukunft sein würde. Es war das Ritual des Überganges, und es machte ihr Spaß, ihn in Worte zu fassen.

Sie schrieb:

Reiten ist eine geistige Übung. Als ich allein durch die Berge zog, träumte ich ein gutes Stück Wegs auf dem Rücken meines Pferdes. Überall im Dickicht lauerten Desperados. Mehr als einmal begegnete ich umherstreunenden Banden feindlicher Indianer und mußte einer plötzlichen Eingebung folgend einen anderen Weg einschlagen. Hin und wieder stieß ich auf eine Wagenkolonne, die in Schwierigkeiten geraten war, und unter den Siedlern befand sich unweigerlich ein blasser, hübscher Junge aus Charleston oder Philadelphia, der schlicht und einfach und mehr als alles andere auf der Welt gerettet sein wollte. Ich rettete ihn.

Über kurz oder lang begleitete mich Billy »the Kid« bei den meisten Abenteuern. Er ritt an meiner rechten Seite, ein paar Schritte hinter mir. Ich betrachtete ihn aus dem Augenwinkel, denn er haßte es, beobachtet zu werden. Wir verstanden uns im großen und ganzen recht gut, und es war beruhigend, ihn während eines Scharmützels in der Nähe zu wissen. Wir mußten uns vor ruhmsüchtigen Flegeln in acht nehmen. Unglaublich, daß es Männer gab, die tollkühn genug waren, sich uns entgegenzustellen, bloß, um sich damit zu brüsten.

Die straff gebündelten Worte auf dem Papier erregten sie. Sie stellte sich ihr Gekritzel in schnörkellosen, gedruckten Lettern vor, auf gebundenen weißen Seiten, jede Zeile sauber umbrochen, die Spatien, die sich wie ein luftiges Netzwerk zwischen den mythischen Worten hindurchschlängelten. Sie ließ die Wörter auf der Zunge zerfließen, kostete sie, rollte und liebkoste und schlürfte sie. Die Wörter klingelten und plätscherten und trippelten und rumpelten in ihren Ohren. Sie beschrieben, ganz unabhängig von ihrer Bedeutung, einen Fluß, ein endloses Steigen und Fallen, ein Fliegen, ein Kreisen um die Sonne herum, eine vibrierende Tragfläche unendlicher Möglichkeiten – ein Sonnenaufgang, ein Sonnenuntergang, eine Ekstase.

Already, in the sultry street,
The mean quotient of suspicion …

Indes, der kleinste Hauch von Argwohn
In den schwülen Straßen
Setzt sich in seinem hämischen Lächeln fest.
Doch sein Herz nimmt bereits die erstarrte Landschaft
Der Legende wahr,
Fühlt die Kälte seines düsteren Schicksals.
Er sieht sich selbst im Tod.

Wie zum Teufel, Billy, kommst du dazu, mit richtigem Namen Henry McCarty zu heißen? sagte Grey zu sich selbst. Das ist kein passender Name für einen Schurken wie dich. Du müßtest Jack Black oder Hunter Dark oder Judas Night heißen. Mein Name ist Grey, Billy. Billy, Grey, Billy, Grey. Ich sollte Belle oder Blanche oder Ynocencia oder Dolores heißen – ja, Billy, Dolores! Paulita, sie hätte Dolores heißen müssen. Deine Mutter Catherine, sie hätte Dolores heißen müssen. War sie schön, deine Mutter, Billy? War sie wunderschön? Sie war zerbrechlich und krank, und sie starb, als sie noch eine junge Frau war. Träumtest du von ihr, Billy? In den schlimmen Zeiten? Damals, als kein Hoffnungsschimmer bestand? Als du eingesperrt warst wie ein wildes Tier im Zirkus? Als Billy Matthews und Bob Olinger dich mit haßerfüllten Augen bewachten und Dinge zu dir sagten, die eigentlich kein menschliches Wesen zu einem anderen sagen dürfte – unaussprechliche, unvergeßliche Dinge? Träumtest du damals von deiner Mutter? Erinnertest du dich an ihre Stimme? An ihre Stimme, als du noch ein kleiner Junge warst und sie ihre Hand sanft auf deinen Kopf legte, wenn du verletzt warst und weintest? War sie schön? Wunderschön?

She is pale, lovely, and lithe.
Her sons are stiff and homely ...

Sie ist blaß, lieblich, zart.
Ihre Söhne, steif und ungefüge,
Geben grimmige Zeugen ab.
Joe ist zerstreut, abweisend, stumm.
Henry stellte sich die Ehe vor,
Die Reue und den Harm der Jahre.
Er blickt sie an, die Mutter.
Und sieht sich selbst,
Den Herrlichen.
Verkörperte Verzweiflung.

Ist Verzweiflung nicht tiefer Schmerz? Ich war stolz auf deine Abenteuer, weißt du? Ich jubelte, wenn wir uns einen Weg durch all die Memmen um uns herum schossen. Mein Gott, wenn ich daran denke, wie oft haben wir uns doch in die Nesseln gesetzt – erinnerst du dich? Aber wir haben uns immer selbst aus der Affäre gezogen. *Well,* meistens, bis ... Ach Billy, jetzt ist solche Traurigkeit in mir, wenn ich an die Zeiten zurückdenke ... so viel Blut, so viel Tod und Sterben. Tod und Blut folgten uns wie flügge Wachteln. Ich erinnere mich, wie du auf die Straße hinausliefst, um dein Gewehr aufzulesen, das Gewehr, das Sheriff Brady in der Hand hielt, als er die Straße herunterkam. Und Billy Matthews auf dich schoß ... Und ich dachte, du seist tot.

The wound gaped open;
It was remarkably like the wedge of an orange ...

Die Wunde klaffte;
Sah verblüffend aus
Wie eine aufgeschnittene Apfelsine,

Eine safttriefende Spalte.
Er wollte die Wunde mit einem Kuß stillen,
Seinen Mund auf das warme, nasse Gewebe pfropfen.
Er betrachtete erstaunt die Wunde,
Wartete
Verwirrt.
Seine Faszination
War wie das Innere der Wunde,
Tief, beinahe so tief
Wie der Ursprung des Lebens selbst,
Die unwiderstehliche Kraft des Seins.
Die Kraft saß hier
Im klaffenden Fleisch,
Hier, im Herzen der Wunde.

Wäre er Gott gewesen,
Er hätte sich die Wunde selbst zugefügt;
Und hätte die Wunde sorgfältig,
Ganz sorgfältig in die Hände genommen
Und sie zwischen die leuchtendsten Wiesenblumen gelegt
Auf den Bergfluren.

Es war schrecklich, das Schießen, das Töten.

Sag, wolltest du wirklich dein Gewehr zurückhaben? Warum? Warum soviel Aufhebens? Warum in aller Welt hast du dein Leben für jenes tödliche bißchen Holz und Metall aufs Spiel gesetzt? Weißt du, Billy, ich habe mich das immer wieder gefragt. Ich höre dich sagen: *Well, ma'am,* es gehörte mir, und abgesehen davon war es ein verdammt gutes Gewehr. Aus Prinzip, nicht wahr? Ich habe lange darüber nachgedacht. Zuerst dachte ich, ich hätte es begriffen, aber jetzt bin ich nicht mehr so sicher, ob ich es tatsächlich begriffen habe. Es muß sich um mehr als nur um das Prinzip gehandelt haben. Es hat etwas mit der Legende zu tun – und damit, was für ein Bild wir von uns haben, wir Cowboys und Indianer. Wir, die Zureiter der Welt. Wir sind in die Gewalt verliebt – oder etwa nicht? Du mußt in die Gewalt verliebt gewesen sein, dein ganzes Leben war auf Gewalt ausgerichtet. Und weil ich dich liebte, liebte ich ebenfalls die Gewalt. Mußte sie lieben. Damals, als du Bob Olinger tötetest, war ich erregt und fasziniert davon. Doch heute macht es mich traurig. In meinem Herzen ist soviel Trauer, Billy. Ich muß an Pat Garretts Gewehr denken, das Gewehr, mit dem er dich niederknallte. Wenn ich könnte, Billy, würde ich jenes Gewehr aus der Geschichte weglassen. Ich würde es für immer und ewig aus meiner menschlichen Erinnerung streichen. Und ich würde zudem auch das Gewehr streichen, mit dem du J. W. Bell umbrachtest; ich würde sogar Olingers Gewehr streichen. Ich würde alle Gewehre der Welt streichen, wenn ich könnte. Sag, Billy, was bedeutet es, in die Legende einzugehen? Was ist es, was mich anzieht?

Sie schrieb:

Ich ritt über die mondbeschienenen Schneefelder, meinen Blick zu den Sternen gewandt. Die schwarzen Umrisse der Bäume links und rechts des Weges zeichneten sich flach auf den Hängen ab, erstreckten sich vor mir bis in das Herz der Nacht. In der Abenddämmerung hatte ich Hasen gesehen – und einmal einen Fuchs wie die Spitze einer Flamme zwischen den Bäumen aufleuchten. Doch nun war ich seit Meilen bloß von der Nacht umgeben. Die Wölfe waren unterwegs und ich wußte es, denn mein Pferd reagierte gereizt auf ihre Nähe; wir ritten also still und wachsam unseres Weges. Es war bitterkalt. Mit der Zeit war mir alles gleichgültig, selbst die Wölfe. Ich spürte nur die klirrende Kälte. Um neun Uhr abends ungefähr erblickte ich die Lichter von Arroyo Seco.

Der Mann mir gegenüber am Tisch war eher schmächtig und unscheinbar. Er war ganz in Schwarz gekleidet, was bei einer anderen, imponierenderen Gestalt auffallend, ja unheimlich gewirkt hätte; doch bei ihm fiel es einem kaum auf, außer, daß seine schwarze Kleidung etwas auszudrücken schien, was sich hinter seiner äußeren Erscheinung verbarg: Düsterheit, einen Hauch von Schmerz. Es war, als habe der Engel des Todes den Namen dieses Mannes längst vorgemerkt. Seine Haut war fahl, sein oberer Schneidezahn stand weit hervor, so daß seine dünnen Lippen sich unmöglich schließen konnten. Seine Augen waren blau, blaßblau wie Wasser in der Milch, wäßrigblau und ausdruckslos, so daß man darin nicht ablesen konnte, was er eben dachte – oder besser, ob er überhaupt an etwas dachte. Gedanken schienen seiner wirklichen Natur, seinem innersten Wesen fremd zu sein. Ich habe sagen hören, daß gewisse Organismen – Haie zum Beispiel – kein Denkvermögen haben, daß sie aus purem Instinkt bestehende Kreaturen sind. Genau so war es bei diesem Mann, glaub ich. Hätte sich jemals ein rationaler Gedanke – oder eine tiefe Empfindung – in ihm gerührt, hätte das seinen Verstand und seine Seele erschüttert. Das war mein Eindruck von ihm. Es wäre gewesen, als ob eine Glasplatte an einem Stein zerschmettert. Doch gleichzeitig spürte ich, daß sein Instinkt unfehlbar war. Nichts würde ihn unvorbereitet treffen und niemand – abgesehen von ihm selbst vielleicht. Er handelte einzig und allein nach einem Prinzip: dem des Überlebens, seines eigenen, ausschließlichen, glorreichen Überlebens. Für ihn gab es im Universum keinerlei moralische Grundsätze außer diesem – und weder Fragen noch die Wahl. Das war es, was ihn zu der tödlichsten Kreatur auf dem Erdenrund stempelte.

Seine Hände waren auffallend klein und feingliedrig. Frauenhände, hatte ich sagen hören, und das stimmte auch, was Größe und Form anbelangt. Doch sie waren von der harten Arbeit rauh und schwielig. Sie drückten etwas wie … wie Zweckdienlichkeit aus; sie erinnerten an feine Werkzeuge, an Präzisionsinstrumente. Sie waren geschickt und außerordentlich ausdrucksvoll. Der Mann ließ sich in seinen Händen lesen, niemals jedoch in seinen Augen. Seine Hände spiegelten ihn wider wie ein treibendes Blatt den

Wind oder die Strömung eines Flusses. Und sie wirkten in ihrer zierlichen Harmlosigkeit fast zögernd.

Seine Stimme klang unbeteiligt; sie war dünn und hart und flach – Holz, das leise auf Holz klappert. Er fühlte sich unbehaglich im Element der Sprache. Ich glaube, das Schweigen war seine natürliche Welt. Dennoch, seine Ausdrucksweise war schlicht und offen – und entwaffnend höflich.

»Danke, daß Sie gekommen sind«, sagte er.

»Ich will mit Ihnen gehen«, antwortete ich.

So hatte es begonnen.

Und dies ist die unglaubliche und wahre Geschichte meines Lebens mit Billy »the Kid«.

Das Schreiben ihrer »Erinnerungen« war für Grey zu einer Art mystischer Erfahrung geworden. Sie hatte zuerst gedacht, das Schreiben würde ihr nicht schwerfallen. Sie hatte sich voll auf ihre Gabe zu träumen verlassen, auf ihre Fähigkeit, sich Dinge auszumalen, und sie glaubte, daß Träume in Worte zu fassen, in geschriebene Worte, so einfach und natürlich vor sich gehe wie das Atmen. Sie hatte immer viel gelesen, schon als Kind, daher war sie in der Lage zu beurteilen, ob ein Text gut geschrieben war. Gewisse Zeilen und Stellen hatten sie so tief beeindruckt, daß sie ganz darin aufgegangen war und sie sich eingeprägt hatte. Sie konnte *THE GETTYSBURG ADDRESS* und *THE TWENTY-THIRD PSALM* aus dem Gedächtnis vortragen. Sie konnte *JABBERWOCKY* und Emily Dickinsons *FURTHER IN SUMMER THAN THE BIRDS* aus dem Gedächtnis vortragen und auch Wallace Stevens' *SUNDAY MORNING*. Sie konnte den letzten Absatz von Joyces *THE DEAD* auswendig, und wenn man sie herausforderte, konnte sie sowohl die Rolle Romeos als auch die der Julia rezitieren. Und sie kannte viele Kiowa-Geschichten und lange Gebete in Navajo. Es handelte sich nicht eigentlich um Gedächtnis-Meisterleistungen, sondern hatte vielmehr damit zu tun, daß sie sich so intensiv in die Dinge vertiefte, daß sie schließlich Teil ihrer ureigensten Erfahrung wurden: Sie nahm sie auf und paßte sie ihrem eigenen Wesen an.

Schreiben hingegen!

Sie mußte feststellen, daß dies etwas ganz anderes war und daß ihr schlicht und zum ersten Mal die Wörter fehlten. Sie wußte, was sie sagen wollte, doch sie konnte es nicht durch Schreiben ausdrücken. Sie schrieb eine Zeile, die Zeile eines Gedichts, so wie sie glaubte, sie sich ausgedacht zu haben, mußte sich dann aber eingestehen, daß es nicht die Zeile, nicht die Strophe war, die sie in ihrem Herzen gehört hatte. Sie fing wieder von vorn an, immer und immer wieder, doch was sie zustande brachte, war nicht vollkommen, war einfach nicht so, wie sie es gerne gehabt hätte.

Sie nahm das Schreiben mit der gleichen bedingungslosen positiven Haltung in Angriff wie das Reiten. Sie beherrschte die Kunst des Reitens, also sagte sie sich, daß auch das Schreiben lediglich eine Sache der Beherrschung sei. Es steckte nichts Geheimnisvolles dahinter, keine genialen Elemente, keine Gottesgabe. Reiten war weder ein Talent noch ein Instinkt, es war eine Fertigkeit, schlicht und einfach. Was die physischen Fähigkeiten anbelangte, so wußte sie genau, wie sie sich auf einem Pferd zu verhalten hatte, und sie wußte, was sie einem Pferd zumuten konnte. Sie mußte es in der Hand haben, mußte das Gleichgewicht halten; beim Reiten ging es darum, Reiter und Pferd in perfekten Einklang zu bringen und alle sich daraus ergebenden Möglichkeiten auszuschöpfen. Als sie sich vom Rücken des galoppierenden Pferds gebeugt und das Streichholz aufgelesen hatte, war es nicht darum gegangen, ob sie dazu in der Lage war oder nicht; es war lediglich eine Frage des Wie und des Wann gewesen, eine Frage der Kontrolle, der Koordination, der Geschicklichkeit. Sie brauchte nur ihren Körper mit dem Körper des Pferdes in Einklang zu bringen, abzuwägen, wie sie gemeinsam und ganz genau das angepeilte Resultat erreichten. Es bedurfte der Übung; es beinhaltete Versuche und Fehler; es verlangte gegenseitiges Vertrautsein, das Gespür für das Pferd und ein hochentwickeltes gegenseitiges Einvernehmen. So stellte sie es sich zumindest vor. Es war schwierig, aber es war durchaus möglich.

Du mußt zielen!

Doch dieses Selbstvertrauen nützte ihr wenig, was das Schreiben anbelangte. Der Macht der Worte waren keine Grenzen gesetzt. Sie konnte von einem Wort nicht sagen: Dieses Wort macht dieses und jenes, dazu ist es in der Lage, das sind seine Möglichkeiten, nicht mehr, nicht weniger. Während sie ein Wort aufs Papier brachte, entdeckte sie unweigerlich einen weiteren Gebrauch, eine weitere Verwendung, eine weitere Wirkung, eine zusätzliche Bedeutung – etwas, was sie auf den ersten Blick nicht gesehen hatte. Beim Lesen ihre Phantasie mit den Wörtern in Einklang zu bringen war ein spannender, ganz natürlicher Prozeß gewesen. Doch jetzt, als sie versuchte, selbst die Wörter auszuwählen und aneinanderzureihen, sie auf dem Papier untrennbar für immer miteinander in Zusammenhang zu bringen, mußte sie sich eingestehen, daß es ein sehr mühsames Unterfangen war, verwirrend, frustrierend – aufreibend! Manchmal saß sie stundenlang über ihrem Heft, ohne daß dabei etwas herauskam, und die Tränen stiegen ihr in die Augen. Sie mußte sich anderen Dingen zuwenden. Sie wandte sich dem schlichten Vergnügen zu, die am Himmel umherflitzenden Schwalben zu betrachten, die flatternden Elstern in den Baumkronen, ihr schwarzblau schillerndes Gefieder wie Öl auf einer Wasserlache. Oder sie ließ ihr Pferd übermütig an den Fluß oder zum Friedhof oder dem Horizont entgegen traben.

Immerhin, zwischendurch gelang es ihr, etwas zu schreiben, was ihre Zustimmung fand, was ganz nahe an das herankam, was sie anstrebte, und eine noch nie gekannte Genugtuung erwachte in ihr. Es war die Genugtuung, etwas vollbracht zu haben, wozu ihr Innerstes sie drängte, das Beste gegeben zu haben, sich selbst treu geblieben zu sein.

Die einzelnen Gedichtstrophen in die richtige Reihenfolge zu setzen, das war das schwierigste. Sie mühte sich redlich damit ab, und die Silben tauchten, eine nach der andern, vor ihren Augen auf.

He finds a fossil fish
There in the riverbed …

Er findet im Felsen am Fluß
Einen versteinerten Fisch,
Und er staunt und wundert sich.

Der Fisch ist seit Urzeiten tot,
An dem Felsen aufgelaufen,
Als ob auf ein geheimnisvolles Zeichen hin
Das Ufer ihm zum Verhängnis wurde.

Daher muß der Schütze
Gegen die Gezeiten schwimmen.
Er erwägt die verfügbare Zeit,
Und die Zeit gewährt ihm Aufschub.

Die Legende ist ihm gewiß,
Auch wenn er sich dagegen stemmt.
Die Versteinerung,
Das ist er selbst
In seiner Teilnahmslosigkeit.

Als sie ihn suchte, hatte sie einen alten Mann, einen Goldsucher in Las Cruces, gefragt. Billy sei in den Doña Anas gesehen worden. Sie lenkte Dog in Richtung der Organ Mountains, erinnerte sich an die Worte des alten Mannes.

He wanders in the high desert
Like a coyote …

Er wandert durch die glühende Wüste
Wie ein Kojote.
Der Wind versengt ihn.
Sein Geist ist eine spröde Scherbe.
Sein Instinkt ermattet und dennoch hellwach.

In Grey nagte Eifersucht. Sie wußte um die Paulitas Maxwell und Celsas Gutiérrez in Billys Leben und ebenso um andere flüchtige Bekanntschaften.

Sie schrieb:

They say the whores
Are indolent …

Man sagt, die Puppen
Seien träge
Dort unten im Saloon,
Wo er gelegentlich

Verkehrt.
Doch er erinnert sich
An ein Nüttchen,
Dessen Hände ihn entzückt.

Ihre Hände waren lang,
Sanft und geschmeidig;
Und nicht von Furcht gezeichnet.
Sie fragte:

Kommst du wieder?
Nein, war die Antwort.
Nichtsdestotrotz
Erinnert er sich.

Gleichgültigkeit lag
Kühl und zärtlich
In ihren weißen Händen
Und erstarrte dort.

Sie verdächtigte Billy, es mit einer Indianerin zu treiben, einer Weberin, Anacita Chacon hieß sie, deren Mann ihretwegen vier Männer umgebracht haben soll.

In Mesilla he sees a woman weave;
He loves her, and his heart is on his sleeve ...

In Mesilla sieht er eine Frau am Webstuhl sitzen,
Er spricht sie buhlend an,
Und sie läßt ihn nicht abblitzen.

Doch – sie ist für ihn verloren.
Der Ehemann stellt sich dazwischen,
Die Rache – schußbereit in der Hand.

Oh, sie hatte mehr Verständnis als die meisten für diese höfliche, liebenswürdige Seite Billys, für diesen Aspekt seines Wesens, der ihm seine Legende für ewige Zeiten sichern würde. Er ist – sie wußte das – eine Mischung aus Grausamkeit und Zärtlichkeit, die für die amerikanische Wesensart von zentraler Bedeutung ist und so ausgeprägt in der amerikanischen Vorstellungswelt. Wenn sie von Billy träumte, war es oft zur Melodie von Aaron Coplands großem Ballett. Manchmal sah sie Billy als Marlon Brando oder Paul Newman oder Kris Kristofferson, widerspiegelte doch jeder dieser Männer auf eine ganz persönliche Art und Weise eine vitale Wahrheit, die den Kern des Mythos ausmacht. Doch meistens dachte sie an Audie Murphy, an den gewandten, gut aussehenden, schmeichelnden, leutseligen und tödlichen Audie Murphy. Wie passend für den Verlauf der Legende, daß Billy (Audie) der meistdekorierte amerikanische Soldat im Zweiten Weltkrieg gewesen war. Du meine Güte, dachte sie, was für eine Ironie, diese Ehe zwischen Geschichte und Mythos.

Sie schrieb:

Er war ein gebückter alter Mann, wie eine gekrümmte Peitsche sah er aus. Wenn man ihn anblickte, hatte man den Eindruck, eine Ruine vor sich zu sehen: etwas Prähistorisches, eine Tonscherbe zum Beispiel oder die Trümmer einer alten Mauer. Vor allem sein Antlitz war eine Archäologie an sich. Die Schatten vergangener Zeiten huschten beständig über sein Gesicht.

Er war Cowboy gewesen, behauptete er. Er hatte sein Leben lang Pferde zugeritten – und viele hatten ihn zugeritten. Und er hatte Männer und Frauen gekannt, gute und schlechte – außergewöhnliche Männer und außergewöhnliche Frauen. Er war glücklich, von diesem oder jenem zu erzählen. Wir hörten ihm zu, Billy und ich, denn es war sein wirkliches Leben, das der alte Mann in seine Geschichten einflocht. Es war in erster Linie seine eigene Geschichte, die er erzählte und dadurch nebenbei eine eiternde Wunde aufstach. Kein Wunder, daß Billy ihn mochte.

Wir verbrachten einen ganzen Tag mit ihm, und er erfand immer wieder neue Geschichten für uns, hüllte uns in eine Myriade wunderbarer Dinge ein, die wir sonst niemals erlebt hätten. Einmal waren wir Zauberkünstler in einer Wild-West-Show, und der alte Mann schoß mit aufflammenden Büchsen die Knöpfe von unseren Röcken. Dann wiederum aßen wir herrliche exotische Früchte im goldenen orientalischen Palast. Wir nahmen am Bloody Angel an der Großen Schlacht teil, folgten dem Mann in die

Tiefe der Legende. Weihnachten nahte, und der alte Mann sagte, wir seien die Weisen aus dem Morgenland. Wir lachten und fühlten uns beinahe so.

Dann war es Zeit zu gehen.

Billy zog eine Rolle Tabak aus seiner Rocktasche, schnitt sie mit einem Dolch in zwei Teile und schenkte dem alten Mann die eine Hälfte. Wir verabschiedeten uns und ließen den alten Mann in Glorieta an seinem Feuer zurück. Der Anflug eines Traumes schwebte wie ein ferner Zugvogel in seinen Augen.

Später, auf dem Weg nach Santa Fe, sagte ich zu Billy:

»Sag mal, Billy, ich wußte gar nicht, daß du Tabak kaust.«

»Nein, und es ist nicht anzunehmen, daß ich es jemals tun werde«, sagte er. »Weiß nichts anzufangen mit dem Kraut.«

Als er meine Verblüffung sah, fügte er hinzu: »Ich habe den Tabak in La Junta gekauft, weil ich wußte, daß wir diesen Weg nehmen würden, und ich hoffte, dem alten Mann zu begegnen, der ein treuer Freund von mir ist. Er mag das Zeug. Ich habe ihm bloß die Hälfte geschenkt, weil es ihn verletzt hätte, hätte ich ihm alles gegeben. Es machte ihn glücklich, daß ich etwas mit ihm teilte. Ich habe meinen Teil – denn was bedeutet mir Besitz? – weggeworfen, er liegt irgendwo in einer Schneeverwehung. Doch das ist unwichtig, denn auch das wußte der alte Mann und schätzte die Geste mehr als den Tabak selbst.«

Er wollte etwas hinzufügen, doch er besann sich eines anderen und hüllte sich in Schweigen und hing seinen Gedanken nach. Unmöglich zu erkennen, was in ihm vorging. Der kurze Exkurs in die Sprache war für ihn außergewöhnlich gewesen und hatte ihn offensichtlich erschöpft; er fühlte sich wohl zerknirscht und reumütig, als habe er etwas vergeudet, von dem er ohnehin zu wenig besaß. Seine Augen hatten in jenem Moment genau die Farbe des Himmels; der Himmel war geronnen vor Schnee.

»Ja, wir sind die Weisen aus dem Morgenland«, sagte ich, doch ich sprach ganz leise, damit ich seine Gedanken, wo immer sie sein mochten, nicht störte.

War es Billy, der schrieb? Oder war sie es? Er war des Lesens und Schreibens kundig. Sie strebte die Literatur an. Vielleicht war dies die geeignete Stelle, die glorreiche Ballade des sterbenden Cowboys einzufügen. Billys Tod, Billy, umgebracht von Patrick Floyd Garrett, gehörte in ihrer Phantasie zu den lebhaftesten Szenen. Wenn sie an Pat Garrett dachte, fühlte sie weder Zorn noch Verachtung – obwohl sie größtes Mitgefühl mit ihrer Blutsverwandten hatte, mit Deluvina Maxwell, der alten Navajomagd, die an Billy hing und die nach dessen Ermordung Garrett mit Verwünschungen überschüttet hatte –, sondern unendliche Trauer. Billys Tod wühlte sie immer wieder zutiefst auf. Als Garrett im dunklen Zimmer auf den Abzug gedrückt hatte, war das ein so entscheidender, so endgültiger, unwiderruflicher Akt gewesen, daß all ihre Gefühle zu schlichtem Schmerz verschmolzen. Alles andere war nebensächlich – und zudem überflüssig. Sie hätte sich vorstellen können, daß Garrett im Grunde ein anständiger Mann war, daß er bloß seine Pflicht getan hatte. Garrett hatte *DAS WAHRE LEBEN VON BILLY »THE KID«* geschrieben (tatsächlich ist Marshall Ashmun Upson der Autor), eher ein ziemlich düsterer Roman denn eine Biographie. Natürlich hatte sie das Buch aufmerksam gelesen, hatte sogar versucht, es ernstzunehmen, so, wie sie immer versuchte, alles, was über ihren Geliebten geschrieben worden war, ernstzunehmen. Was sie an Garrett als Autor am meisten beeindruckt hatte, war, daß er darauf bestand, das Leben des Mannes zu schildern, dessen Leben er selbst ein Ende gesetzt hatte. (Eine Ironie mehr, dachte sie.) Das Buch war ein mittelmäßiges, verzweifeltes Dokument, mit dem Garrett seine eigene selbstgebastelte Unsterblichkeit anstrebte. War denn *DIE UNGLAUBLICHE UND WAHRE GESCHICHTE MEINES LEBENS MIT BILLY »THE KID«* ihre Geschichte? Und war Pat Garrett wie sie durch irgendeine Laune des Schicksals zu einem Wortklauber geworden?

Come down, Billy, to Lincoln town;
Come down, you kid of great renown …

Komm runter, Billy, komm nach Lincolntown;
Komm runter, du berühmter Mann.
All right, Patrick, ich komm mit dir,
Doch bitte, sag, was hast du vor mit mir?
Wir tanzen Gigue, wir trinken, ballern,
Schauen zu, wie die Röcke fallen.

Wunderbar, dachte sie, daß Pat Garrett und Billy »the Kid« Freunde gewesen waren. Sie hatten zusammen gelacht und gespielt. Sie hatten höchstwahrscheinlich Pferde und Frauen und Geheimnisse miteinander geteilt. Wunderbar, daß der Moment gekommen war, wo ihre Freundschaft geendet hatte – wahrscheinlich konnte jedermann diesen Moment in einem Kalender oder an einer Uhr ablesen –, und von jenem Moment an waren sie Todfeinde geworden. Und ganz gewiß hatte jedermann gewußt – so gewiß, wie jedermann alles über jedermann wußte –, daß jeder den andern umbringen würde, wenn er Gelegenheit dazu hatte. Der Tod verband sie noch fester als die Freundschaft. Für Pat Garrett und Billy »the Kid« war der Tod ein Pakt.

Grey dachte oft auch an Schwester Blandina Segale, die 1850 in Cicagna, Italien, in den ligurischen Hügeln im Hinterland von Genua, geboren worden war und die als Kind nach Amerika ausgewandert und 1866 in das Mutterhaus der Barmherzigen Schwestern in Cincinnati, Ohio, eingetreten war. 1872 war sie in den Westen missionieren gegangen, wo sie zweimal freiwillig und selbstlos Billy »the Kid« getroffen hatte, einmal in Trinidad, Colorado, ein zweites Mal in Santa Fe, New Mexico Territory; sie hatte beide Treffen in allen Einzelheiten in ihrem Tagebuch festgehalten. Grey stellte sich das lange Leben Schwester Blandinas vor. Ein Leben, das Grey faszinierte. Sie stellte sich das kleine italienische Mädchen in der Heimat bei seiner Abreise in die Neue Welt vor, malte sich aus, wie das Kind sein Leben in Gottes Hände gelegt hatte; die junge Frau, die in der Wildnis Gottes Wort verbreitete; ihre Begegnungen mit den Gesetzlosen, den Desperados; ihre tiefe Überzeugung, ein Leben nach christlichen Grundsätzen zu führen und ihr Leben so wahrheitsgemäß wie möglich niederzuschreiben. Grey bewunderte sie, und obwohl sie keine Christin war, fühlte sie sich von Schwester Blandinas Vorbild angezogen. Eine Nonne sein, dachte sie, bedeutet, von Liebe erfüllt sein; daß man Gott geweiht ist; daß man ein geistiges Leben führt. Wäre sie nicht Billy »the Kids« Gefährtin und Geliebte gewesen, wäre sie nicht die Tochter von Walker (Spotted Horse Walking) gewesen, wäre sie nicht eine Maskenkünstlerin und von der Großmutter auserwählt gewesen, wäre sie nicht so eindeutig auf der anderen Seite des Zaunes gestanden gewissermaßen, sie hätte sich selbst sehr gut als Schwester Blandina oder Heilige Theresia von Lisieux oder Heilige Johanna gesehen. Wenn sie sich manchmal das Gesicht der Großmutter, Kope'mah, in Erinnerung rief, sah sie statt dessen das Gesicht von Annie Oakley oder das von Emily Dickinson.

Sie betrachtete im Schein der Lampe ihre Hände. Sie waren klein im Verhältnis zu ihrer Körpergröße, aber sie waren wohlgeformt. Es waren nicht die Hände einer Pianistin, dachte sie, sondern eher die einer Violinistin. Oder einer Botanikerin. Sie waren dazu geschaffen, Blütenblätter zu berühren oder Knospen an den Bäumen. Waren es die Hände einer Nonne? Nein. Sie waren viel eher dazu geschaffen, große feurige Pferde an ledernen Zügeln zu halten – und geheimnisvolle Dinge zu berühren, die eine dunkle Macht enthielten. Ja, es waren die Hände einer Schamanin. Und dann betrachtete sie ihre Füße. Ihre Füße waren schlank und schmal und wie in Stein gemeißelt. Die Fußsohlen waren ledern, die Zehen und die Fußballen und die

Fersen sehnig. Die Zehen waren lang und die Nägel hell chinarot lackiert. Nein, das waren ganz entschieden keine Nonnenfüße. Sie strich mit einer Adlerfeder über die Zehennägel, was sie an die Klauen eines großen Vogels und an die Krallen eines Bärs erinnerte.

Sie sang in Navajo.

Schwester Blandina saß auf einem niedrigen, mit der Axt gezimmerten hölzernen Stuhl und betrachtete ihre zarten weißen Hände, die das Brevier hielten. Sie waren immer kalt in letzter Zeit, im Winter in diesem unwirtlichen Land. Sie wandte hastig, zitternd die Seiten um. Sie dachte an die Tausenden von Rosenkränzen, die sie gebetet hatte, die sie mit diesen kleinen Händen noch beten würde.

Sie bereitete sich für ihre Verabredung vor. Es war nicht eigentlich eine Verabredung, doch sie redete sich gern ein, daß dieser Besuch von öffentlicher Tragweite sei. Tatsächlich handelte es sich um eine persönliche Mission, um eine kleine, private Wallfahrt, von der sie jedoch ganz erfüllt war.

Schwester Blandina wusch sich sorgfältig die Füße. Sie waren klein und blaß. Sie konnte sich nicht erinnern, daß sie jemals anders als blaß gewesen waren, blutleer geradezu. Sie waren wie Alabaster aus Volterra. Sie versuchte, sich die nackten, von der Sonne Norditaliens gebräunten Füße des kleinen Mädchens in Cicagna vorzustellen, doch es gelang ihr nicht. Die Zehennägel waren mit der Zeit vergilbt – wie die Seiten eines alten Buches. Und zudem waren die Zehen so viele Jahre in enge schwarze Schuhe gezwängt gewesen, daß sie beinahe zusammengewachsen waren, sie konnte nicht einmal mehr die Zehen spreizen. Die Nägel der großen Zehen waren eingewachsen und schmerzten. Sie massierte die Fußsohlen. Ihre Füße fühlten sich unter ihren Händen zart an; so zart wie die Füße eines Neugeborenen.

Sie war noch keine alte Frau, doch die Zeichen des Alters waren bereits erkennbar. Sie würde auf die natürlichste und anmutigste Art alt werden, und im Alter schließlich würde sie schön sein, wunderschön. Ihre Augen waren bereits dunkler, und die Mundwinkel waren ganz leicht nach unten gezogen. Ihre Leidenschaft, ihre geistige Glut jedoch würde stetig zunehmen, bis sie für alle, die ihr begegneten, deutlich sichtbar war. Man würde sie als Heilige ansehen. Sie war sich dessen allerdings nicht bewußt, würde sich dessen nie bewußt sein, denn ihre Demut war tief und aufrichtig. Es bedrückte sie manchmal, daß sie das Leben liebte, daß weltliche Dinge sie erregten.

Jetzt, an diesem strahlenden Tag, stand ihr in der dem Heiligen Franz von Assisi geweihten Stadt ein Abenteuer bevor. In den Straßen herrschte Aufregung. Vor ein paar Tagen war Billy »the Kid« in Stinking Springs gefangengenommen und in Ketten nach Santa Fe gebracht worden. Seine Anwesenheit erfüllte die Stadt mit einer Art Feststimmung; der berüchtigte Gast war in aller Leute Mund.

Schwester Blandina warf sich einen Schal um und trat in den kalten Märztag hinaus. Sie eilte durch die engen Straßen, hielt den Blick auf den harten, rissigen Lehmboden gerichtet und paßte auf, wohin sie die Füße setzte. Kinder und alte Leute, wie sie ganz in Schwarz gekleidete Männer und Frauen grüßten sie, und sie erwiderte den Gruß mit niedergeschlagenen Augen. Sie ging schnell. Da und dort schnupperte sie den Geruch von Stall und Holzfeuer und Essen. Doch sie spürte vor allem die beißende Brise. Sie fühlte sich wohl in dieser Stadt, und einmal mehr versuchte sie sich vorzustellen, wie es in Italien sein mochte. Sie hatte dort wohl noch Verwandte, dachte sie, die in eben diesem Moment durch die Straßen von Cigagna gingen, die Nase in die Luft streckten und, wie sie, den Geruch aus den Küchen und Ställen einatmeten. Und sie dachte auch an die breiten Avenuen in Cincinnati und an die zerfurchten Lehmstraßen in Trinidad. Sie wunderte sich über sich selbst, als sie feststellte, daß sie leise eine Melodie vor sich hin trällerte.

Die Tür ging auf, und jemand ließ sie ein. Im Raum war es düster, einen Moment lang konnte sie nichts erkennen. Und dann erschrak sie zutiefst über das Bild, das sich ihren Augen bot; sie hielt die Hand vor den Mund und rang nach Luft. Billy »the Kid« war nicht nur an Händen und Füßen gefesselt, sondern überdies an den Fußboden genagelt. Er konnte sich nicht aufsetzen, geschweige denn aufstehen. Sie war entsetzt, ihn so anzutreffen, und ihr Herz füllte sich mit Trauer. Ein Gefühl, das sie später als Beschämung bezeichnete. Sie war verwirrt, gedemütigt. Sie wollte sich bei ihm entschuldigen, doch die Stimme versagte ihr. Sie rang verzweifelt nach Worten.

Er schaute ihr direkt in die Augen und sagte ungerührt:

»Ich wünschte mir, ich könnte Ihnen einen Stuhl anbieten, Schwester.«

They had met at Trinidad,
The nun and the renegade ...

Sie trafen sich in Trinidad,
Die Nonne und der Renegat;
Sie standen einander gegenüber
Und tauschten Höflichkeiten.
Ein artiger Mann, dachte sie,
Kluge Frau, dachte er.
Und jeder ging seines Weges.

Und nun, nach Jahren,
Kommt sie zu ihm, barmherzig,
In den Kerker von Santa Fe.
Sein Blick ist leer;
Er ist an Hand und Fuß gefesselt.

Er blickt sie ruhig an.
Sie schaut ihm in die Augen.
Ich wünschte mir,
Ich könnte Ihnen einen Stuhl anbieten, Schwester.
Doch später wird sie um ihn weinen.

Murphy Dicks war nach Stillwater auf die Schule gegangen. Grey vermißte ihn. Hin und wieder schrieben sie einander Briefe mit vielen Auslassungen und Pünktchen, die ihr Gekicher enthielten, die gemeinsam mit Zigaretten und »heißer Ware« in der Scheune verbrachten Stunden, ihre tiefschürfenden Gespräche über Sex und Philosophie. *Hey, erinnerst du dich, damals, als ...?* Sie neckte ihn, weil er *Kuh- und Ferkelarzt* werden wollte, wünschte ihm aber gleichzeitig alles Gute. In seinem letzten Brief hatte er ihr von seiner Freundin erzählt, Ida Mae Teeter heiße sie. Sie sei aus Kansas und sei hübsch und schüchtern und habe ein kleines Muttermal an der Stirn, das wie die Blüte einer Winde aussehe.

Eines Nachmittags – sie hatte bis spät in die Nacht und den halben Vormittag an einer Maske gearbeitet – beschloß sie, damit auszureiten. Es handelte sich um den Kopf – um den Schädel vielmehr – einer großen Schildkröte aus Papiermaché. Sie umschloß ihren Kopf ganz eng, so daß es tatsächlich aussah, als sei es ihr Kopf, ihr Schädel, und wirkte daher viel echter als Masken üblicherweise. Sie war wuchtig und reptilisch, schlicht und sonnengebleicht schimmernd und gleichzeitig unheimlich. Sie strahlte etwas Böses aus. Auf dem Hinterkopf des Schädels waren Drossel- und Rotschwanzfalken-Federn befestigt. Es war die eindrücklichste Maske, die sie je geformt hatte.

Sie sagte sich, daß zu ihrer Aufmachung eine Lanze gehörte. Sie schnitt einen langen Weidenast und schnitzte mit dem Taschenmesser daran herum, bis er in die Hand paßte. Sie bemalte ihn mit leuchtenden Farben und befestigte Truthahnfedern daran. Dann zog sie sich aus, setzte vor einem Spiegel in der Laube die Maske auf, trat ins Freie, legte die Satteldecke auf, ergriff die Zügel und bestieg ihren Hengst, Dog. Sie hob die Lanze hoch über den Kopf und stieß die nackten Fersen hart in Dogs Bauch, und das Pferd galoppierte über den Hof des Mottledmarschen Anwesens, hieb die Hufen in das Gras und wirbelte große Erdklumpen auf. Grey stieß ein markerschütterndes Kriegsgebrüll aus und schwang ihre Lanze. Ein Feuerwerk aus Farben, Bewegung und Kraft – wahrhaftig, ein unvergeßlicher, atemberaubender Anblick.

Reverend Milo Mottledmare saß am Küchentisch; er schaute auf, starrte zum Fenster hinaus und fuhr von seinem Stuhl hoch, kippte dabei einen Teller mit Chili und Eiern auf die Brust seines neuen Vier-Dollar-Hemdes.

Der Bürgermeister von Bote, Oklahoma, raste mit der furchterregenden heiligen Maske auf dem Kopf über den Hof, den Zaun entlang nach Süden, an einem Zitrullenfeld vorbei, in dem Worcester Meat jätete. Worcester duckte sich, als er das Pferd in eine Staubwolke gehüllt daherkommen sah, sperrte verblüfft seinen zahnlosen Mund auf, und als Grey an ihm vorbeisauste, brach er in ein knarrendes Gelächter aus und begann zu tanzen. Worcester Meat mit seinen schweren genagelten Schuhen mit den Messingösen, in seinen zerbeulten geflickten Hosen, den feschen, über seinem knochigen Rücken gekreuzten Hosenträgern tanzte allein mitten im Zitrullenfeld einen ausgelassenen Twostep.

Grey straffte die Zügel, Dog bäumte sich, die Hufe bohrten sich in die Erde. Sie riß ihn herum und raste in gestrecktem Galopp zurück. Sie lehnte ihren geschmeidigen nackten Körper weit nach vorn, ihr Haar flatterte unter der Maske hervor – die Schenkel durchgestreckt, die Zehen gekrümmt, die Brüste wogend im Wind. Und sie stieß ein fürchterliches Gebrüll aus und schwenkte die Lanze.

Dwight Dicks, der vor der Scheune ein graues Maultier beschlug, erstarrte vor Schreck, er ließ die Hufe fallen und richtete sich mit hochrotem Kopf auf. Grey zügelte das Pferd, und Dog blieb schlitternd stehen. Dann ritt sie langsam zu Dwight hinüber. Sie schaukelte splitternackt über dem stämmigen, verblüfften Mann; ihr schweißbedeckter, kupferner Körper glänzte und ihre Brüste hoben und senkten sich, die außerirdische Schildkrötenmaske verrutschte etwas und starrte direkt in seine überwältigte Seele.

»Hey, Dwight.«

»Hey, Miz Grey«, sagte Dwight tonlos.

»Ein schöner Tag heute, nicht wahr?« sagte die Schildkröte.

»Yes'm«, sagte Dwight.

»Übrigens, Dwight, wie geht es Ihrem lädierten Glied?« fragte die Schildkröte.

»Wie bitte, *ma'am?«*

»Ihrem Schwanz, Dwight.«

»Ach so! Es geht ihm soweit gut, Miz Grey, danke.«

Die Schildkröte nickte ihm zu, Grey wandte das Pferd und trabte nach Hause, ihre runden Gesäßbacken wippten über Dogs glänzender schwarzer Kruppe.

Sie schrieb:

Eines Tages ritten Billy und ich die südliche Flanke des Hondo Valley hinab. Es ging auf den Abend zu, die Sonne war untergegangen, und es wurde schnell dunkel. Wir erkannten in der Ebene die blasse Geometrie eines Dorfes, Arroyo Corvo, wenn ich mich richtig erinnere, also ritten wir stracks auf die dortige Cantina zu. Als wir dann schweigend am Tresen standen, war es bereits Nacht. Eine Stunde verging, eine weitere Stunde verging … doch dann:

»Mach Platz, Freund!«

Ein dicker, bärtiger Mann trat zwischen uns; er musterte Billy.

Abgesehen davon, daß er offensichtlich stark angetrunken war, lag etwas Abstoßendes in seinem ganzen Gehabe. Man konnte gleich sehen, daß er keine Ahnung hatte, worauf er sich einließ – und keinen Schimmer, was für ein Schicksal ihm bevorstand. Ich hielt den Atem an. Über die Schulter des Eindringlings sah ich, wie Billy langsam den Kopf hob. Er sagte nichts, wich keinen Inch von der Stelle, doch eine Sekunde lang legte sich sein Blick wie ein Leichentuch über den Mann, dann wandte er sich wieder seinem Glas zu. Der Mann schrumpfte in sich zusammen. Ich hatte nie zuvor Billy einen Mann auf diese Art und Weise anblicken sehen. Seit Jahren versuche ich, mir darüber klarzuwerden, was es gewesen war, was ich in jenem Moment in seinen Augen hatte aufflackern sehen. Manchmal will es mir scheinen, daß es etwas wie Schmerz gewesen war, ja, tiefe Trauer. Doch andere Male wiederum sage ich mir, daß es nichts war, rein gar nichts. Billy ist der einzige Mensch, den ich je gekannt habe, dessen Blick nichts, rein gar nichts ausdrückte.

Mondlicht drang durch das Fenster. Grey lag schlafend auf dem Bett im Zimmer der Großmutter, sie war halb zugedeckt mit einem Schal, der der Großmutter gehört hatte. Auf dem kleinen Tisch neben dem Kopfende des Bettes schimmerte die Schildkrötenschädel-Maske phosphoreszierend im Mondlicht. Die schwarzen Augenhöhlen waren grenzenlos tief. Grey atmete regelmäßig, kaum hörbar. Was hörbar war, war die Stimme der Großmutter: leise, hartnäckig, monoton. Das Zimmer war von sanft geflüsterten Worten erfüllt; es klang wie ein Gebet. Greys Lider zuckten.

Auf dem Friedhof leuchtete das Grab der Großmutter im blauen Licht. Die Gräser waren in Silber getaucht, die Nacht hatte von der endlosen wogenden Ebene Besitz ergriffen. Tiefe Stille herrschte … dennoch, die Melodie der Nacht bestand aus zahllosen Stimmen auf der Erde und in den fernsten Winkeln des Universums. Stimmen von

Tieren und Vögeln und Insekten, Stimmen von fließendem Wasser und raschelnden Blättern und des niemals aufhörenden Windes.

Und den Stimmen des Todes.

5

Selbst am Rande des Wahnsinns gibt es zutiefst luzide Momente

Am Tag von Sets Vernissage in der Galerie Colombes war es trüb und regnerisch in Paris. Dichter Nebel lag über der Seine, die Türme von Notre-Dame hoben sich schemenhaft gegen den wolkenbehangenen Himmel ab. Im Laufe des Nachmittags wurde es zusehends finsterer, um fünf Uhr abends war es beinahe Nacht. Um diese Tageszeit herrschte bei jedem Wetter starker Verkehr, und es war geradezu lebensgefährlich, sich im strömenden Regen auf die Straße zu wagen. Die Menschen drängelten sich vor den Eingängen der Metrostationen.

Set und Jason benötigten über eine Stunde, um mit dem Taxi vom *Grand Hotel* zur Galerie Colombes zu fahren. Jason war angespannt, was Set nur noch nervöser machte. Set wünschte sich, Lola wäre hier. Sie bewährte sich bei solchen Anlässen, sie hätte einen beruhigenden Einfluß auf ihn und auch auf Jason gehabt. Sie war jedoch in San Francisco geblieben. Vielleicht würde sie in zwei oder drei Tagen nachkommen, wenn Bents Zustand es erlaubte. Bent war vorigen Sonntag plötzlich erkrankt, daher waren sie übereingekommen, daß Lola bei ihm blieb, zumindest bis die Ärzte bestätigten, daß er außer Gefahr sei. Es sah ganz danach aus, als hätte er einen leichten Schlaganfall erlitten. Set hatte am Morgen früh, Pariser Ortszeit, mit Lola Bourne telefoniert. Bent war wieder munter, geradezu widerspenstig. Die Ärzte waren jetzt zuversichtlich, doch sie wollten die zusätzlichen Untersuchungsergebnisse abwarten.

»Es geht nichts über eine Vernissage bei solchem Regenwetter«, seufzte Jason und knackte ungeduldig mit den Fingern.

»Reg dich nicht auf«, beruhigte ihn Set, »die Leute werden Schlange stehen ...«

»Würdest du etwa ausgehen bei diesem Hundewetter?«

»Ich gehe aus, wie du siehst, trotz des Hundewetters. Ich mag es, wenn es regnet. Ich mag das Knirschen der Autoreifen auf den nassen Straßen, den Widerschein der Scheinwerfer auf dem dunklen Asphalt, den Regen, der über die Fensterscheiben rieselt. Es macht mir Spaß, den Schirm in Museen und Warenhäusern und altehrwürdigen mittelalterlichen Palästen auszuschütteln. Abgesehen davon, Alais meint, das Wetter spiele keine Rolle. Die Pariser seien daran gewöhnt.«

Jason schloß die Augen und schüttelte den Kopf.

Als sie in die Avenue des Champs-Élysées einbogen, fuhr der Fahrer um ein Haar seitlich in einen Mercedes hinein. Es war eindeutig sein Fehler; nichtsdestotrotz erging er sich mit Rücksicht auf seine Passagiere in eine Schimpftirade in gebrochenem Englisch, in der er alle Autofahrer in Paris zur Hölle wünschte.

Die ganze Aufregung war umsonst gewesen, denn eine Stunde später ließ der Regen nach, und die Galerie war tatsächlich brechend voll. Jason war in seinem Element. Er war den ganzen Abend pausenlos in Bewegung, gestikulierte, radebrechte in Französisch, verteilte freigebig Visitenkarten. Set, der nicht Französisch sprach, ging unter den Gästen umher, versuchte freundlich und gewinnend dreinzuschauen, was ihm viel leichter fiel, als er angenommen hatte; der Champagner, der ihm alle paar Minuten angeboten wurde, trug allerdings merklich dazu bei. Die Zeit verging im Flug. Alais Sancerre stellte ihm eine Unmenge Leute vor – so schien es ihm zumindest –, offensichtlich alles sehr gute Bekannte von ihr. Es handelte sich vorwiegend um angesehene, wohlerzogene, distinguierte Männer und Frauen, die intelligente, sachverständige Fragen stellten. Alais übersetzte zwischendurch die Fragen und Kommentare, doch das wäre gar nicht nötig gewesen, denn die meisten sprachen ebensogut Englisch wie sie. Set hatte in seiner Malerlaufbahn einiges über Galeriebesitzer gelernt. Alais Sancerre war erstaunlich. Sie war erfahren, geschäftstüchtig und erfolgreich. Sie hatte sich einen festen Platz in der Kunstwelt erworben und eine erstrangige Klientel gewonnen. Doch sie war mehr als bloß eine gute Geschäftsfrau. Im Gegensatz zu Jason, der auf seine Art ebenfalls erstaunlich war, war sie ... Set suchte nach dem zutreffenden Wort ... vielseitig, ja, sie war, was ihre Interessen und Fähigkeiten anbelangte, vielseitig, eine erstaunliche, vielseitig begabte Frau mit vielen Facetten. Je besser er sie kennenlernte, desto mehr bewunderte er sie ... und desto mehr fühlte er sich von ihr angezogen. Als sie sich in New York zum ersten Mal getroffen hatten, war Set von ihrem außergewöhnlich sachkundigen Urteil überrascht gewesen; sie war nicht nur wahrnehmungsfähig, sondern ebensosehr begeisterungsfähig, ja leidenschaftlich. Doch sie war ihm etwas zurückhaltend erschienen, irgendwie ausschließlich auf die Anforderungen ihres Berufes ausgerichtet. Hier aber, in ihrer persönlichen Umgebung, wirkte sie ganz anders. In New York war sie elegant angezogen gewesen, geschmackvoll, ihrer Stellung entsprechend. Sie hatte eine ihrer Persönlichkeiten herausgekehrt, dachte Set, aber dahinter verbargen sich noch andere. An diesem Abend war sie *très chic,* lebhaft, charmant. Ihr Haar war auch diesmal straff nach hinten gekämmt, aber zu einem schweren Knoten aufgesteckt. Sie trug wiederum eine weiße, hochgeschlossene Bluse, dazu einen dunkelblauen Samtblazer. Ihre Augen waren gekonnt geschminkt. Sie trug große Türkisohrringe und dazu passende Türkise an einem silbernen Reif um den Hals, einen langen, bunten Patchworkrock und hochhackige Wildlederpumps. Set blickte ihr bewundernd nach, wie sie kam und ging, wie sie umherschwebte und sich unter die Gäste mischte. In Gegenwart ihrer vielen Freunde und Geschäftspartner wirkte sie angeregt, anmutig, überaus einnehmend. Er war wie jedermann von ihr fasziniert, entzückt, bezaubert.

Um neun Uhr abends blinkten die Lichter: Die Vernissage war zu Ende. Die Verabschiedungen dauerten nochmals eine halbe Stunde, in der Zwischenzeit trank Set weitere vier Gläser Champagner. Alais stand unter der Tür und wünschte ihren Gästen gute Nacht, einem nach dem andern, fand für jeden höfliche Worte. Ihre Geduld ist unerschöpflich, dachte Set. Er hingegen fühlte sich aufgekratzt. Er fühlte sich wohl – beschwingt, fröhlich.

Jason wollte mit Françoise Hubert, Alais Sancerres Assistentin, in der Galerie noch ein paar geschäftliche Angelegenheiten besprechen. Jason stand neben ihrem Pult, beugte sich über sie, sprach ganz nahe an ihrem Ohr, während sie einträchtig im Lichtkegel einer Tischlampe mit grünem Schirm Papiere durchgingen. Set lachte, denn es war das erste Mal, daß er Jason in der Rolle des Verführers sah. Françoise war hübsch und mollig, mit dick schwarz umrandeten Aida-Augen. Set hielt nach Alais Ausschau, die sich kurz zurückgezogen hatte.

Sie hatte einen blauen, durchbrochenen Schal um die Schultern drapiert. Sie lächelte ihm zu. Die Lichter in der Galerie waren ausgegangen.

»Gehen wir?« sagte sie.

»Wohin?« fragte er.

Sie traten in die Pariser Nacht hinaus, auf die nach Regen duftende Straße, und stiegen in ihren roten Citroën. Sie fuhren langsam durch ein Labyrinth aus alten, baumbestandenen Alleen und hörten aus der Auto-Stereoanlage Jacques Brel zu.

Laisse-moi devenir
L'ombre de ton ombre
L'ombre de ta main
L'ombre de ton chien
Ne me quitte pas
Ne me quitte pas
Ne me quitte pas
Ne me quitte pas

»Ist das nicht ein wunderbares Lied? Ein herzzerreißender Text?« sagte Alais.

»Ja.«

»Laß mich den Schatten deines Schattens werden ... Verlaß mich nicht ... Sie sprechen nicht Französisch, oder?«

»Allons donc! Il n'y a pas un mot de vrai. Vos yeux, votre bouche, tout vous dit bohémienne.«

Er war vom Champagner beschwipst.

»Wie bitte?« Einen Moment lang malte sich Verblüffung in ihrem Gesicht, dann brach sie in Lachen aus.

»Bohémienne, tu crois? J'en suis sûr! Eh oui, je suis bohémienne, mais tu n'en feras pas moins ce que je te demande, tu le feras, parce que tu m'aimes. Moi! T'aimer ... allons donc!«

»Das ist doch ... das ist doch Carmen, nicht wahr?« Sie mußte so sehr lachen, daß sie kaum sprechen konnte und Mühe hatte, sich auf die Straße zu konzentrieren.

»Ganz genau«, bestätigte er und bedeutete ihr, aufzupassen, wohin sie fuhr. »Carmen! Das ist mein ganzes Französisch. Eine alte Dame hat es mir beigebracht. Mein Französisch ist Bizet.«

»Ihr Französisch ist bizarr«, sagte sie, immer noch lachend.

Um zehn Uhr trafen sie im *La Marée* ein. Sie wurden überschwenglich begrüßt und an einen Tisch komplimentiert. Als sie Platz genommen hatten, fragte Alais, ob er etwas dagegen habe, wenn sie die Bestellung aufgebe, der Küchenchef sei ein persönlicher Freund von ihr. Sie zitierte ihn gleich herbei und bestellte schließlich nach eingehender Beratschlagung:

Soupe de truffes
Loup de la Méditerranée en croûte
Salade de champignons
Fromages
Abricots flambés au Grand Marnier

Und wählte drei großartige Weine dazu aus, darunter einen Roederer Champagner Jahrgang 1926. Nach dem Kaffee wurden ihnen Zigarren angeboten. Set lehnte ab, Alais hingegen suchte sich eine *Macanudo Imperial* aus, die sie genüßlich paffte, während sie ihm alle möglichen Geschichten über die *fine maison* erzählte.

»Wenn wir das nächste Mal hierherkommen«, sagte Alais, »werde ich ein rotes, mit Münzen besetztes Dreieckstuch um die Hüfte tragen und ein passendes Stirnband dazu ... barfuß selbstverständlich. Sie werden mich bestimmt aufregend finden ... wir werden jedenfalls Aufsehen erregen.«

Sie sprach langsam, während sie affektiert ihre Zigarre rauchte.

»Daran zweifle ich keine Sekunde«, sagte Set. »Ich finde Sie auch so aufregend.«

Er stellte sich ihre nackten Schultern vor, die bestimmt weich und weiß waren wie ihr Hals ... sich rund und weich anfühlten.

Sie fuhren im roten Citroën zu ihr nach Hause. Sie wohnte in Rambouillet.

Spät in der Nacht trat sie nur mit einem Slip bekleidet zu ihm, setzte sich auf seinen Schoß und schlang die Arme um seinen Nacken. Sie saßen am offenen Fenster ihres

Schlafzimmers, das auf den Garten hinausging. Set fragte sich, ob vielleicht jemand in der Dunkelheit die in das gedämpfte Licht einer Lalique-*Monnaie-du-pape*-Lampe getauchte Szene betrachtete, die sinnliche, eines Gauguin würdige Komposition.

Ihre Schultern waren sanft und rund und weich, genau wie er es sich vorgestellt hatte. Ihre Brüste waren voll, die Nippel rosig, mit einer großen Aureole darum herum. Sie trug das Haar offen, es war lang, dicht und seidig, fiel auf ihre Schultern, hüllte ihn knisternd ein. Ihre Hände fuhren über seine Arme, seine Schultern, seinen Kopf.

Er küßte sie – ihr Haar, ihre Augen, ihren Mund, ihre Brüste. Sie schmiegte sich an ihn, knöpfte sein Hemd auf, legte ihre gespreizten Finger auf seine Brust.

»Deine Brustwarzen sind hart geworden«, sagte sie.

»Deine auch«, antwortete er.

Sie lachte, legte ihren Mund auf den seinen, er suchte ihre Zunge, gierig, wild ... und als sie sich endlich voneinander lösten, erschauerte sie und seufzte tief.

»Wie nennt man das in Amerika ... das, was wir jetzt machen?« fragte sie plötzlich, während sie ihr schwarzes Haar schüttelte.

»Was machen wir denn?«

»Was? Genau das, was wir jetzt machen, was wir eben gemacht haben, hier, auf diesem Stuhl, am Fenster meines Boudoirs. Wie nennt man das in Amerika?«

»Cuddling«, sagte er.

Sie brach in fröhliches Lachen aus.

Und sie küßten sich nochmals. Dann stand er auf und trug sie zum Bett hinüber. Er legte sie hin und streifte ihr Höschen ab. Sie ließ ihn mit halbgeschlossenen Augen gewähren. Er zog sich ebenfalls aus.

»Du ... sagte sie ... wie schön du bist.«

Er legte sich neben sie und streichelte sie. Er fuhr zärtlich über ihren Bauch und ihre Schenkel, lang – unendlich lang kam es ihm vor –, schob seine Hand zwischen ihre Beine, steckte einen Finger in die nassen Furchen ihrer Klitoris, kitzelte ihre Schamlippen, steckte ihn in ihre Spalte, zog ihn wieder heraus … Sie stöhnte auf und nahm ganz zart und fast schüchtern seinen Penis in die Hand. Er fühlte sich heiß und hart an.

»Wie nennt man das auf französisch?« fragte er.

»On se prépare à l'amour, Monsieur. Vorspiel. Wir bereiten uns gegenseitig vor.«

Er legte sich auf sie, betrachtete ihr Gesicht unter ihm. Sie hielt die Augen geschlossen. Er stellte sie sich mit dem münzenbesetzten Stirnband vor, das um die Hüfte geschlungene Tuch konnte er sich jedoch nicht vorstellen. Ihre schweren, weißen Brüste fielen seitlich über ihre Oberarme. Er legte sein Knie zwischen ihre Schenkel, sog an ihren Brustwarzen, liebkoste sie mit der Zunge, knabberte zärtlich daran.

Sie sperrte sich, versuchte, ihren Orgasmus möglichst lange hinauszuzögern. Als er in sie eindrang, leistete sie zuerst Widerstand, dann aber öffnete sie sich ihm, und ihr Körper wurde biegsam, nachgiebig wie Wasser. Sie schaukelten und wiegten sich endlos – wie auf dem Wasser.

Am Morgen – spät am Morgen –, als er sich vor dem Spiegel rasierte, stand Alais hinter ihm und massierte seine Nackenstränge.

»Ich liebe dich, weil du so haarig bist«, sagte sie, »wie ein Hund, wie ein großer Hund. Du hast Haare auf dem Kopf und auf den Schultern und auf der Brust, auf dem Rücken, auf den Armen und Beinen, selbst auf den Händen und Füßen. Unglaublich, wirklich.«

Er lachte. Er stellte im Spiegel fest, daß es tatsächlich so war. Und obwohl er sich peinlich sauber rasierte, hinterließ sein Bart einen dunklen Schatten auf der Haut.

Als er ins *Grand Hotel* zurückkehrte, überreichte ihm die Dame an der Réception mit dem Schlüssel eine Nachricht.

»Ich glaube, es handelt sich um etwas Dringendes«, sagte sie.

Er rief gleich Lola an; sie hatte eine Mitteilung auf dem Anrufbeantworter hinterlassen: Man solle bitte das Krankenhaus anrufen. In San Francisco war es kurz nach sieben Uhr morgens.

»Ich habe versucht, dich zu erreichen ... seit siebzehn Stunden!« Ihre Stimme klang schrill und verzweifelt.

»Es geht um Bent. Er hat einen zweiten Schlaganfall gehabt, einen schweren. Er liegt im Sterben, Set.«

Einen Moment lang war er wie betäubt. Dann sagte er: »Ich komme so schnell wie möglich, mit dem nächsten Flugzeug.«

»Hat dir Jason nichts ausgerichtet?« fragte sie.

»Ich habe Jason nicht gesehen«, antwortete er.

Eine Pause trat ein.

»Wo warst du?«

»Das tut nichts zur Sache«, sagte er und legte auf.

Als er in San Francisco ankam, war Bent Sandridge tot. Lola erwartete ihn am Flughafen, und er brauchte sie bloß anzublicken, um zu wissen, was sie ihm zu sagen hatte. Sie versuchte verzweifelt, ihn zu trösten, sehnte sich verzweifelt danach, von ihm getröstet zu werden. Doch er hatte nichts zu geben, und er wollte in diesem Moment von niemand etwas nehmen. Er wußte, daß es eine Art Verrat war, aber er mußte allein sein.

An jenem Abend setzte sich Lola Bourne ans Klavier und spielte. Sie spielte Chopins Sonate Nr. 2 für Klavier, immer und immer wieder; sie spielte jedesmal besser, bis sie vor Müdigkeit kaum mehr konnte. Doch sie spielte weiter, zerfetzte das Stück unter ihren Händen – ihre Hände fühlten sich schwer wie Stein an.

Spät in der Nacht ging Set von seinem Atelier zu dem Haus in der Scott Street. Er stand lange davor, eine Stunde oder länger, bis ein Streifenwagen am Straßenrand anhielt.

Ein Wachmann stieg aus und richtete den Strahl seiner Taschenlampe auf Sets Gesicht.

»Was machen Sie hier?«

»Nichts«, antwortete Set. »Ich gehe spazieren.«

»Zu dieser Nachtzeit? Wir haben einen Anruf gehabt. Es scheint, daß Sie schon eine ganze Weile hier herumstehen.«

»Ich wohnte hier«, sagte Set.

»Ach so? Darf ich Ihren Ausweis sehen?«

Set trug immer noch den Reisepaß in seiner Rocktasche. Er hielt ihn dem Wachmann hin. Dieser prüfte ihn sorgfältig, richtete wiederholt die Taschenlampe auf Sets Gesicht, dann wieder auf das Paßfoto.

»Alles okay mit Ihnen?« fragte der Wachmann und gab ihm den Paß zurück.

»Mein Vater ist gestorben«, sagte Set.

»Wie bitte?«

»Mein Vater ist nochmals gestorben.«

»Shit«, sagte der Wachmann. »Gehen Sie nach Hause, haben Sie gehört? Wenn ich Sie heute nacht nochmals hier antreffe, nehme ich Sie mit.«

Er kehrte in sein Atelier zurück und setzte sich in der Dunkelheit auf den Fußboden, starrte auf die vielen Skizzen und Leinwände um ihn herum. Sie leuchteten kaum wahrnehmbar im schwachen Schein der Straßenlampen; wenn hin und wieder ein Wagen vorbeifuhr, schreckten sie zusammen, als seien sie lebendig. Es geht nicht, dachte er, daß die Oberfläche dieser Rechtecke nackt ist. Dieser Gedanke quälte ihn, bis er an nichts anderes mehr denken konnte.

Er schlief kaum in jener Nacht. Beim ersten Tageslicht stand er auf – ihm war schrecklich kalt, seine Beine waren ganz steif – und bereitete seine Palette vor. Er stellte eine große Leinwand auf die Staffelei und begann zu malen. Er malte hastig. Er füllte die weiße Fläche mit Farben, Wirbeln, Strichen, ineinander verlaufenden Farben ... Und kaum war eine Leinwand fertig, nahm er eine andere in Angriff. Er malte den ganzen Tag und bis spät in die Nacht hinein, malte, bis er erschöpft und ratlos vor seiner Staffelei stand. Er dachte, er werde demnächst umfallen – er wünschte sich nichts sehnlicher, als umzufallen. Die Bilder lagen vor ihm auf dem Fußboden verstreut, schimmerten feucht wie große, spiegelnde Lachen. Sie drückten nicht sein Verständnis der Welt aus, nein. Sie drückten überhaupt nichts aus, höchstens sein Erkennen des Unbekannten. Es waren keine Bilder, die man von einem ernsthaften Maler erwartete – nicht das, was seine Lehrer ihm beigebracht hatten –, doch sie waren Ausdruck seiner Qual. Sie spiegelten deutlicher als jemals eines seiner Bild zuvor seinen Seelen- und Geisteszustand wider. Sie waren rudimentär, tastend, doch es waren seine – seine! – Bilder! Er betrachtete fasziniert eine der düsteren Abstraktionen: helle, wirbelnde Tiefen, geheimnisvoll und archaisch wie eine alte Felsenmalerei, Raubtiere und anthropomorphe Formen, die aus fernsten Abgründen der Zeit auftauchten.

Vielleicht wirkte sich unterschwellig, durch das Medizinbündel ausgelöst, bereits die Macht des Bären auf sein Bewußtsein und auf sein Unterbewußtsein aus. Es war seine Bärenmacht, obwohl er noch nicht darum wußte; es war nur ein verschwommenes, flüchtiges Erkennen, eine Ahnung, die er weder definieren noch zerstreuen konnte.

Er fühlte sich krank. Er spürte, daß seine physischen Kräfte zusehends nachließen; ihm war, als verlöre er langsam die Kontrolle über seine physischen Kräfte – nicht nur über die physischen Kräfte. Er hätte sich am liebsten vor der Welt verkrochen, denn er fühlte deutlich, daß man ihm seine Krankheit ansah. Er wäre freiwillig und bereitwilligst zu jedwelchen Ärzten gegangen. Doch er litt weder an Lungenentzündung noch an Malaria, noch an Tuberkulose. Er war an Geist und Seele krank. Er konnte niemand erklären, was mit ihm nicht in Ordnung war, weil er es selbst nicht wußte.

Zwischendurch fühlte er sich zwar besser. Es drängte ihn zu arbeiten, er wollte nicht allein sein, wollte am Meer spazierengehen ... doch er fühlte sich je länger, je schwächer dazu. Er litt unter schweren Depressionen, denen beklemmende Angstzustände vorangingen. Er ging nicht mehr ans Telefon. Er hatte Jason befohlen, ihn in Frieden zu lassen. Er malte nicht, also brauchte er ihn auch nicht.

Bents Tod war ein schrecklicher Schock für ihn gewesen. Jason und Lola schrieben Sets seltsames, feindseliges Verhalten diesem Umstand zu. Tatsächlich handelte es sich um eine viel tiefere Verwirrung. Set wußte das, sie jedoch nicht. Es war unmöglich, ihnen das verständlich zu machen – oder es sich selbst verständlich zu machen. Besser, es gar nicht erst versuchen. Nachts saß er stundenlang in der Dunkelheit und hielt das Medizinbündel krampfhaft an die Stirn gepreßt – und er weinte.

Lola und Jason waren beunruhigt und ratlos; Set litt offensichtlich an einem Nervenzusammenbruch – wie sie seinen Zustand beschönigend bezeichneten.

Set glaubte, den Verstand zu verlieren. Es gab Momente, in denen er absolut davon überzeugt war. In seinem Kopf drängten sich so unheimliche, so unheimlich quälende Visionen. Seines Wissens hatte noch nie jemand seinen Geisteszustand in Frage gestellt, doch jetzt hätte man allen Grund dazu gehabt. Was kein Trost war, sondern ihn vielmehr mit Panik erfüllte.

Was ihn quälte – nicht ständig, sondern in regelmäßig wiederkehrenden Abständen –, war eine undeutliche, drohende Gestalt in einem dunklen Feld am Himmel. Sie schien langsam kreisend auf ihn zuzukommen. Man konnte deutlich erkennen, daß es sich um ein Tier handelte, riesig und verschwommen, das sich verrenkte, sich auflöste, sich ständig veränderte. Dann krümmte es sich voller Pein, als wäre sein Nacken entzwei. Es machte eine schreckliche Verwandlung durch, eine Qual so groß, daß sie zu Verzweiflung und Zorn wurde, zu grenzenloser Hilflosigkeit. Blaßblaue Facetten schimmerten über dem grotesken Kopf, den langen schlenkernden Gliedmaßen, die wie hastige Pinselstriche wirkten. Das blasse Licht ließ die schattenhafte Gestalt nur noch dunkler erscheinen, vermittelte die Illusion eines Leuchtens in der Tiefe, um das alles kreiste. Der Himmel darum herum war finster und mit Lichtern gesprenkelt; es waren keine hellen, funkelnden Punkte, sondern willkürliche Formen – Bernstein, in dem zerbrechliche urzeitliche Fragmente schlummerten. Wenn man genauer hinsah, erkannte man den durchdringenden Glanz in den dumpf opalisierenden Augen des Tiers, während der ungestalte Rachen glühte und flammte. Set quälte sich mit der entsetzlichen Vorstellung, daß das Tier in seiner Nähe qualvoll auseinanderbrechen werde, und seine phosphoreszierenden, eitrigen Gedärme, seine ineinander verschlungenen Sehnen und Organe, sein Schleim und sein Blut und die Galle würden sich über ihn ergießen, und er würde sich im heißen Brodem des Tieres auflösen und auf ekelerregende Art und Weise mit der Bestie verschmelzen. Der unendliche, mit bernsteinernen Sternen übersäte milchige Himmel vermochte ihn nicht zu trösten.

In seiner Verzweiflung zerstörte er sich zunehmend selbst. Sein Leben trieb ziellos dahin. Sein Leben entglitt ihm, löste sich auf. Er trank, er schlief kaum, er aß nichts – bis er vor Hunger und Erschöpfung zusammenbrach, dann aß er gierig und schlief tagelang. Er zitterte, eisige Kälte erfaßte seine Glieder. Sein ganzes Wesen war erstarrt, war wie gelähmt.

Dazwischen durchlebte er Phasen großer Ruhe und Kreativität. Selbst am Rande des Wahnsinns gab es zutiefst luzide Momente. Die Desintegration seines Lebens erschien ihm wie ein Traum, und er war voller Zuversicht und

Selbstvertrauen. Er wußte um Dinge, die die andern in ihrer abgestumpften Wahrnehmungsfähigkeit nicht wußten. Er malte mit großer Energie und Eindringlichkeit und Sicherheit. Noch nie waren seine Bilder seiner Vision und seinen Fähigkeiten so nahegekommen. Er spürte, daß die Koordination von Auge und Hand nicht vollkommener sein konnte. Sein Gefühl für Proportionen war aufs äußerste sensibilisiert. Er wußte um die Macht der Farben, und seine Farbnuancen waren nahezu perfekt. Er wußte um die Kompositionselemente; er wußte um das Gleichgewicht zwischen Schein und Wirklichkeit. Die Motive seiner Bilder waren feierlich, ursprünglich, ernst. Er glaubte, daß sich in seinen Bildern – war es das, was die Kunst im Grunde anstrebte? – eine große, wahre Geschichte der Welt widerspiegelte. Doch er beanspruchte diese Einsicht ganz für sich allein, er wollte sie nicht teilen, denn sie war Teil seiner selbst wie seine Bilder und seine Gedanken. Ja, sagte er sich, es gibt nur eine einzige Geschichte, und die handelt von der Verfolgung des Menschen durch Gott; und sie handelt von einem Mann, der sich über die Grenzen der Welt hinauswagt; und sie handelt von einer Heiligen Suche; und sie handelt von einem treuen oder von einem treulosen Weib; und sie handelt von der Verfolgung einer riesigen Bestie. Die andern mochten in seinen Bildern ein chaotisches Durcheinander sehen, Set aber sah darin die unverfälschten Elemente der Geschichte. Er mußte um jeden Preis der Geschichte gerecht werden! Versagen würde bedeuten, sich selbst für immer zu verirren. Er mußte der Geschichte gerecht werden!

Er mußte der Geschichte gerecht werden!

6

Das Unbekannte ist der größte Teil des Universums

Sie muß der Geschichte gerecht werden. Es gibt eine Geschichte – dachte Grey –, die wir endlos erzählen, weil wir sie erzählen müssen; sie ist die Definition unseres Seins.

Sie schrieb:

He saw the black trees leaning
In different ways …

Er sah die schwarzen Bäume
Schief und schräg in den Himmel ragen,
Ihre Wipfel mit den
Gemaserten Wolken verflochten;
Die Wolken kreisten um sich selbst,
Ein breites, vierfarbenes Band,
Gelb, Rot, Orange, Schwarz;
Und Sterne zwischen den
Verflochtenen Wipfeln.

Der Morgen des 23. Dezember 1880 war klar und kalt; sie saß zusammengekauert im Sattel und spähte durch die Bäume. Sie trug einen dicken Mantel über dem weißen Kleid und unter der Biberfellmütze ein schwarzes Tuch um den Kopf gebunden. Ihre Hände steckten in fransenbesetzten und perlenbestickten Stulpenhandschuhen und ihre Füße in schwarzen Boxkalfstiefeln. Die Baude in Stinking Springs war in der sonnenbeschienenen Ferne deutlich zu erkennen. Davor waren drei Pferde angebunden, doch

Billys Pferd war nicht darunter. Pat Garrett und seine Männer hatten ganz in der Nähe Deckung genommen und beobachteten mit schußbereiten Gewehren den vorderen Eingang. Etwas weiter weg überwachten drei texanische Cowboys, die Garrett angeheuert hatte, den Hintereingang. Billy »the Kid« und vier weitere Männer waren drinnen in der Hütte, zudem wahrscheinlich auch Billys Pferd, vielleicht sogar zwei Pferde, drei. Ein schlauer Schachzug, sagte sie sich, wenn es zum Äußersten kommen sollte, konnte Billy auf seiner schnellen Fuchsstute entkommen – er hätte zumindest noch eine Chance.

Plötzlich flog die vordere Tür auf, und Charlie Bowdre stürmte heraus. Garrett legte an und schoß Bowdre tot. Dann schoß er, eines nach dem andern, die drei Pferde tot. Das eine stürzte quer vor die Schwelle, was jeglichen Fluchtversuch zu Pferd verunmöglichte. Es war vorbei. Sie wartete gespannt und bange, was nun geschehen würde. Sie sah zwei – oder waren es drei? – Männer aus dem Trupp sich an die Hütte heranschleichen. Sie bedeuteten den anderen, still zu sein, und Grey wußte, daß sie mit Billy sprachen – daß es um eine tödlich ernste Unterhaltung ging. Es war hoffnungslos; seine Lage war verzweifelt. Sie würden ihn aushungern, wenn es sein mußte. Sie würden eine ganze Armee um die Hütte herum aufstellen. Sie konnte die Unterredung zwar nicht hören, konnte sich aber vorstellen, worum es ging.

»Billy?«

»Hallo Pat.«

»Billy, komm heraus und trink Kaffee mit uns. Es reicht für alle.«

»Sicher hätt ich Lust auf Kaffee, Pat, und auch auf ein anständiges Frühstück. Wir haben seit einer ganzen Weile nichts mehr gegessen.«

»An einem Wintermorgen wie diesem braucht unsereiner einen anständigen Kaffee und ein Stück Bacon, was, Billy?«

Garrett, der aus Alabama stammte, sprach mit affektiertem Akzent.

»Der Whisky ist ebenfalls alle.«

»Zufällig haben wir welchen dabei«, sagte Garrett. »Komm doch heraus und nimm mit mir einen Schluck auf die alten Zeiten, Billy.«

»*Well,* Pat, ol' Charlie ist herausgekommen und jetzt – sieh einer an! – liegt er da, steif wie ein Besenstiel. Sieht dir ähnlich, ihm mit einer Ladung Blei den Appetit ein für allemal zu verderben, Pat.«

»*Well,* Kid, früher oder später wirst du wohl oder übel herauskommen müssen. Und falls du ballernd herauskommst, legen wir dich flach neben Charlie. Das kannst du mir glauben.«

»Sieht ganz so aus, als hieltest du alle Trümpfe in der Hand, Pat. Gut, wir kommen heraus, mit leeren Händen, wenn du bei Gott schwörst, uns nicht abzuknallen.«

»Du hast mein Wort, Billy.«

»Das genügt mir.«

Und Billy und seine Jungs ergaben sich. Garrett schickte zu Wilcox' Ranch nach Essen. Den Gefangenen kam es wie ein Weihnachtsmahl vor.

Grey zog etwas Pökelfleisch, gedörrte Velarde-Früchte und eine Flasche Durango-Wein aus der Satteltasche. Sie folgte der Kavalkade in sicherer Entfernung bis nach Fort Sumner.

I wanted just to speak,
To mutter or cry out …

Ich wollte nur reden,
Wollte nur flüstern
Oder aufschrein.
Wollte ihm bloß folgen,
Meinem wandernden Feind …

Wandernd wie der blasse
Streifen Abend, der hinter
Der Winterebene aufsteigt,
Ein langer kristallner Splitter

Der Hoffnungslosigkeit.
Nun hüllt mich der
Nackte
Grenzenlose Zweifel
Ein. Ich
Ermatte
Und weine um meiner selbst.

In Fort Sumner gestattete Pat Garrett Billy, sich von den Maxwell-Frauen zu verabschieden. María de la Luz Beaubien Maxwell ergriff seine gefesselten Hände, machte dann ein Kreuz auf seine Stirn. Deluvina, die alte Navajomagd, umarmte ihren kleinen Jungen, ihren Billito, wandte sich ab und weinte. Als Paulita Maxwell Billy küßte, schaute Grey genauer hin, und eine Spur Eifersucht flackerte in ihren Augen auf. Doch sie sah darüber hinweg, sie konnte es sich in ihrer Träumerei leisten, großzügig zu sein. Sie wußte, daß diesen Frauen, besonders Paulita, tiefe Trauer bevorstand – daß auch ihr selbst tiefe Trauer bevorstand. Hatte sie nicht schon viele Male getrauert, wenn sie von diesem Ort geträumt hatte? Vom Maxwell-Haus, vom breiten Torweg, dem dunklen Raum, dem sommerlichen Duft der Obstbäume? Sie staunte über die Kongruenz von Zeit und Ort. An genau diesem Tag würde Billy nach Las Vegas gebracht werden, dann nach Santa Fe, dann nach Mesilla und dann nach Lincoln. Und er würde aus Lincoln flüchten und zu diesem gleichen Haus zurückkehren. Es würde ein seltsames, fast makabres Wiedersehen zwischen genau diesen Männern und Frauen geben – Señora Maxwell, Deluvina, Paulita, Billy »the Kid« und Pat Garrett. Und anläßlich dieses Wiedersehens würde Billy im dunklen Zimmer sterben. An dieser Stelle würde es eine Zäsur geben, eine deutlich wahrnehmbare Pause in der Geschichte, eine Zeit der Ruhe, des Verlusts und der Trauer. Sie staunte.

Die Herrlichkeit der Prärie war Greys Element. Die Landschaft verschmolz mit dem Horizont, und zuweilen, am frühen Morgen oder bei Sonnenuntergang, fühlte sie sich schwerelos in der Unendlichkeit des Raums, der sie umgab. Es war, als stünde sie am Himmel zwischen der Sonne und den Sternen. Wenn sie auf Dog ausritt, verlor sie zuweilen das Gefühl für die Ferne insgesamt. Es gab keine Ferne mehr, nur noch unbegrenzten Raum, eine Weite, hier vor allem durch das Auge erfaßbar. Sie konnte den Horizont erkennen, doch so nah oder fern er sein mochte, sie wußte, daß sie ihn nie würde erreichen können, daß sie bis zur entferntesten Grenze ihres Blickfeldes reiten konnte: die Linie am Horizont würde immer gleich weit entfernt sein, sie würde in dieser Landschaft stets vor ihr zurückweichen. Das war das große Geheimnis, das Überwältigende der Prärie. Was mußten ihre Kiowa-Vorfahren empfunden haben beim Anblick dieses Landes, dieses riesigen Getreideozeans? Damals, als sie Tausende Pferde besaßen und eine Million Büffel über die Steppen zogen! Hoch zu Pferd durch diese Landschaft zu reiten muß für ein seit Jahrtausenden nomadisierendes Jägervolk die Erfüllung des ältesten und kühnsten Traums bedeutet haben. Sie konnte ihr ehrfürchtiges Staunen nachempfinden – ein Staunen, das sich auf sie selbst übertrug. Sie blickte mit Verachtung auf die Einzäunungen und die Straßen und die Siedlungen. Sie waren schäbig und häßlich und der ungebändigten Prärien unwürdig. Doch das war nebensächlich. Der Augenblick war gekommen und war vergangen – aber er war gewesen! Der große Ruhm war erlangt worden; das allein zählte. Während einer kurzen

Zeitspanne in der Geschichte der Welt waren die großen Steppen Nordamerikas der leuchtende Mittelpunkt vollendetster menschlicher Erfahrung. Nie zuvor hatte es eine so vollkommene Verkörperung von Ehre, Adel, Mut und Tugend gegeben wie hier – genau hier! Das ist wahrhaftig etwas, dachte Grey, ist eigentlich genug. Und sie war zufrieden in Anbetracht dessen, daß genug und zuviel sehr oft zusammen einhergehen.

Greys Urteil über ihre Kiowa-Ahnenreihe war hart und unerbittlich. Die Kiowa waren ein stolzes Volk, herrisch, tyrannisch, dominierend. Sie zogen Nutzen aus jeder sich bietenden Gelegenheit, daher überlebten sie, wie sie seit der Zeit überlebt hatten, als sie durch einen hohlen Baumstrunk die Welt betreten hatten. Man mußte ihnen auf die gleiche Weise begegnen – oder überhaupt nicht. Sie konnten einen in ihrer Unerschütterlichkeit wie Luft behandeln. Vor noch nicht langer Zeit waren die Kiowa und ihre Verbündeten, die Komantschen, Krieger, Pferdediebe und Sklavenhändler gewesen. Sie waren jahrhundertelang unbesiegbar gewesen, was sie in ihrer Selbstherrlichkeit bestärkt hatte. Auch Grey war selbstherrlich. In ihr war Überheblichkeit, eine Überheblichkeit, die ihre Navajo-Angehörigen nicht teilten. Ihr Vater Walker war ein stolzer, aufbrausender Mann gewesen. Wäre er alt geworden, wäre er ein hitziger, verschrobener alter Mann geworden wie Set-angya, Sitting Bear. Worcester Meat und Milo Mottledmare hatten eindeutig nicht viel von einem Krieger, doch auf ihre Weise waren auch sie stolze Männer. Und ihr Stolz galt etwas, selbst in der verblassenden Spur der Blütezeit ihres Volkes. Grey wußte das. Im Grunde waren sie bessere Männer als … als zum Beispiel Dwight Dicks. Weil in ihrem Blut das Blut großer Männer floß: Tsen-tainte, Maman-ti, Set-tainte, Set-angya.

Set: Bärenmenschen – Menschen mit einer solchen Macht.

Der alte Mann, Set-angya, saß auf der Erde, den Kopf geneigt, die Beine gekreuzt. Das Bündel Knochen, die Knochen seines Sohnes, lag in Reichweite.

»Hey, Billy, habe ich dir jemals von Sitting Bear erzählt? Das war sein Name, Set-angya. *Well,* er war ein Original, das kannst du mir glauben, Billy. Im National-Archiv gibt es ein Photo von ihm, ähnlich wie deines – vergilbt, gelb, undeutlich. Es ist ein Porträt. Er schaut dir direkt in die Augen, und du weißt verdammt gut, daß du als erster blinzelst. Das eine Auge starrt; das andere ist halbgeschlossen, ein schwarzer Schlitz in seinem pockennarbigen Gesicht. Sein Haar ist lang und grau, strähnig. Und er trägt einen Schnurrbart, einen langen, herunterhängenden Mongolenschnurrbart. Er ist in einen Umhang gehüllt – Büffelfell wahrscheinlich – und trägt ein Bandelier. Er ist siebzig Jahre alt. An seiner eingefallenen Brust baumelt eine Medaille mit dem geprägten Kopf von Präsident Buchanan. Set-angya war ein Träumer, er war ein heiliger Mann, ein Schamane. Und er war verrückt. Er war von einem wunderbaren und glühenden Wahnsinn besessen – wie du, Billy.

Er war der Anführer der Kaitsenko-Bruderschaft, der Törichten Hunde oder Krieger-Bande der Hunde, deren Namen man nicht kennt. Sie setzte sich aus bloß zehn Männern zusammen, den tapfersten. Billy, glaub mir, diese Burschen standen auf der anderen Seite der Wirklichkeit. Ich meine, sie waren die Tapferen schlechthin. Tapferkeit war ihr Geschäft, weißt du? Ihre Berufung, ihr Beruf; sie waren jederzeit kampfbereite *hombres*. Sie waren der erste und letzte Schutzschild des Volkes. Wenn sie starben, würde jedermann sterben. Verstehst du? Jeder trug eine lange Schärpe, so lange, daß sie am Boden schleifte, und einen geweihten Pfeil. Und während der Schlacht mußte jeder Kaitsenko-Krieger seine Schärpe mit dem Pfeil auf der Erde feststecken und mußte die Stelle, auf der er stand, bis zum Tod verteidigen. Verrückt, was? Großartig.

Well, Set-angyas Sohn wurde bei einem Überfall in Texas getötet, und Set-angya begab sich zu der Stelle und sammelte die Knochen seines Sohnes ein, und von dem Tag an führte er ein Jagdpferd am Zügel, das die Knochen seines Sohnes auf dem Rücken trug. Nachts stellte er die Knochen in einem Tipi auf und sagte zu den Leuten: ›Kommt, kommt herein, mein Sohn ist heute abend zu Hause. Kommt und besucht ihn. Kommt und erweist ihm die Ehre.‹

Und weißt du was, Billy? Der verrückte alte Mann inszenierte schließlich seinen eigenen Tod. Ich meine damit, er führte an Gottes Stelle Regie. Stell dir das vor. Er wurde in Fort Sill eingesperrt, weißt du? Anschließend mit zwei anderen Häuptlingen, White Bear und Big Tree, auf den Bocksitz eines Pferdewagens gesetzt und zur Eisenbahnstation gebracht; von da aus würde man sie nach Fort Richardson bringen, wo sie für den Überfall auf den Warren-Konvoi vor Gericht gestellt werden sollten. *Well,* unterwegs nun also stimmte Set-angya im Hinblick auf das Fort das Lied der Kaitsenko an.

Als die anderen das hörten, gerieten sie außer sich. Verständlich, denn das Lied war heilig. Es durfte einzig und allein im Angesicht des Todes gesungen werden. Und als das Lied zu Ende war, sagte er zu Set-tainte und Big Tree: ›Seht ihr die Pappel dort vorn am Straßenrand? Wenn wir beim Baum anlangen, werde ich tot sein. *Whoa.*‹ Und dann zog er ein Messer hervor, das er irgendwie auf sich versteckt hatte, griff den Kutscher an und stieß ihm das Messer ins Bein. *Well,* die Wachen beidseits des Wagens schossen ihn auf der Stelle tot. Er hatte Wort gehalten. Wetten, Billy, wenn du damals ein Kiowa gewesen wärst, hättest du zu den Törichten Hunden gehört.«

»Ich nicht«, sagte Billy unvermittelt.

»Doch, du hättest einer sein können, Billy.«

»Nein, *ma'am,* nein.«

Sie geriet etwas aus dem Konzept.

»*Well,* warum nicht? Du bist tapfer. Du bist wahnsinnig tapfer gewesen in Lincoln und in Stinking Springs und in Fort Sumner.«

»Ich kann nicht singen«, sagte Billy. »Zudem, der alte Mann war aus Überzeugung tapfer, verstehen Sie, was ich meine? Er war aus Prinzip tapfer. Entschuldigen Sie, *ma'am,* ich habe Mühe, mich richtig auszudrücken, ist nicht meine Art, doch Sie verstehen gewiß, was ich meine. Tatsache ist, daß der alte Mann wirklich tapfer war, die Tapferkeit beherrschte all seine Gedanken und die Gedanken seines Volkes. *Well,* nicht eigentlich ihre Gedanken, sondern ihre Herzen. Der alte Mann fürchtete sich nicht vor dem Tod. Ich glaube nicht, daß ich in meinem ganzen Leben jemals einem Menschen begegnet bin, der sich nicht vor dem Tod fürchtete. Gewiß, eine schöne Vorstellung, daß der alte Mann die Knochen seines Sohnes holte. Ich hätte es nicht getan. Soll ich Ihnen etwas sagen? Ich hatte höllische Angst vor dem Tod. Ich tötete nicht aus Prinzip. Ich mußte töten, weil man verdammt vorhatte, mich zu töten. Mit Tapferkeit hatte es nur wenig zu tun. Als ich auf die Straße hinauslief, um mein Gewehr aufzulesen, und Billy Matthews auf mich schoß, war ich nicht etwa tapfer, ich war blöd. Ihr alter Mann, Sitting Bear, wäre nicht nach Texas gegangen, um ein Gewehr zurückzuholen, aber er wäre gegangen – und das tat er auch –, um die Knochen seines Sohnes zu fordern. Das sind zwei grundsätzlich verschiedene Dinge, meine ich. Das eine ist die Tat eines Jungen, der noch nicht begriffen hat, daß er sterben kann, das andere ist die Tat eines Mannes, der alles über den Tod weiß, sich aber nicht davor fürchtet. Eine Ehrensache, der Tod. Deine unbeschriebene Seite. Oder deine Schmach. Egal, ob man würdig ist oder nicht. Ihn annehmen, ihm ehrenhaft und mit Respekt und Bereitschaft ins Gesicht sehen, ihn verdient haben – das ist es, was tapfer sein bedeutet.

Als Billy Matthews auf mich schoß, sah ich ihn blitzschnell vor mir auftauchen, den Tod, und ich hatte Angst. Im Bruchteil einer Sekunde erkannte ich, was es bedeutet, Angst zu haben, grauenhafte Angst. Ich begriff in jenem Sekundenbruchteil, daß der Tod vor mir stand, direkt vor mir – er berührte mich! –, und zum ersten Mal in meinem Leben konnte ich nicht ausweichen; er war ganz nahe, unglaublich nahe. Und in Sumner, im letzten Augenblick meines Lebens, wurde mir eines klar: die endgültige Nichtigkeit unseres Tuns. Ich war ihm ausgeliefert. Vielleicht ist es das, was der Tod beinhaltet: die plötzliche überwältigende Erkenntnis, daß wir ihm ausgeliefert sind. Daß niemand uns helfen kann. Es ist ein Moment absoluter Hilflosigkeit. Er läßt sich nicht aufhalten.

Es gab einen Knall, und die Kugel traf mich, durchdrang mich mit unbeschreiblicher Wucht. Und dann folgte ein zweiter Knall, der mir noch grauenhafter erschien als der erste, obwohl der Schuß danebentraf; er tat meinem Hirn unsägliche Gewalt an. Und ich fiel. Und ich starb. Und ich war tot. Es war seltsam, es geschah gerade in dem Augenblick, als ich fragte, *¿Quién es?* Mit Tapferkeit hatte das alles nichts zu tun. Nein. An jenem Nachmittag hatte ich einen Kojoten eine Katze umbringen sehen.«

But then and there the sun bore down
And was a focal lenght away …

Doch plötzlich barst die Sonne
Eine Brennweite von mir entfernt.
Das Hirn war zerschmettert und versengt,
Zerfiel dann zu Staub, kalt und grau.

Er hatte die Grenzen ihrer Phantasie überschritten. Er hatte jenen Punkt überschritten, an dem sie den Traum hatte beenden wollen, an der Stelle, als Billy auf dieser Seite des dunklen Tors schwebt: Da ist ein Mond, und schwerer Sommerduft erfüllt die Luft. Er sieht die zwei Männer im Hof, und er wendet sich ab und betritt das Vergessen.

¿Quién es? Und der nächste Augenblick kehrt ewig wieder.

There where I watch you walk
In quiet and in dark …

Dort, wo ich dich hingehen sehe,
In die Stille, die Finsternis,
Woher deine Zeit gekommen
Und du zu einem Greis geworden
In Unwissen und Eitelkeit;

Dort, wo ich den Schuß gehört,
In der Stille, in der Dunkelheit,
Ich denke, woran du wohl denkst,
Und an die Kälte,
Die dich in die Gedanken einprägt,

Dort, wo du nicht bist,
Noch nicht,
In der Stille, in der Dunkelheit,
Sehe ich dich vor mir,
Und du tauchst auf,
Schemenhaft,

Unendlich weit weg.

Doch Grey war ebensosehr eine Navajo, und sie sehnte sich nach dem Zuhause ihrer Kindheit. Jetzt immer öfter.

Erinnerungen an *dineé bekeyah,* an das Land der Navajo, tauchten in ihr auf. Sie dachte an die roten Felsen, die östlich von Gallup die Prärie meilenweit durchschneiden, an die große, bewaldete Chuskakette, von wo aus man Hunderte von Meilen in die Ferne sieht, und an die Schafweiden hoch oben in der kalten, dünnen, blauen Luft; sie dachte an den Cañon de Chelly und an den Cañon del Muerto, an die steilen roten und weißen und purpurnen Felswände und an die Felsenmalereien; sie dachte an die großen Monolithe in Monument Valley und El Capitan und Owl Rock und an die Three Sisters; und sie dachte an den Hogan ihrer Mutter in Lukachukai und an die rote Erde, die sich durch das lange Tal im Norden erstreckt bis zu einem senkrecht abfallenden Bergkamm mit seinen durchscheinenden, sich ständig verändernden Pastellfarben, die den Himmel widerspiegeln. Und ihr Herz sehnte sich schmerzlich danach.

Sie traf weiterhin ihre Vorbereitungen. Sie mußte sich in Geduld üben. Die Großmutter gab ihr Anweisungen und sang für sie, und Grey wurde jeden Tag zuversichtlicher, wurde sich ihres Wissens und ihrer Macht zunehmend bewußter, erkannte immer deutlicher, wer sie war und wohin sie ging.

Grey hatte das Bedürfnis, die Träume, in denen sie sich immer wieder verlor, beiseitezuschieben. Doch darauf verzichten … allein schon der Gedanke kam ihr erschreckend vor. Sie dachte an Set und fragte sich, was es bedeutet, ein Maler zu sein. Sie wünschte sich, sie könnte ihre Träume auf Leinwand übertragen, ein paar Schritte zurücktreten, um sie aus der Distanz zu betrachten, als ob sie den Blikken des Publikums ausgesetzt an den Wänden einer Galerie hingen. Das wäre gewissermaßen die Vollendung der Darstellung und Objektivität.

Im Vordergrund ist eine menschliche Gestalt im Schattenriß. Sie. Hinter der Gestalt ist ein geriefelter Schatten, dünne horizontale Schattenstreifen auf einem weißen Feld, einer weiten Schneelandschaft. Dahinter eine Menge Tiere: Pferde, Schafe, Hunde, Hirsche, Kuguare, Stachelschweine, Wiesel, Büffel, Bären. Jedes Tier hat eine andere Farbe; sie hätte nie geglaubt, daß es so viele Farben gibt.

Der Himmel sieht aus wie der Atlantische oder der Pazifische oder der Indische oder der Arktische Ozean, und darin wimmelt es von Fischen und Vögeln. Die Fische sind alle weiß, die Vögel alle schwarz. Die Gestalt im Vordergrund scheint im eigentlichen Mittelpunkt der Welt zu stehen.

Sie dachte an Set und fragte sich, was es bedeutet, der Bär zu sein. Sie dachte jetzt immer öfter an ihn, und auch die Großmutter sprach seinen Namen immer öfter aus. Sie wußte, daß er bald kommen würde.

Er war älter als sie. Er hatte weltweiten Ruhm erlangt; er war weitgereist; er hatte Dinge gesehen, die sie wahrscheinlich nie sehen würde. Er hatte – ziemlich sicher – viele Frauen gekannt. Und er war ein Künstler, was bedeutet, daß er über eine ausgeprägte Wahrnehmungskraft verfügte, wie sie wenige Menschen besaßen oder verstanden. Er schüchterte sie ein, weil sie ihren Weg noch suchte. Doch er verlor den seinen, und das wußte sie besser als er. Der Bär nahm von ihm Besitz; schüttete seine Macht über ihn aus, doch Set wußte nicht, was ihm geschah. Ungeachtet seiner beträchtlichen Bildung und Erfahrung, ungeachtet seines Ruhms und seines Reichtums, würde sie es sein, die ihn seinem Schicksal entgegenführte. Sie würde sein Mentor sein. Sie würde ihm sagen, was er zu tun hatte. Durch sie würde er sich selbst enthüllen. Das wußte sie. Doch das war alles. Sie wußte nicht, ob ihre Medizin stark genug war, um den Bären in ihm zu besiegen. Das Unbekannte ist der größte Teil des Universums.

Sie wußte nicht, wo er war. Doch sie wußte, daß er sich quälte. Er hatte einen schmerzlichen Verlust erlitten. Er stand im Begriff, sich von den ihm nahestehenden Menschen abzusondern. Er würde, wie sie auch, einen Akt der Entsagung leisten müssen. Sie spürte die Last ihres Glaubens. Die Verantwortung erfüllte sie mit Befriedigung; sie hatte nicht gewußt, daß sie so entschlossen sein konnte.

Nachts stellte sie in der Laube einen Altar auf. Es war der erste Altar, den sie je hergerichtet hatte, er war schlicht und rudimentär, doch die Zeit war gekommen, es zu tun. Das Ritualzubehör aus Großmutters Hinterlassenschaft hatte sie in einem wildledernen Beutel verstaut. Auch dieses war schlicht und rudimentär, doch es würde seinen Zweck erfüllen. Es bestand aus Federn und Kristallen, Pollen und Kräutern, einem Büffelhorn, einem Feuerquirl und einer Trillerpfeife aus einem Adlerknochen. Milo hatte ihr vier Peyotlknöpfe besorgt. Daraus braute sie Tee. Sie legte glühende Kohlen auf den Altar, legte das Zubehör darum herum aus. Zum Ritual gehörten überdies eine kleine Trommel, ein Trommelschlegel und eine Kürbisrassel.

Jessie und Milo assistierten. Sie wußte nicht genau, was sie tun mußte, daher tat sie, was sie für richtig hielt. Milo hatte Angst, Grey hingegen nicht. Sie ging überlegt vor, dachte dabei an die Großmutter. Die Kohlen auf dem Altar leuchteten rot und orange, und sie bestreute sie mit Salbei und Tabak. Sie sang die Lieder, die sie die Großmutter hatte singen hören. Sie fächelte die Kohlen mit den Adlerfedern. Milo rezitierte Gebete in Kiowa und Englisch, Kiowa-Englisch. Jessie schürte die Kohlen. Alle drei tranken den Tee und rauchten Zigaretten aus Borke und Maislieschen. Grey nahm die Zeichnung mit dem Porträt der Großmutter und die Kreiden, die Set benützt hatte, um ihr Gesicht zu bemalen, hielt sie in das Licht des glühenden Feuerquirls und befächelte sie mit Rauch. Das waren die einzigen Gegenstände, die sie und Set gemeinsam berührt hatten, sie waren daher von der Bären-Medizin durchdrungen. Sie legte sie auf die nach Westen gerichtete Seite des

Altars. Die ganze Nacht über blies sie immer wieder durch die Adlerknochenpfeife in ein wassergefülltes Gefäß, was einen unheimlichen Triller hervorrief, der in die Stillen der Prärienacht emporstieg.

Der Tee war bitter. In der Stunde kurz vor dem Morgengrauen sah sie den Kopf einer wunderschönen Frau; sie glich der Frau auf der Zeichnung. Die Frau hatte langes, dichtes Haar wie das von Grey, und Grey dachte, es müsse sich um die Großmutter handeln, als sie jung war. Grey ging freudig auf die wunderschöne Frau zu. Dann flogen goldene Adler aus dem Mund und dem Haar der Frau. Sie flatterten davon und segelten am Himmel und stürzten herab und durchbrachen die Erscheinung. Sie waren majestätisch und frei und wunderbar; Grey war von diesem Anblick hingerissen. Die Luft, in der sie sich bewegten, war silbern und kalt und von funkelndem Licht erfüllt.

»Set?«

»Ja, ich bin Set.«

Als die Dämmerung anbrach, rauschte der Wind durch die Laube.

In San Francisco erhoben sich Böen. Ein Sturm zog an der Küste von Mendocino auf.

Grey wußte natürlich, daß Billy »the Kid« in der Nähe von Fort Sumner war. Er versteckte sich in den Schafweiden, tagsüber zumindest. Nachts schlich er sich in die Stadt, um zu spielen, um zu den *bailes* zu gehen, um Paulita Maxwell zu besuchen. Er sagte zu sich selbst und zu den andern, daß er beim Spiel genügend Geld gewinnen werde, um nach Mexiko zu gehen, wo er in Sicherheit war. In seinem Herzen jedoch wußte er, daß er Fort Sumner nicht freiwillig verlassen würde. Er hatte viele Freunde, ein Mädchen, er war hier zu Hause. Er war ein junger Mann, fast noch ein Junge; er hatte nie danach gestrebt, eine Rolle in der Öffentlichkeit zu spielen. Wie hatte es geschehen können, fragte er sich, daß er als Gesetzloser berühmt geworden war? Durch die Umstände, gewiß. Schicksal. Er war kein gemeingefährlicher Kerl. Er war kein hartgesottener Krimineller, wie behauptet wurde. Er hatte nie die Absicht gehabt, jemandem etwas zuleide zu tun – und erst recht nicht, jemandem das Leben zu nehmen. Er lachte gern und spielte gern Karten und war gern mit hübschen Mädchen zusammen. Wenn man ihn bloß seinen Weg hätte gehen lassen – lachen und Karten spielen und mit hübschen Mädchen zusammen sein –, hätte er wahrscheinlich eine kleine Ranch erworben und eine Poststation in Los Portales, und er wäre ein allseits geachteter Mann geworden; er hätte sehr wahrscheinlich geheiratet und wäre alt geworden, so, wie geachtete Männer alt werden, mit Kindern und Enkelkindern und Erinnerungen und dem ihm zustehenden Teil an Befriedigung.

Doch er war ein Geächteter, und auf seinen Kopf war eine Prämie ausgesetzt. *Well,* wie die Dinge nun einmal lagen, machte er das Beste daraus. Es schmeichelte ihm schließlich, in aller Leute Mund zu sein. Er hatte einen ansehnlichen Ruf erreicht. In dieser Hinsicht hatte er es weiß Gott zu etwas gebracht. An seinen Bruder Joe würde sich niemand erinnern; und auch nicht an seinen Vater oder an seinen Stiefvater, wahrscheinlich auch nicht an Gouverneur Wallace, und vielleicht würden sich die Leute selbst an den verstorbenen Präsidenten Garfield nicht so gut erinnern wie an Billy »the Kid« – El Chivato. Für einen jungen Mann, dessen Leben sich auf kaum mehr als zwanzig Jahre belief, war das ein berauschendes Gefühl. Eitelkeit erwachte in ihm. Er mochte es, wenn Männer und Frauen ihm ihre Aufmerksamkeit zuwandten, sobald er einen Raum betrat.

Am 14. Juli 1881 vertrieb sich Billy die Zeit im Lager seines Freundes Francisco Lobato. Er langweilte sich, war ruhelos und konnte die schützende Dunkelheit kaum erwarten. Es war ein langer, heißer Tag gewesen, und die Dämmerung schien sich endlos hinzuziehen. Die rote Sonne stand am Horizont und setzte die Jornada del Muerto und die Manzano und die Sangre de Cristo Mountains in Brand. Es war ein prächtiger, glühender Abend. Als es schließlich Nacht wurde, als die Sterne leuchtend klar am Firmament funkelten, ritten die zwei Männer in die Stadt. Sie plauderten und scherzten, ihre Pferde bewegten sich nebeneinander durch das Buschwerk in den ausgetrockneten Furten. Auf einer leichten Anhöhe im Nordosten folgten sie einer hübschen jungen Frau in einem weißen Kleid. Die Sterne beschienen ihre kupferne Haut und ihr blauschwarzes Haar, ihren hellen wippenden Rock, das seidene Fell ihres großen Hengstes. Die geschliffenen Perlen auf ihren zierlichen Mokassins funkelten im sanften blauen Licht. In ihrem Haar waren blutrote Bänder.

Die zwei Männer waren hungrig, also hielten sie beim Haus von Jesus Silva an, bei dem es bestimmt etwas zu essen gab. Billy »the Kid« hatte Lust auf Fleisch, doch Jesus hatte keines. Er sagte zu Billy, daß Pete Maxwell am Morgen ein Kalb geschlachtet habe, eine ganze Rinderseite hänge im Torweg von Maxwells Haus. Billy würde mehr als willkommen sein zum Abendessen. Billy wollte jedoch zuerst aus den Stiefeln steigen und sich entspannen. Er verabschiedete sich von Lobato und Silva und klopfte bei Paulita Maxwell an. Schon seit dem frühen Morgen spürte er ein Kribbeln unter dem linken Auge, wohl eine Reizung; er hielt es für ein Zeichen von Müdigkeit.

Kurz vor Mitternacht trat er halbangezogen in die mondbeschienene Nacht hinaus, mit nacktem Oberkörper und bloßen Füßen, ein Fleischermesser in der Hand. Der Geruch von Liebe klebte an seinen Händen und an seinem Gesicht. Er war entspannter, als ihm lieb war – sorgloser, als ein gejagter Mann hätte sein dürfen. Er schritt vergnügt über den Hof von Maxwells Haus.

Die junge Frau im weißen Kleid war besorgt. Ein harter Zug umspielte ihren Mund, in ihren Augen lag kalte Resignation – oder Wehmut, so alt, daß sie nicht mehr schmerzte. Ihr Gesicht schimmerte fahl im diffusen Licht. Es wirkte wie eine Totenmaske. Es war nicht sie, und die schmächtige Gestalt des Jungen war nicht der Mann, den sie geliebt und gefeiert und im Hafen ihrer Phantasie gehätschelt hatte. Die Messerklinge funkelte schwach. Des Jungen nackter Oberkörper war weiß wie Knochen, und des Jungen Augen lagen in tiefen, scharfen, runden Schatten. Und einmal mehr stellte sie fest, daß er sich selbst im Tode glich.

Am folgenden Tag war sie immer noch da, nach der Tat und der Aufregung und dem tiefen Leid, das sich über Maxwells Haus gelegt hatte, als ob sie sich nicht von der Stelle gerührt hätte, und sie beobachtete mit demselben Ausdruck von Resignation, wie der Leichnam des Jungen in einen Sarg gelegt und in die kühle Sommererde hinabgelassen wurde.

Erst dann wandte sie sich ab.

Here are weeds about his mouth;
His teeth are ashes …

Unkraut wächst um seinen Mund;
Seine Zähne zerfallen zu Staub.

Hier fragt niemand nach ihm,
Und auch nirgends sonst. Sein Platz

Ist einzig diese Wirklichkeit,
Dieses tiefe Element.

Nun, da er tot,
Harrt er in den Träumen aus,

Bloß, widerstandslos.
Der Tod entrückte ihn

Nicht ferner als das Leben.
Er war schon immer dort.

7

Er tanzt

Dr. Charles Teague Terriman sagte zu Lola Bourne: »Ich warne dich. Dieser Mann ist vom Gedanken besessen, ein Bär zu sein. Er will gepflegt werden, weil er verwundet worden ist. Er ist in einer akuten Erkenntnis seiner selbst gefangen. Er ist gefährlich ichbezogen. Selbst wenn hundert Frauen ihn liebten, würde es nicht ausreichen.«

Und Lola Bourne sagte zu Dr. Terriman, der ihr Cousin war: »Der Bär ist von der Überzeugung besessen, daß er ein Mensch ist. Schau doch, Charles, er kreist mit den Unterarmen wie ein Mensch. Er steht aufrecht auf zwei Beinen. Er tanzt. Ich weiß, daß er verwundet ist, daher bin ich vorsichtig. Ich möchte etwas für ihn tun, doch er läßt mich nicht; er weist mich ab mit Andeutungen von Dingen, die eintreten werden. Ich glaube, ich käme mit hundert Bären besser zugange als mit diesem einen.«

Er zögerte.

»Willst du mich auf den Arm nehmen, Lo? Du nimmst mich auf den Arm, nicht wahr?«

Er deutete ein schüchternes Lächeln an, hoffte, daß sie seine Vermutung bestätigte, daß es sich um einen Scherz handelte, was sie jedoch nicht tat. Sie war unerschütterlich. Er schluckte, blickte sie treuherzig durch die runden, dikken grünen Brillengläser an.

»Hilf ihm, wenn du kannst«, sagte sie.

Ichbezogen. Hatte Terriman tatsächlich diesen Ausdruck gebraucht? Lola hatte dieses Wort immer mehr oder weniger mit verwöhnten Kindern in Zusammenhang gebracht.

Verhätschelte Kinder waren verwöhnt, ichbezogen: Highschool-Champions und College-Schönheitsköniginnen. Doch nun glaubte sie, zum ersten Mal die Bedeutung von Ichbezogensein erfaßt zu haben. Ichbezogen. Es klang nach einer Definition; es blockierte einen, ließ keinen Spielraum. Doch was hatte Charles Teague Terriman in seinem Fachjargon tatsächlich damit gemeint? Was bedeutete das vom medizinischen Standpunkt aus? Sie biß sich nachdenklich auf die Unterlippe. An jenem Abend schrieb sie in einem Brief, den sie nicht vorhatte aufzugeben:

Ich weiß, daß Du zutiefst niedergeschlagen bist, daß Du krank bist, im Kopf krank, und daß Du Qualen durchmachst. Ich weiß, daß die Macht des Guten und die Macht des Bösen einander in Dir bekämpfen. Ich weiß, daß Du zornig bist, daß Dein Zorn schrecklich ist, blind und zerstörerisch. Ich weiß, daß Du schon immer dazu neigtest, Dich selbst zu zerstören. Ich weiß nicht, warum. Die Vernichtung des Selbst ist etwas, was ich nicht verstehen kann. Ich weiß, daß ich Dich aus ganzem Herzen liebe und daß ich nicht an Dich herankommen und Dir nicht helfen kann, Dich nicht retten kann. Liebster, ich …

Sie brach den Brief ab, schluchzte tränenlos. Als sich der Krampf gelöst hatte, blieb sie bis spät in die Nacht in einer Art Betäubung an ihrem Schreibtisch sitzen, wie zu Stein erstarrt. Als sie schließlich zu Bett ging, hörte sie die Vögel singen, dann schlief sie erschöpft ein.

8

Ich halte nach dem Jungen Ausschau

Set betrat beklommen das Haus in der Scott Street und ging durch die Zimmer. In seinen Gedanken sah er Luki vor dem Kamin liegen, blaugrau, knochig, im Schlaf hechelnd, zu einem großen Knoten zusammengerollt. Vor allem aber spürte er die Anwesenheit von Señora Archuleta in der Küche hinter der Schwingtür. Doch er konnte Bent nirgends finden. Er klopfte an Bents Schlafzimmertür; nichts rührte sich dahinter, also öffnete er die Tür und trat in das gedämpfte Licht, das durch die schweren, zugezogenen Vorhänge drang. Bent war nicht da. Set zog die Vorhänge auf, dann die Gardinen, und die Morgensonne überflutete den Raum. Das Bett war gemacht, Bents Morgenmantel war quer über das Fußende gebreitet. Bents Brille lag auf dem Nachttisch. Die Absätze seiner Pantoffeln waren genau auf den Rand des Bettvorlegers ausgerichtet.

Bent war auch nicht in seinem Arbeitszimmer, doch seine Lieblingspfeife lag auf dem Schreibtisch neben einem aufgeschlagenen Band von Juan Ramón Jiménez' Schriften. Alter, süßlicher Tabakgeruch haftete an den Wänden.

Set ging in sein Zimmer, das Zimmer, das er als Junge bewohnt hatte. Einige seiner alten Zeichnungen hingen noch an den Wänden, auf dem Schaukelstuhl lag wie eh und je ein rotes Kissen. Er öffnete die Tür zum Balkon mit dem Redwood-Geländer und den Stufen, die auf den Weg hinabführten, der durch die Arkade hoher Eukalyptusbäume den Garten umringte. In der Mitte des Gartens war ein Brunnen, auf dem Brunnen stand die Statue eines pausbäckigen nackten Jungen mit dicken steinernen Locken und großen, leeren Augenhöhlen. Vor einer Generation hatte Set oft im Pyjama auf dem kleinen Balkon gestanden und den Schmetterlingen im Garten zugeschaut.

Bent stand leicht gebückt neben dem Brunnen. Er schaute zu den Eukalyptusbäumen hinüber; er trug die ewige schwarze Hausjacke, eine weiße Sommerhose und Leinenschuhe mit roter Sohle. Er blinzelte, weil er wie üblich seine Brille vergessen hatte.

»Dad!« rief Set.

Zuerst schien Bent ihn nicht zu hören. Er starrte weiter zu den Bäumen hinüber.

»Dad, was ist los? Was machst du hier?« Sets Stimme hallte schneidend durch den Garten. Ein schwaches Echo antwortete.

Dann wandte Bent sich um und schaute zu ihm hinauf.

»*Well,* du siehst ja, was ich mache, oder?«

Es war eigentlich keine Frage. Er blickte Set angestrengt an, als versuche er, ihn zu erkennen. Set lief es kalt über den Rücken.

»Ich halte nach dem Jungen Ausschau.«

Und dann löste sich Bent Sandridge ganz langsam auf. Er verschwand nicht plötzlich, nein, er verschmolz nach und nach mit dem sattglänzenden Dickicht, seine Gestalt, seine Substanz wurde immer schwächer, blasser, bis er schließlich nicht mehr da war. Er war gegangen. Set schaute zu den Bäumen hinüber, hielt nach dem Jungen Ausschau. Der Schatten des Jungen flirrte zwischen den Bäumen. Sein Lachen hallte von der Hauswand wider.

9

Der Patient kann gewalttätig werden

Set hatte sechs Wochen in einem Krankenhausbett gelegen und war von den Medikamenten teilnahmslos und schwach geworden. Er habe einen Zusammenbruch erlitten, hatte man ihm gesagt, mit knapperen Worten allerdings. Alle sprachen nachsichtig mit ihm, taktvoll und betont leutselig. Er habe unter Erschöpfung und Depressionen gelitten, ausgelöst durch Streß und Belastung, erklärte man ihm, durch irgendeine außergewöhnliche psychische Belastung. Das war nichts Außergewöhnliches, versicherte man ihm. Charles Teague Terriman kam alle zwei Tage, um mit ihm über Bären zu plaudern. Set war darüber amüsiert und gleichzeitig verärgert. Terriman kannte wunderbare Geschichten, die er aus alten Chroniken über alte Volksbräuche und Hexenglaube und medizinische Mythologie zusammengetragen hatte, doch er konnte nicht gut erzählen und brach dadurch brutal und schamlos auf unstatthafte Weise in Sets Gefühlswelt ein. Set war zuerst unkooperativ, dann entschieden abweisend. An einem Donnerstagmorgen, zwei Tage vor seiner Entlassung, packte Set mit der rechten Hand eine kleine Vase, in der eine einzelne Rose stand, und schleuderte sie Dr. Terriman ins Gesicht – gerade in dem Moment, als Terriman sagte: »Denn, Locke, der Bär ist ein uraltes Symbol für den gefährlichen Aspekt des Unbewußten und …«

Terriman trug eine Verletzung an der Oberlippe davon, die genäht werden mußte, und verlor zwei Zähne. Aus Rücksicht auf Lola Bourne verzichtete er auf eine Schadenersatzforderung. Sets Entlassung wurde um eine Woche verschoben. In der Krankengeschichte wurde festgehalten, daß der Patient gewalttätig werden konnte.

Set war sechs Wochen zuvor bewußtlos in seinem Atelier gefunden worden. Im Atelier stank es nach Whisky und Erbrochenem und Urin; es sah aus wie auf einem Schlachtfeld. Die Wände, die Decke und der Fußboden waren über und über mit Farben verschmiert. Zerknitterte und zerfetzte Skizzenbögen und Leinwände lagen verstreut herum. Neben Set lag das Medizinbündel, offen. Das kleine rote Tuch war aufgeschnürt, die Medizin selbst war bloßgelegt: ein Beutel aus dem Fell eines Bärenjungen samt Kopf und Füßen. Der Inhalt war auf dem Fußboden verstreut: eine geschrumpfte Grislypranke mit gelben Klauen, Tabak- und Kräuterbündel, kleine Flußspat- und Quarzkristalle, ein Pfeifenstein, der die Form eines Fisches hatte, eine dicke schwarze Schnur, die Grey später als Wolfspenis identifizieren würde, gebleichte Knochenfragmente, ein gelber Skalp. Der Beutel war gut erhalten, doch er war offensichtlich sehr alt. Das Fell war dicht, aber glanzlos. Die Krallen waren klein und scharf. In den Augenhöhlen und entlang dem senkrechten Einschnitt längs der Brust und des Rückens waren Messingknöpfe aufgenäht. Er strömte den Geruch von Bärenfett aus, von Moder, er war ganz durchdrungen vom Geruch des Todes und von tiefer, feuchter, mit bitteren Wurzeln durchsetzter Erde.

10

Ihr Glaube ist jetzt unerschütterlich

Der Washita River führte Geschiebe und Geröll und Laub und die Blätter von Wiesenblumen mit. Die Erde war feucht und duftend, die Luft klar und mild. Die Prärie war mit Farbe durchwirkt. Die Ruine der alten Schule in Rainy Mountain, die Hunderte von Jahreszeiten Wind und Wetter überstanden hatte, ragte wie ein prähistorischer Grabhügel mitten in der Prärie. Das üppige gelbe Gras war vom Summen der Bienen und vom Knistern der Heuschrecken erfüllt. Vögel zogen Schleifen am Himmel, und Dosenschildkröten krochen die Creeks entlang. Geister trafen sich unter den eingestürzten Wänden von *Boake's Store,* wo Worcester Meat, als er noch ein kleiner Junge gewesen war, mit seinem Vater *grass money* für das Indianer-Territorium getauscht hatte – es waren viele Wagen, ein großes Lager –, und Young-water, Worcesters Vater, kaufte Schiffszwieback und Eingelegtes und Eimer und Töpfe und Kandiszucker. In der lähmenden, wabernden Hitze der Mittags- und Nachmittagsstunden erschien einem das Land grenzenlos. Ein Kontinent außerhalb der Geographie, jenseits von Landkarten, jenseits der Berichte der *voyageurs,* selbst jenseits der Grenzenlosigkeit der Träume. Es war der Mittelpunkt und die unermeßliche Wiese Nordamerikas. Es war das Ziel und das Schicksal der Vorfahren gewesen, die mit Hunden und ihren Toboggans die lange, eisige Kordillere entlang den langsam dahinziehenden Herden riesiger Tiere gefolgt waren; sie waren den Visionen ihrer Schamanen gefolgt, die mit arktischen Knochen rasselten und mit der Stimme von Eulen und Adlern schrien und deren Gebete das Brüllen von Tausendmeilen-Winden waren. Es war der Anger der Sonne. Nirgends auf der Erde gab es einen vollkommeneren Einklang zwischen Freiheit und Raum. Jene frühesten Bewohner mußten sich beim Anblick der Prärie gesagt haben: Von diesem Tag an gehöre ich zu diesem Land, denn es ist wahrhaftig meiner Kraft würdig, meiner Träume, meines Lebens und Sterbens. Hier bin ich. Hier, bin ich. Da herrschte Überfluß an Wild und Wasser und Gras, und die Luft war voller Licht, die den Atem der Krieger und der schmucken Frauen und der kräftigen, schönen Kinder stärkte, den der Großmütter und Großväter – den Atem des auserwählten Volkes. Für jene alten Wanderer war es das Herz der Welt, das gelobte Land aller gelobten Länder.

Grey betrachtete den großen, roten aufsteigenden Mond. Sie hörte den pfeifenden Wind, der an den schwarzen Kronen der schwarzen Baumgruppen auf den schwarzen Inseln der Prärie zerklirrte. Sie klatschte lachend in die Hände. Friede erfüllte die Dämmerung, dennoch verbarg sich Erregung darunter, knapp darunter, in den Falten der Nacht. Sie hielt es kaum mehr aus.

Am Morgen hatte sie mit Worcesters Hilfe ein Kalb nach überlieferter Tradition geschlachtet, so, wie die Großmutter es getan hatte. Sie hatte die rohe, dampfende Leber des Kalbes in ihre bluttriefenden Hände genommen und langsam davon gegessen, hatte andächtig den Saft geschlürft; das würde ihr Kraft und einen klaren Geist verleihen. Sie hatte das getan, was Worcester getan hatte, was Walker getan hatte und ebenso Young-water und dessen Vater und dessen Vater. Sie hatte das getan, was Set-tainte und Set-angya getan hatten. Es war eine würdige, angemessene Handlung gewesen. Doch nun, im ansehnlichen Alter von zwanzig Jahren, sehnte sie sich in ihrem Frauenherzen danach, Samen in die Erde zu stecken, Mais und Melonen und Kürbisse; die Herde ihrer Mutter zu hüten; durch die roten und blauen und purpurnen Schatten von Tsegi, *dem Ort zwischen den Felsen,* dem Land ihres Ursprungs, zu reiten, dem Horizont entgegen, der wie ein Regenbogen war, ein Horizont in einem Sandbild oder auf einem Aquarell von Beatien Yazz oder Quincy Tahoma. Sie sehnte sich nach Hause, nach dem Zuhause ihrer Kindheit. Sie träumte von Lukachukai, dem Ort, *wo sich das Riedgras nach Osten neigt,* von den roten Felsenklippen und dem nächtlichen Himmel, so unglaublich leuchtend, daß er in ihrer Erinnerung nie verblaßt war, der selbst *diné bizaad,* die Navajosprache, übertraf. Die vielen Worte und Namen, die wohlklingenden Laute und Auslassungen, die vielen Bilder und Abstraktionen, der Aufbau von Sätzen oder Satzglieder, die das Gefühl von Ordnung oder die Illusion der Gegensätzlichkeit erzeugen, die Rhythmen und Melodien und Harmonien, die Dynamik bestimmter Gegenstände – Farbe, Größe, Textur, Form, Geschmack, Alter, Macht, Sein –, die in *diné bizaad* über die Präzision anderer Sprachen hinaus präzise waren, in Gegenwart der Sterne von Lukachukai wurden sie zu einer schlichten Melodie reduziert. Sie sehnte sich danach, an ihrer Mutter Webstuhl zu weben und in den Kreis der Squaw-Tänzerinnen aufgenommen zu werden; die frische Luft der Cañons und den würzigen Geruch der Lagerfeuer tief einzuatmen, um Mitternacht den Duft von Kaffee und Wacholder und Zedern zu riechen, von röstendem Lamm und in den Eisenpfannen brutzelnden Fladenbroten, den vertrauten, uralten beschwörenden Liedern zu lauschen und dem eindringlichen Schlagen der Trommeln, das im Universum widerhallte – ein tiefes Pochen wie das Pulsieren der Sterne.

»Wann kommt er endlich?« fragte Jessie.

»Bald«, sagte Grey.

»Bald.« Jessie wiederholte das Wort mit Nachdruck. Sie wollte nicht drängen, doch Grey gab freiwillig nichts preis, verschenkte nichts, und Jessie platzte fast vor Neugier. Eine Pause trat ein, schließlich sagte sie: »Du hast gesagt, er sei krank gewesen ...«

»Ja.«

»*Well,* weißt du, ich habe mir überlegt, daß er vielleicht nicht kommen kann, er ist vielleicht zu krank.«

Jessies Kleid war dünn und blaßblau, mit dunkelblauen und schwarzen Blumen bedruckt. Es war eine Größe zu klein, doch es unterstrich die dunkle Fülle ihrer Haut. Schweißtropfen glänzten auf ihrer Stirn und in der Falte unter ihrem Kinn. Sie schlug nach einer Fliege, die sich zwischen ihren Brüsten niedergelassen hatte.

»Nein, es geht ihm jetzt besser. Er kommt bald.«

»Ja, aber vielleicht braucht es etwas mehr, du weißt schon, etwas mehr Medizin. Vielleicht sollten wir nochmals Rauch machen und noch etwas von dem starken Tee trinken, meinst du nicht auch? Vielleicht sollten wir singen.«

»Nein«, sagte Grey ruhig. »Es ist nicht nötig. Er ist unterwegs.«

»Wann, meinst du, wird er da sein?«

»Schon bald.«

Jessie schaute enttäuscht aus dem Fenster, über die Laube hinweg zur dunklen Baumreihe am Ufer des Flusses hinüber und seufzte. Sie war Grey so nahe gekommen, wie überhaupt möglich. Sie waren schließlich Frauen und miteinander verbunden, wie nur Frauen es sein können; in einem gewissen Sinn waren sie Schwestern. Sie waren zudem blutsverwandt. Jede konnte in der anderen eine Spur von Großmutters äußerer Erscheinung erkennen – oder zumindest eine Geste, einen bestimmten Klang in der Stimme, eine Modulation. Doch Grey öffnete sich Jessie kaum. Sie war im Gegenteil zu ihr überhaupt nicht neugierig, was alltägliche Dinge betraf, all die Nebensächlichkeiten, die am Frühstückstisch besprochen werden, das, was im Haus oder in der Nachbarschaft vor sich geht, über Ehemänner und Frauen. Grey hatte für Klatsch nichts übrig. Sie verstand es bestens, in ihrer Phantasie frivol zu sein, doch sie lehnte es ab, in Gegenwart anderer frivol zu sein.

Grey war wie die meisten Schamanen unbefangen. Sie war nicht im geringsten praktisch veranlagt; sie war eine unbefangene Träumerin. Wenn sie an die Dinge dachte, die ihr Leben bestimmten, so dachte sie nicht an Zahlen oder Kurven oder Blaupausen oder bedruckte Seiten. Sie dachte an Falken und Pferde, an die aufgehende Sonne, an regenschwere Wolken. Sie dachte an Gottheiten und mythische Helden, an Rodeoreiter und an Skalps schwenkende Krieger. Sie dachte an Buffalo Bill und an Crazy Horse und an Calamity Jane. Und natürlich an Billy »the Kid« – Billy in Gefahr und Billy hoch zu Pferd und an silberne Sporen.

Doch ihre Tagträume hatten sich verändert und waren nachhaltiger geworden; je mehr ihre Macht zunahm, desto tiefer drangen sie in gewisse Nischen der Realität ein. Worauf sich ihre Vorstellungskraft gegenwärtig konzentrierte, war der Mann Locke Setman. Die ersten Bilder, die vor ihr auftauchten, waren die seines psychischen Zustandes, das heißt, sie sah nicht nur die Gestalt, sondern ebensosehr die Schatten, nicht nur die physische Erscheinung, sondern ebenso den geistigen und seelischen Zustand; sie sah einen verwirrten, gequälten Mann, einen in seiner Wahrnehmungskraft ernsthaft verletzten Mann an der Grenze eines Kollapses, einen Mann, der Gefahr lief, sich selbst zu verlieren. Sie zog nun oft aus einer Schublade im Zimmer der Großmutter das Porträt der Großmutter. Sie fuhr mit den Fingern zart der Kante des Blattes entlang, über die Stelle, wo Sets Finger das Blatt gehalten hatten. So konnte sie seine Gegenwart spüren wie einen Pulsschlag, der sich schwach auf ihren eigenen übertrug, eine

Vibration, die seine Vitalität enthielt. Das war es gewesen, was sie damals mit größerer Intensität gespürt hatte, als sie ihm das Medizinbündel aushändigte und seine und ihre Hände es einen langen Augenblick berührten; es war wie ein Blutsband zwischen ihnen gewesen.

Ihr Glaube war jetzt unerschütterlich. In ihren Gedanken war nicht der geringste Zweifel: Set würde kommen, und zwar bald. Sie wußte das so sicher wie nichts sonst. Es handelte sich um etwas – sein Kommen –, was sie durch ihre bloße Willenskraft und ihren Glauben bewirken konnte, was sie tatsächlich bereits bewirkt hatte. Ihr Wille hatte sich im Traum und im Ritual manifestiert. Er konnte nicht mehr in Frage gestellt werden – und noch viel weniger versagen. In ihr war daher tiefe Genugtuung, entspannte Ruhe wie tiefer Schlaf. Sie hatte nur ihr Wissen, um sich die Zeit zu vertreiben. Alles, was geschehen mußte, würde geschehen, und ihr Anteil daran würde unvermeidlich und unabdingbar sein. Das begriff sie nicht ohne eine gewisse Demut. Nicht sie, sondern Locke Setman war der Mittelpunkt ihrer Symmetrie – sie stellte sich einen kleinen, kunstvoll gewebten Teppich aus Wollresten, Kalmuck und Kavallerietuch vor. Es war Sets Geschichte, die erzählt werden mußte, und es spielte keine Rolle, wie oft die Geschichte in der Vergangenheit bereits erzählt worden war und in Zukunft erzählt werden würde, und es spielte auch keine Rolle, wie entscheidend ihre Stimme in der gegenwärtigen Erzählung war. Es war einzig und allein Sets Geschichte. Das war ganz einfach und zutiefst so.

Jessie und Milo und Worcester Meat kam es vor, als warte sie. Doch Grey hatte keineswegs das Gefühl des Wartens, das – so stellte sie es sich vor – eher ein Vakuum war. Tiefe Ruhe war über sie gekommen, die Lethargie, die einem Ritual vorausgeht; es war ein Zustand des Friedens und des Kräftesammelns. Sie schlief und las und ruhte sich aus und schonte ihre Kräfte für die ihr bevorstehenden

Zeiten. Sie wußte, daß sie Kraft brauchen würde; sie wußte, daß Set ihrer Kraft noch mehr bedürfen würde als sie selbst, und sie fühlte sie in ihrem Blut wachsen, sich in ihren Knochen und im Mark festsetzen. Es war keine durch Anstrengung erworbene Kraft. Sie hatte Tee getrunken und Fleisch gegessen, doch sie hatte seit Tagen und Wochen ihr Pferd kaum geritten. Dog graste am Rande ihres Bewußtseins, wieherte sanft, scharrte bedächtig mit den Hufen. Sie war ganz eingehüllt in heilsame Ermattung.

11

Ein Anvertrauen, ein Versöhnen, ein Segnen

Sie wußte, daß bald Regen und Hagel mit Wucht auf die Prärie niedergehen würden. Der Hagel würde die Bäume und Felder und Scheunen und Häuser beschädigen, und es würde in Strömen regnen, und der Regen würde die Spuren vieler Linien und Furchen wegspülen; er würde die Flüsse zum Anschwellen bringen und die Wasserläufe der Creeks stauen. Nachts würde es pausenlos blitzen am Himmel, und ein scharfer, heißer Wind würde über die Prärie blasen. Grey lebte auf bei diesen Stürmen, denn sie waren in sich mächtig, und deren Macht übertrug sich auf ihre Seele. In Man-ka-ih lebte sie mit allen Fasern ihres Wesens auf.

Am Abend, nach Abflauen des Sturms, ritt sie Dog nach Osten, die südliche Grenze des Mottledmarschen Anwesens, den Zaun und die rote Böschung entlang, die parallel zur asphaltierten Straße verliefen. Sie sah den nahenden Wagen schon aus der Ferne. Und noch bevor er in die Privatstraße einbog, wußte sie, daß er es war. Es regnete anhaltend, die Linie am Horizont war verwischt. Der Wagen fuhr langsam mit aufgeblendeten Scheinwerfern; sie blickte ihm eine Zeitlang nach, dann wendete sie Dog und ritt zum Haus zurück. Als sie am Friedhof vorbeikam, rief sie durch den Regen: »Großmutter, er ist gekommen.« Ein langer, waagrechter, leuchtend roter Lichtfaden war am westlichen Horizont aufgeflammt, der riesige schwarze Himmel darüber schwoll langsam an. Zweihundert Yards vom Haus entfernt brachte sie das Pferd zum Stehen, kauerte sich im Sattel zusammen und starrte durch den Regen. Der Wagen hielt vor dem Haus an, zu weit weg, als daß sie hätte erkennen können, was vor sich ging. Hätte sie die zwei Gestalten aussteigen sehen, hätte sie festgestellt, daß der Mann magerer war, als sie ihn in Erinnerung hatte, daß die Frau hübscher und anmutiger war, als sie es sich vorgestellt hatte. Plötzlich fühlte sie lastende Einsamkeit in ihr aufsteigen und zugleich eine Welle undefinierbarer Erregung. Was sie am deutlichsten spürte jedoch, war Erleichterung. Ihre lange Vorbereitung – so lange, daß sie sich kaum mehr erinnern konnte, wann sie damit begonnen hatte – war zu Ende. Sie hatte das Gefühl, Buch geführt zu haben. In dieser Sturmnacht war nun eines abgeschlossen. Ein Teil der Geschichte war erzählt; eine Zeit war erfüllt. Nun würde sie ein anderes Buch in Angriff nehmen, ein noch entscheidenderes.

Plötzlich sah sie durch den Regenvorhang Männer und Frauen; sie saßen vom Regen durchnäßt im nahen Dikkicht zusammengekauert auf ihren Pferden. Sie lenkte Dog langsam zwischen ihnen hindurch, ganz nahe an einigen vorbei, schaute verstohlen in ihre gesenkten Gesichter. Sie waren offensichtlich grenzenlos erschöpft, aber unerschütterlich in ihrer Haltung. Sie schienen sie nicht zu sehen; selbst ihre Pferde schienen nicht neugierig zu sein. Nur sie und Dog waren aufgeregt. Sie hatte das Gefühl, diese Menschen zu kennen, dieses in Decken gehüllte Prärievolk mit seinem langen, zu Zöpfen geflochtenen Haar. Es war ihr, als müßte die Großmutter darunter sein. Dogs aufgerichtete Ohren zuckten, er tänzelte unruhig, seine Muskeln unter ihren Knien waren angespannt. Sie ritt zu einer hageren, schemenhaften Gestalt, die etwas abseits stand. Der Mann hob langsam den Blick und schaute ihr in die Augen. Sie war überrascht; er schien sie zu sehen und gleichzeitig durch sie hindurch zu sehen. Sie hätte gern etwas zu ihm gesagt, doch es wäre zudringlich gewesen, unpassend.

Nach einer angemessenen Pause nannte sie ihren indianischen Namen: Koi-ehm-toya. Und nach einer weiteren Pause nannte er seinen Namen: Maman-ti. Er zog seine rechte Hand unter dem Umhang hervor, der über seine rechte Schulter geworfen war. Die Hand war schmal, mit langen Fingern, und von der Nässe ganz schrumpelig. Sie fragte sich, warum er und die andern nicht abstiegen und irgendwo Unterschlupf suchten. Als ob er erraten hätte, was sie dachte, zeigte er mit seiner runzligen Hand auf die Erde. Sie schaute hinunter. Der morastige Boden war von wimmelnden Taranteln bedeckt. Sie staunte, dann wandte sie Dog und ritt langsam davon. Als sie zurückblickte, waren alle verschwunden. Sie sah nur noch die schwarze Regenwand.

Sie war bis auf die Haut durchnäßt. Das Wasser tropfte von ihrem Haar, von ihrem Gesicht, von ihren Kleidern; ihr Hut und die Stiefel waren durchweicht. Sie streifte die Zügel über Dogs Kopf und gab ihm einen Klaps; ihre Hand klatschte auf seinem nassen, samtenen Fell. Das Weiß seiner Augen schimmerte dunkel vor Regen, und das Wasser floß in die tiefen, halbmondförmigen Hufabdrücke und schimmerte perlmuttern im Licht der zuckenden Blitze. Ein heftiger Donnerschlag krachte, der Sturm brach erneut los. Sie hatte die Absicht gehabt, Dog in die Boxe zu begleiten, doch es regnete heftiger denn je, und Donner und Blitz waren direkt über ihr. Sie saß zusammengekauert in der Laube. Die Gewalt des Sturmes war ungewöhnlich, das Getöse ohrenbetäubend, doch sie hatte nicht die geringste Angst. Sie war, im Gegenteil, ganz vergnügt. Ihr Herz pochte heftig, und sie erhob jubelnd die Stimme, und obwohl sie laut und schrill war, hörte sie sich nicht. Dann brach sie in Lachen aus. Die Blitze tauchten sie in blaues und weißes Licht; das Licht flammte in Sekundenintervallen auf, als ob mit großer Geschwindigkeit rotierende Scheiben den grellen Strahl eines starken Scheinwerfers auf-

und abblendeten. Wie sie dort zusammengekauert in der Laube hockte, im Zentrum des Sturms, hätte sie eine zähneklappernde, übertrieben komische Gestalt in einem Chaplin-Film abgegeben.

Locke Setman und Lola Bourne saßen mit Jessie und Milo Mottledmare im Lampenschein im vorderen Zimmer. Jessie war offensichtlich nervös, sie sprach lauter, als nötig gewesen wäre, um den Wind und den Regen zu übertönen, der auf das Dach und an die Hauswände prasselte. Lola Bourne lächelte und versuchte ein Gespräch anzuknüpfen, doch sie fühlte sich unbehaglich und eindeutig fehl am Platz. Milo brummte hin und wieder und hielt den Blick auf seine über dem Bauch verschränkten Hände gesenkt. Die Reise hatte Set erschöpft; er hatte sich in einen Stuhl fallen lassen und starrte auf den Fußboden. Hin und wieder versuchte er, dem Gespräch zu folgen, und setzte einen interessierten oder belustigten Gesichtsausdruck auf. Jessie war erschrocken, als er den Raum betreten hatte. Er war sichtlich abgemagert. Seine Wangen waren hohl, und unter den Augen waren ausgeprägte schwarze Ringe. Er war blaß, auf seiner Haut glänzten Schweißtropfen. Milo hatte das Medizinbündel gleich gesehen, das Set in der Hand gehalten und dann neben dem Stuhl auf den Fußboden gelegt hatte. Sein Vorhandensein löste bei allen – außer bei Set – eine ungewöhnliche Reaktion aus: Jedermann tat so, als ob das Bündel unsichtbar oder inexistent sei. Was Set übrigens nicht entgangen sein konnte. Das Bündel verbreitete im Zimmer eine Art heilige Ehrfurcht – wenn nicht gar Angst.

Etwas später, als der Sturm nachgelassen hatte, betrat Grey plötzlich von der Veranda her das Zimmer, drückte die Tür gegen den pfeifenden Wind zu und wandte sich um. Ihr Gesicht war verzerrt, ihr langes Haar klebte in dicken, geflochtenen Strähnen an ihrem Kopf. Die andern starrten sie verdutzt an. Sie schaute sich ruhig, fast mißtrauisch um. Einen Moment lang hörte man nur den Regen gegen das Fenster klatschen und das Knarren der Tür.

»Oh … also, das ist Grey«, stammelte Milo. »Sie ist der Bürgermeister von Bote, Oklahoma …«

Jessie brachte vor Verblüffung den Mund nicht mehr zu.

»Grey, Liebes …« brachte sie schließlich hervor.

Greys Gesichtsausdruck war freundlich, fast ausdruckslos.

Set, der jetzt hellwach war, wandte sich ihr verblüfft zu. Das letzte Mal, als er sie gesehen hatte, war er über ihr würdiges, angemessenes Auftreten erstaunt gewesen. Sie war ihm unsagbar schön und gelassen und anmutig erschienen, ein Bild, das er eifersüchtig in seiner Erinnerung gehütet hatte. Nun war sie aufgelöst, durchnäßt, fröstelnd, in gewisser Weise rührend. Ihre ganze Person drückte Stolz aus. Sie ist in ihrem Wesen widersprüchlich, dachte er, in ihrem Wesen undefinierbar. Und er fragte sich, wie viele Menschen sie sein konnte.

Lola Bourne war mehr als fassungslos. Sie schaute flüchtig in Greys Augen und nickte. Sie war hierhergekommen, um zumindest zu versuchen, ihre Chance wahrzunehmen, doch an diesem fremden Ort hatte sie eindeutig nicht die kleinste Chance, und sie wußte nicht, was tun oder was sagen oder wie sich verhalten.

Grey war ungeachtet ihres Aussehens ungerührt; ihr Schatten hob sich schräg von der dunklen Wand ab. Sie wirkte wie ein scheues, ungebändigtes Kind, wie eine flüchtige Erscheinung. Als sie sich Set zuwandte, klang ihre Stimme erfreut, doch gleichzeitig zurückhaltend, vertraut, geradezu respektvoll und offen. Sie schüttelte ihm die Hand, und dann kniete sie nieder, legte die Hände auf das Medizinbündel und stand wieder auf, als handle es sich um die selbstverständlichste Sache der Welt; es hatte kaum eine Sekunde gedauert.

»Danke«, sagte sie schlicht zu Lola Bourne, und sie meinte es ganz offensichtlich aufrichtig.

In dem Augenblick wurde Lola Bourne eindeutig klar, daß sie hier nichts mehr verloren hatte, daß Dankbarkeit alles war, was sie hatte erwarten oder erhoffen können.

»Nichts zu danken«, entgegnete sie. Die zwei Frauen streckten einander ohne die geringste Verlegenheit die Hand entgegen, und es war ein Anvertrauen, ein Versöhnen, ein Segnen.

Als es zu regnen aufgehört hatte, verabschiedete sich Lola. Sie küßte Set zärtlich, und in dem Moment durchzuckte sie die schmerzliche Erkenntnis des endgültigen Abschieds, doch sie war davon nicht überrascht. Set zu verlassen war einfacher, als sie es sich vorgestellt hatte. Sie kannte ihn nicht länger. Sie ließ den Motor an, schaute kein einziges Mal zurück. Sie fuhr schnell, mit heruntergekurbeltem Fenster. Die Luft war warm und feucht und mit dem reinen Duft des versiegenden Regens gesättigt. Sie fühlte sich plötzlich von einer Last befreit; sie war seit langer Zeit zum ersten Mal allein mit sich selbst. Sie schaute geradeaus in die Dunkelheit, in die aufleuchtenden Lichter der entgegenkommenden Wagen, und sie lehnte sich entspannt zurück. Sie atmete tief und dachte an den Schlaf. Niemand würde sie davon abhalten können: Sie würde wunderbar und traumlos schlafen.

Mitternacht war vorbei; Grey saß im Lampenschein lesend im Zimmer der Großmutter. Set schlief der Welt entrückt im Bett neben ihr. Er war in ihrer Obhut, das war seine letzte bewußte Wahrnehmung gewesen. Schließlich fiel ihr das Buch aus den Händen, und sie döste ein.

12

Sie zeichnet Linien in die rote Erde

Der alte Mann saß auf der Erde, das Haupt geneigt, die Beine gekreuzt. Das Knochenbündel, die Knochen seines Sohnes, lag in Reichweite. Er hörte ein Geräusch, er hob den Kopf, starrte. Der junge Mann stand ein paar Fuß neben einer *pomme blanche,* wartete respektvoll, um sich dem alten Mann vorzustellen. Und ebenso respektvoll blickte er weder den alten Mann noch die Knochen seines Sohnes an, sondern an ihm vorbei zu den paar Weiden im Hintergrund.

»Haw! Wie lange stehst du schon da?« Der alte Mann war eindeutig verärgert, vielleicht auch beschämt, überrascht worden zu sein.

»Nicht lange.«

»Well, was willst du?«

»Ich komme, um Euch die Ehre zu bezeigen. Ich komme, um Euch und Euren Sohn zu besuchen. Ich habe Euch Tabak mitgebracht.«

»Haw, ahó. Du kennst meinen Sohn?«

»In gewisser Weise.«

»In gewisser Weise.«

Eine Pause trat ein, in der der alte Mann über dieses »in gewisser Weise« nachzudenken schien. Er schaute auf das Bündel Knochen hinab, zerbröselte eine Prise Tabak zwischen den Fingern, dann schaute er wieder auf.

»Du bist ungefähr gleich alt, schätze ich«, sagte er.

»Ja.«

»Und du kennst auch mich in gewisser Weise?«

»Ihr seid Set-angya, Sitting Bear, ein Krieger und ein Häuptling größer als sein Name. Überall im Land der Prärien seid Ihr für Eure Tapferkeit und Eure Taten berühmt. Eure Gedanken sind aufrichtig, Eure Worte sind aufrichtig, und Euer Herz ist aufrichtig. Der Adler kennt Euren Namen; der Büffel kennt Euren Namen; der Bär kennt Euren Namen; der weiße Mann kennt Euren Namen. Ihr seid Set-angya, Anführer der Kaitsenko-Bruderschaft, Anführer der Törichten Hunde, Anführer der Krieger-Hunde, deren Namen niemand kennt. Euer sind die tapfersten Krieger; Euer sind die tapfersten Schlachten; Euer sind die tapfersten Feinde. Ihr seid Set-angya, der seinen Sohn nicht dem Tod überläßt, der sich erkühnt, selbst dem gefährlichsten aller Feinde den Sieg vorzuenthalten. Hört, von heiligem Wahnsinn besessener alter Mann, o mein Krieger! Ihr und Euer Sohn, großer Häuptling, ihr seid einander würdig, was Mut und Loyalität und Liebe und Großmut anbelangt. Euer Sohn in seinen Knochen und Ihr in Eurem Fleisch und Blut, ihr seid aus dem gleichen heiligen Geheimnis, aus der gleichen Medizin, im Wesentlichen mächtig.

Hört! Es ist für mich eine Ehre, so zu Euch zu sprechen, Euch meinen Respekt zu erweisen, hier vor Euch zu stehen, o Sitting Bear, vor Euch und Eurem Sohn. Ich habe gesprochen.«

Nach einem angemessenen Schweigen sagte der alte Mann: »Du hast gut gesprochen. Nun kenne ich dich in gewisser Weise. Du bist sicherlich ein berühmter Redner unter deinem Volk.«

»*Well,* nein, Sir.«

»Mein Sohn, ich habe wenig für Bescheidenheit übrig. Ich ziehe die Prahlerei vor. Ich liebe es zu prahlen, und ich mag es, wenn andere prahlen – wenn sie etwas zu prahlen haben. Du hast schöne Worte für dich gefunden. Warum prahlst du nicht damit?«

»Ich bin aufrichtig stolz, daß Euch meine Rede gefallen

hat, doch, um ehrlich zu sein, sie stammt nicht von mir. Mein Mädchen hat sie mir aufgeschrieben, und ich habe sie gelernt.«

»Ich kann nicht lesen, ich.«

»Ich habe sie auswendig gelernt und habe sie dann vorgetragen.«

»Warum?«

»Weil ich mir wünschte, daß Ihr mich liebt.«

»Ja?«

»Ich wollte mich mit Euch über den Tod unterhalten … doch ich bin kein redseliger Mensch.«

»Ja, da ist etwas anderes an dir … da ist ein Zeichen, da ist ein Mal an dir, und an meinem Sohn war ein Mal, und an mir ist ein Mal. Ich bin allerdings ein alter Mann, daher kümmert mich das nicht. Aber mein Sohn … und du … ihr seid junge Männer, doch ihr seid gezeichnete Männer. Das lastet schwer auf meinem Herzen.«

»Ich verfüge über so wenig Worte. Ich möchte, daß Ihr mich liebt.«

»Ich kenne dich in gewisser Weise.«

»Ich bin ein toter Mann.«

»Ja. Sag, hast du deinen Tod auf angemessene Weise vollendet?«

»Ich hoffe, Sir. Es geschah so schnell, ich war nicht darauf vorbereitet, nicht in jenem Augenblick zumindest, doch ich habe lange Zeit in die Schatten geblickt.«

»Mein Sohn starb auf angemessene Weise.«

»Und Ihr ebenfalls.«

»Ach so, du hast also davon gehört. Es wird behauptet. Da war kein Winseln, kein Flennen, keine Demütigung.«

»Ich hatte weder für das eine noch für das andere Zeit.«

»Ja. Ich nehme an, mein Sohn ebenfalls nicht. Ich jedoch hatte Zeit, und ich winselte nicht und flennte nicht. Im Gegenteil, ich sang.«

»Ich kann nicht singen.«

Beim ersten Tageslicht wachte sie auf. Sie wollte noch etwas sitzen bleiben und ihre Gedanken ordnen. Sie wollte die Morgenröte aufsteigen sehen, und dann würde sie in den Morgen hinaustreten und die Arme dem Himmel entgegenstrecken und beten, und sie würde den Sonnenaufgang betrachten, wie die Linien und Strahlen der Sonne sich in alle Richtungen ausbreiteten und den Sommer auf der Erde entzündeten. Sie würde niederknien und Linien in die rote Erde zeichnen, den Weg vorzeichnen, den sie und ihr Mann gehen mußten.

Linien.

Drittes Buch

Schemen

Ein Fuß
Ein Fuß mit Krallen
Es kam ein Fuß mit Krallen
Er kam mit einem Fuß mit Krallen
Alt ward er, als er kam mit einem Fuß mit Krallen

Navajo

1

Wie kommen wir dazu, an das Kind zu glauben?

Aber der Junge war gesehen worden. Ein Jäger nach dem andern kehrte aus den Wäldern zurück und erzählte Geschichten, die sich immer mehr oder weniger um einen Bären drehten. Einmal hieß es, der Bär sei auf den Hinterbeinen gelaufen. Ein andermal hieß es, er sei freudig und ganz zutraulich auf die Jäger zugegangen, als fürchte er sich überhaupt nicht. Ein andermal wiederum hieß es, er sei von einem sonderbaren Schein umgeben gewesen, als würde er aus einem blauen, rauchigen Schatten auftauchen. Einer der Jäger, ein Mann mit einem verwitterten Nacken, war vom Gehaben des Bären so bezaubert, daß er wie angewurzelt stehengeblieben war. Der Bär ging auf ihn zu, blies ihm den Duft von Prärielilien ins Gesicht und legte seinen großen, flachen Kopf auf die Geschlechtsteile des Jägers. Und sonderbar, in jenem Moment habe sich keiner vor dem andern gefürchtet; es sei ein gegenseitiges Erkennen gewesen, sagte der Jäger. Der Bär habe mit einer menschlichen Stimme geweint.

Dann erzählte auch eine Piekanfrau namens Thab-san, die von den Kiowa in der Antilopen-Steppe gefangengenommen worden war, die folgende Geschichte:

»Eines Nachts erschien ein kleiner Junge im Lager der Piekan. Niemand hatte ihn je zuvor gesehen. Er sah nicht ungewöhnlich aus, und er sprach eine Sprache, die sich melodisch anhörte, doch niemand verstand sie. Das wunderbare war, daß das Kind überhaupt keine Angst hatte, als ob es zu Hause inmitten seines Volkes sei. Das Kind fühlte sich offensichtlich wohl, doch am nächsten Morgen war es verschwunden, war ebenso plötzlich verschwunden, wie es aufgetaucht war. Die Männer und Frauen

waren bestürzt. Doch dann kamen sie zu der Überzeugung, daß es das Kind nie gegeben habe, und die Männer und Frauen fühlten sich erleichtert. Schließlich sagte ein alter Mann: Wie kommen wir dazu, an das Kind zu glauben? Hat es vielleicht auch nur ein einziges vernünftiges Wort gesprochen, an das wir uns klammern können? Was wir gesehen haben – wenn wir tatsächlich etwas gesehen haben –, muß ein Hund aus dem benachbarten Lager gewesen sein. Oder ein Bär, der von den Höhen zu Tale gestiegen ist.«

Tsoai, der mächtige Baumstumpf, zeichnete sich gegen den Himmel ab. Weit und breit konnte sich nichts mit ihm messen. Die höchsten Kiefern wirkten unbedeutend neben ihm, viele Hunderte hätten seinen Schatten nicht auszufüllen vermocht. Mit der Zeit verwandelte sich der Stumpf in Stein, und der Wind sang mit glasklarer Stimme, wenn er durch die tiefen Rillen glitt, die die Bärenkrallen vor langer Zeit hinterlassen hatten. Adler, die ihn über die Welt hinweg erblickt hatten, zogen schwebende Kreise über ihm. Keiner sprach es aus, doch jedermann war in seinem Herzen Tsoai dankbar, denn sein Anblick bestärkte die Menschen in ihrem Glauben: Es war gut zu wissen, daß er dort stand, daß die Ordnung der Welt noch war, wie sie sein mußte. Und Tsoai stand immer dort.

2

Er spricht ein Morgengebet

Auf der Ladepritsche des gelbbraunen Pick-up: das Medizinbündel in einer grünen Plastiktüte; Taschen und Schachteln mit Kleidern, Erinnerungsstücken, Utensilien, einem Zeichenbrett, Papier und Farben; an die hundert Bücher und das Manuskript von *DIE UNGLAUBLICHE UND WAHRE GESCHICHTE MEINES LEBENS MIT BILLY »THE KID«;* eine Kühltasche mit Käse, Äpfeln, harten Eiern und Coca-Cola; ein Campingkocher; Schlafsäcke; Ritualzubehör, darunter vier Masken und sechzehn Peyotlknöpfe, ein Fächer aus Adlerfedern, eine Trillerpfeife aus Adlerknochen und ein Flußspatkristall mit sechs Spitzen und acht dreieckigen Facetten; eine Keksbüchse mit Earl-Grey- und Red-Zinger-Teebeuteln; vier große Plastik-Wasserflaschen; ein Sattel, Satteldecke und Zaumzeug; verschiedene Werkzeuge und Seilrollen; ein ganzer und ein angebrochener Ballen Heu; zwei Zeltplanen. Im Anhänger: Dog.

Er konnte sich nicht erinnern, in seinem Leben jemanden wie Grey gekannt zu haben. Ihr Selbstvertrauen war unerschütterlich, die übernommene Verpflichtung ihm gegenüber selbstverständlich. Je näher er sie kennenlernte, desto faszinierter war er von ihr. Sie hielt ihr Leben unbeschwert und dankbar im Griff. Sie hielt ihr Leben im Griff, ohne es zu hinterfragen. Sie hielt ihr Leben nicht straff, aber sicher, nicht eifersüchtig, sondern voller Ehrfurcht im Griff. Wußte sie überhaupt – fragte er sich –, was für ein außergewöhnlicher Mensch sie war? Wahrscheinlich nicht; nichts deutete darauf hin. Sie war ... unverdorben, ja, das war das richtige Wort. Sie war unverdorben. Sie war wunderbar und fröhlich und lebhaft und bezaubernd – und unverdorben.

Er hatte keine Lust zu fahren, wäre übrigens dazu noch nicht in der Lage gewesen, so würde also Grey die fast hundert Meilen ihrer Reise am Steuer sitzen. Hundert Meilen! Ein Zugeständnis an sein Selbstgefühl, ein Zeichen; keiner von ihnen maß dem besondere Bedeutung zu, dennoch, es war eine Erwägung wert. Das Band, das sich zwischen ihnen anspann, bestand aus zahllosen nebensächlichen Erwägungen. Grey fuhr allerdings gern. Sie saß aufrecht auf dem hohen Autositz; der Pick-up war neu und hatte einen starken Motor; das Schaukeln und Schlingern des Anhängers war eine Herausforderung für ihre auf dem Lenkrad liegenden Hände. Es war zwar nicht so aufregend wie das Reiten eines guten Pferdes – das heißt, es erforderte nicht so viel Einfühlungsvermögen und Geschick und Koordination und Instinkt –, aber es machte Spaß, ein so schnelles Fahrzeug unter den Händen zu spüren und ganz genau messen zu können, wie es auf ihre Berührung reagierte. Ein ganz neues Gefühl, denn sie hatte nie einen eigenen Wagen besessen und war im Fahren nicht sehr geübt.

Set döste, betrachtete zwischendurch die vorbeiziehende Landschaft, die sich in Wellen bis zu den blauen Bergketten erstreckende Prärie. Ab und zu schaute er zu ihr hinüber. Sie saß entspannt am Steuer, vergnügt, wach; nichts um sie herum entging ihrer Aufmerksamkeit. Sie tippte mit den Fingern eine Melodie. Ihre Begeisterung wuchs, je mehr sich die Landschaft veränderte.

»Erzähl mir nochmals, wohin wir gehen«, sagte er. Er kannte die Antwort, gab sich jedoch damit nicht zufrieden.

»Lukachukai«, antwortete sie, »wir gehen nach Lukachukai.«

»Wo deine Mutter lebt?«

»Wo meine Mutter lebt – und meine Schwester und meine kleine Nichte.«

»Und kein Mann«, sagte er gedankenverloren.

»Ich hab's dir ja erzählt, mein Vater ist vor ein paar Jahren gestorben, und der Mann meiner Schwester … der ist, glaub ich, in Oregon. Meine Schwester hat ihn zum Teufel gejagt.«

Nach einer Pause: »Was für ein Ort ist Lukachukai?«

»Oh, *hózhón'i!«* rief sie aus. »Es ist ein Ort … ein … ein Ort … nicht einfach zu erklären, was für ein Ort das ist. Du wirst es selbst sehen. Es ist ein wunderbarer Ort.«

»Dieses Wort mag zwar zutreffen, sagt aber nicht viel aus. Ich glaube dir, wenn du sagst, es sei ein wunderbarer Ort, aber ich sehe nichts. Du hast recht, ich muß es mit eigenen Augen sehen. Schönheit ist Wahrheit, Wahrheit ist Schönheit, und was ich nicht weiß, macht mich nicht heiß.«

»Ja«, sagte sie lachend.

»Du hingegen, du bist eindeutig wunderbar. Weißt du das?«

Es war ihm ungewollt entschlüpft, aber nun war es eben gesagt. Wahrscheinlich dachte sie, aus ihm spreche der Künstler.

»Ja«, antwortete sie. Dann, nach kurzem Nachdenken: »Nun ja, ich bin jung und bin gesund; junge, gesunde Frauen sind meistens hübsch, oder? Ich bin schließlich zweifache amerikanische Indianerin mit zweifellos nicht allzuweit zurückliegenden Infusionen mexikanischen und franko-kanadischen und Gott weiß was für schottisch-irisch-englischen Bluts, daher weiß ich von mindestens zwei ernstzunehmenden Blickwinkeln aus einiges über die Welt; und ich bin kräftig und fleißig und voller Tatendrang, und ich wünsche mir ein erfülltes und aufregendes und spannendes Leben, ja … und ein außergewöhnliches. Es gibt für mich nichts Schöneres, als die Sonne aufgehen und untergehen zu sehen, es gibt für mich nichts Schöneres, als die Vögel singen und die Pferde furzen, den Wind und das Wasser rauschen zu hören; ich mag es, Hitze und Kälte auf meiner Haut, Hartes und Weiches unter meinen Händen zu spüren. Mein Gott, Set, wie könnte ich nicht wunderbar sein mit den vielen guten Erbanlagen?«

»Und romantisch obendrein … abgesehen von den furzenden Pferden.«

»Das ist nun mal meine Art zu reden. *Yeah,* ich weiß. Ich kenne die vielen Wörter des weißen Mannes. Und wenn es sein muß, kann ich mich durchaus gewählt und höflich ausdrücken. Ich kann die vornehmste Person der Welt sein, Set. Meine zarten Füße stecken in zierlichen Pantöffelchen. Ich habe eine Wespentaille, und meine Brüste sind von alabasterner Schönheit. Gefällt dir das besser?«

»Hoffentlich nicht aus Alabaster, glasig, kalt und blaß«, sagte er.

Sie knöpfte ihre Bluse auf und entblößte ihre rechte Brust.

»Genau, wie ich es mir vorgestellt habe«, sagte er, »Terracotta. Laß mal sehen, was gibt es noch an Erdfarben … gebranntes Umbra … ungebranntes Siena … Sideritgelb … eine Spur Weiß … splasch, splasch …«

Er tat, als mische er die Farben auf der Palette.

»Du kannst ihnen Namen geben, wenn du willst«, sagte sie, während sie auf die Bremse trat, um an dem vor ihnen fahrenden Traktor mit Anhänger vorbeizusehen.

»Namen?«

»Für meine Blubber.«

»Titte und Puffer«, sagte er.

Sie zog eine Grimasse und wechselte den Gang.

»Ich habe mir etwas Romantischeres, Altmodischeres vorgestellt«, sagte sie. »Abigail und Abiah zum Beispiel.«

»Bruce und Evangeline?« schlug er vor.

»Bruce?«

»Es fällt mir nichts anderes ein«, sagte er.

»Dschieses, ist das alles?«

In Clines Corners zweigten sie nach Norden ab. Set betrachtete staunend die Baumwüste; die Luft schien dünner zu sein, das Licht strahlender. Sie hatten eine Landschaft hinter sich gelassen, vor ihnen öffnete sich eine andere.

»Erzähl mir mehr von deiner Mutter und deiner Schwester«, sagte Set.

»Du wirst sie mögen, denke ich. Sie sind *diné,* weißt du? Feine Menschen. Auch wenn du sie nicht mögen solltest, so ändert das nichts daran, sie sind trotzdem feine Menschen.«

»Werden sie mich mögen?«

»Nach einer gewissen Zeit bestimmt.«

Er dachte nach.

»Wenn ich richtig verstehe, nimmst du also an, daß sie mich nicht auf Anhieb mögen werden.«

Er bedauerte seine Bemerkung gleich; sie klang kindisch und wehleidig.

»Sie werden irgendwie Verständnis dafür haben, daß ich dazu bestimmt bin, mich um dich zu kümmern, daß du tun mußt, was du tun mußt. Sie werden einsehen, daß es nicht anders geht, und es akzeptieren, und dann ... ja, dann werden sie dich mögen, sogar sehr.«

Sie zwinkerte ihm zu.

»Trotz allem, es dürfte einem nicht allzu schwer fallen, dich zu mögen.«

»Danke. Dann wird es also etwas ... etwas frostig sein, am Anfang jedenfalls.«

»Wahrscheinlich.«

»Warum in Gottes Namen bin ich mitgekommen?«

»Weil du Set bist. Glaub bloß nicht, daß du den Lauf der Dinge beeinflussen kannst, daß du irgendwelche Wahl hast; und glaub bloß nicht, daß ich eine habe. Du bist Set.

Du bist der Bär. Du wirst der Bär sein, was auch immer. Du wirst daher handeln müssen, auf die richtige Art und Weise, weil es die einzig mögliche Art und Weise ist. Auf die richtige Art und Weise! Hast du verstanden?«

»Ja. Ich bin Set.«

Kurz vor Galisteo und Lamy ging die Landschaft in eine sich endlos wellende Steppe über, die mit den Steppen im Herzen des Kontinents nichts gemeinsam hatte; es war eine sanfte Hügellandschaft aus Sand und Kreide, dicht mit Kiefern, Mesquitebüschen, Wermut und Habichtskraut bewachsen, die sich die roten und weißen und blauen und roten Sandsteinfelsen hinaufzogen, mit blauen Bergkuppen in der Ferne und blaßbläulichen schneebedeckten Gipfeln am Horizont, und über allem spannte sich der azurne, silbern funkelnde Himmel.

»Ich bin tatsächlich neugierig«, räumte er ein. »Erzähl mir mehr über sie, über deine Familie, meine ich.«

Sie dachte eine Minute nach. Dunkle Wolken ballten sich über der Jemez-Range im Westen zusammen. Die Sonne stand im Norden. Das Fenster auf ihrer Seite war offen, der pfeifende Wind rötete ihre Haut.

»Also, meine Mutter heißt Lela. Sie ist eine Navajo und in den Traditionen verwurzelt. Sie ist Mitglied des Bitter-Water-Clans. Sie hält sich meist an die alten Bräuche. Sie spricht die Sprache der Navajo ebensogut wie jeder andere Navajo, denke ich. Doch sie spricht auch Englisch, und zwar weit besser als die meisten Reservatfrauen ihrer Generation.

Sie ist eine herrische Frau; man legt sich besser nicht mit ihr an. Sie tut das, was Navajofrauen seit langer, langer Zeit immer getan haben: Sie kocht, sie webt, sie zieht die Kinder groß – jetzt ihre Enkelin; sie hütet sogar die Schafherde. Wie ich bereits gesagt habe: sie hält sich meist an die alten Bräuche, natürlich nicht nur, und das ist das erstaunliche: Sie telefoniert und fährt einen Thunderbird.

Und sie macht das alles gut und richtig. Sie weiß genau, wie ihre Eltern und ihre Großeltern gelebt haben; sie weiß, wie man lebt wie sie, weiß, daß es gut ist, so zu leben. Und ich weiß es auch, du wirst sehen. Doch wie auch immer: Sie hält sich die meiste Zeit an die alten Bräuche.

»Und die übrige Zeit?«

»Telefoniert sie und fährt einen Thunderbird.«

»Sie ist also ein Anachronismus.«

»Rückwärts und vorwärts.«

»Es scheint so.«

»Und zudem ist sie halsstarrig.«

»Was meinst du damit?«

»Sie trifft ihre Entscheidungen selbst, seit jeher, und sie besteht darauf. Sie heiratete meinen Vater gegen den Willen ihrer Familie. Ich wäre gerne dabei gewesen ... das muß eine Aufregung gewesen sein, die Vorhaltungen, der Zank, der Zorn ...«

»Was hatten sie denn gegen deinen Vater?«

»Nichts gegen ihn persönlich. Nur, daß er kein Navajo war – geschweige denn einer aus dem Clan. Ich bin sicher, daß die Familie meines Vaters gleicher Ansicht war. Er war ebenfalls halsstarrig. Doch es war wohl so, daß diese Überheblichkeit von ihm erwartet wurde, denn schließlich hatte er genügend Vorbilder gehabt; die Kiowa stahlen nicht nur Pferde, sondern auch Menschen, wußtest du das? Das gehörte dazu, niemand regte sich darüber auf, insofern es für das Überleben ihrer Kultur notwendig war. Schau mich an: Ich bin der lebende Beweis dafür. Hybride Energie. Für meine Mutter allerdings war es nicht so einfach.«

»Ich lerne dich langsam kennen. Erzähl weiter.«

»Meine Schwester Antonia. Sie ist einunddreißig. Wir sind uns nicht sehr ähnlich, sie und ich. Der Altersunterschied ist wohl zu groß. Als ich klein war, war sie für mich eher wie eine Mutter oder eine Tante als wie eine Schwester. Sie ist intelligenter als ich und viel praktischer und selbständiger. Sie stand meinem Vater nicht so nahe wie ich … und wurde auch nicht so verwöhnt. Antonia schlägt eher unserer Mutter nach, sie ist zutiefst Navajo. Sie ist ebenfalls altmodisch; sie …«

»Ich mag altmodische junge Frauen.«

»Sie hätte in der Generation meiner Großmutter eine bedeutende Stellung eingenommen. Auch sie ist ein Anachronismus, andersherum. Rückwärts. Doch es paßt zu ihr. Es ist eher eine Ursprünglichkeit, eine Reinheit, eine Tugend. Sie ist wunderbar, ruhig, heiter, ursprünglich wunderbar. Du wirst sehen.«

»Vielleicht verliebe ich mich in sie, wer weiß.«

Set fühlte sich besser. Er schöpfte irgendwie Kraft aus dieser Reise. Allein das Vorwärtskommen regte ihn an; Bewegung war eine der wichtigsten Ausdrucksweisen seines Lebens – auch wenn er das nicht wußte –, sie wirkte sich daher heilsam auf ihn aus. Er ging nicht etwa einem Ziel entgegen, einer Verabredung, nein, was jetzt für ihn zählte, war der reine Akt des Vorwärtskommens, das blinde Vertrauen, daß der bloße Akt des Vorwärtskommens Willensstärke beinhaltete. Einen Sinn.

»Nanibah.«

»Was ist Nanibah?« fragte Set.

»Nanibah ist ein acht Jahre altes Navajomädchen. Sie ist meine Nichte, und sie ist vollkommen – aufgeweckt, phantasievoll, verspielt, originell, mutwillig, wunderbar geheimnisvoll – und unwiderstehlich.«

»Und zweifellos wunderbar.«

»Und wunderbar.«

Am Morgen des zweiten Tages fuhren sie von Taos aus zuerst nach Norden, dann nach Westen in Richtung der Rio-Grande-Schlucht. Das Märzlicht war von blendender Klarheit; Set war überwältigt. Von der kahlen Steppe der Sangre de Cristos aus hatte er das Gefühl, weiter in die

Ferne zu sehen als jemals zuvor. Und unter ihm war die Schlucht. Sie war so scharf und gleichzeitig so subtil in die Erde geätzt, daß sie in der Landschaft wie ein tiefer Schatten wirkte. Sie verlief auf der Erde und gleichzeitig in der Erde, war auf der Erde und gleichzeitig in der Erde erkennbar, eine Naturerscheinung, die beinahe unnatürlich wirkte, ein unergründliches Geheimnis, eine urzeitliche Formation unseres Planeten, schattenhaft und dennoch genau definiert, wie ein Blitz und die Lichtspur des Blitzes.

Sie hielten am Fuße der Tres Piedras an, kochten Tee auf ihrem Campingkocher, ließen Dog herumspringen und am Straßenrand Wintergras fressen, und alle drei kauten in der Sonne saure, lederne Velarde-Äpfel.

Dünne, blaue Rauchfahnen stiegen aus dem Dorf Tierra Amarilla auf, die Luft war kalt und prickelnd und vom Duft der Kiefern erfüllt. Ein Adler segelte über dem Rio Brazos, hob sich zwischendurch gegen eine leuchtende Kumuluswolke ab; dann schoß er herunter, ließ sich treiben, zog eine breite Schleife am Himmel und verschwand. Die Wolke dehnte sich, zog sich zusammen, verwandelte sich in einen tauchenden Wal.

»Schau!« sagte sie und zeigte mit einer weit ausholenden Handbewegung auf den Horizont, »schau, das tut dir gut.«

»Ich fühle mich gut heute«, antwortete Set.

»Ja, die Luft, atme sie tief ein; es tut gut. Darum sind wir hierhergekommen. Du kommst langsam wieder zu Kräften; du mußt kräftig sein. Du wirst viel Kraft brauchen für das, was du tun mußt. Du wirst stark sein; stark wie das, was du tun mußt. Glaub mir. Deine Kraft nimmt langsam zu.«

Er dachte über ihre Worte nach.

»Also, ich fühle mich nicht stark, stärker – physisch stärker, meine ich. Aber ich fühle mich irgendwie besser, besser im Kopf; Geistesverfassung nennt man das. Meine Geistesverfassung hat sich gebessert, denke ich.«

»Reisen tut gut«, sagte Grey.

»Ja. Es tut gut zu fahren … und die Vibrationen zu spüren … wie die Reifen auf der Straße halten. Ich bin das Reisen über Land nicht gewohnt. Es ist viel schöner, als mit hundert Meilen Stundengeschwindigkeit tausend Fuß über der Erde zu fliegen.«

»Ein Pferd zu reiten ist noch besser … oder zu Fuß gehen, was die Muße anbelangt.«

»Ich weiß nicht«, sagte Set lächelnd. »Ich bezweifle es. Ich mag das alles – du am Steuer, große Fenster auf beiden Seiten, durch die man hinausschauen kann, eine Unmenge Dinge sehen, ein bequemer Sitz. Ja, es ist, als sitze man in einem Schaukelstuhl und sehe viele interessante Dinge an einem vorbeiziehen. Hoch über der Landschaft reiten; ich mag das.«

»Obwohl einem mit der Zeit der Hintern schmerzt.«

»Ist dein Hintern eingeschlafen?«

»Warte nur, bis du ein paar Meilen lang auf einem harten Pferd sitzest.«

Er überhörte es.

»Ich fühle mich besser«, sagte er.

Doch später hieß Set sie anhalten; er stieg aus und erbrach sich. Es wollte kein Ende nehmen; er brach in kalten Schweiß aus; er zitterte am ganzen Körper. Er kniete am Straßenrand, stützte sich mit den Händen auf die Leitplanke; er hatte sich in seinem ganzen Leben noch nie so elend gefühlt. Er tränte, spuckte, sabberte, fühlte sich elend und gedemütigt. Er wollte sterben.

Grey stand eine Zeitlang abseits, dann ging sie auf ihn zu und legte die Hand auf seine Schulter.

»Steh auf!« sagte sie. Wiederholte dann barsch: »Steh auf!«

Set nahm sich zusammen und raffte sich auf. Er taumelte. Er konnte ihr nicht ins Gesicht blicken. Sie hielt ihn mit Daumen und Zeigefinger am Kragen fest.

»Laß mich allein!« fuhr er sie an und entzog sich heftig ihrem Griff.

Sie wandte sich ab und entfernte sich ein paar Schritte.

»Es ist passiert!« fuhr sie ihn ihrerseits an. »Es ist passiert«, wiederholte sie, als rede sie zu sich selbst, doch sie wußte, daß er es gehört hatte. »Es wird nochmals passieren. Doch du tust, was getan werden muß; das allein zählt. Der Bär fordert dich auf, reizt dich, erinnert dich an seine Macht. Halte durch. Deine Kraft nimmt zu.«

»Kraft ...« Er wälzte das Wort im Mund herum. Es war beides: ein Lachen und ein Wimmern. Das Ding in ihm krümmte sich, doch er nahm ihre Worte auf.

»Ich bin Set«, stieß er gequält zwischen seinen klappernden Zähnen hervor.

Und plötzlich überwältigte ihn die Angst. Nie, selbst als Kind und Waise nicht, hatte er sich so unsäglich allein gefühlt. Hier, auf dem Hochplateau des Rio Arriba, hätte er alles auf der Welt gegeben, um Bents Stimme zu hören – und über einen unergründlichen Abgrund hinweg die seines Vaters. Was war los mit ihm? Warum war er so verwirrt, so verzweifelt in seinem Kopf und in seiner Seele? Wie um alles in der Welt war es dazu gekommen? Etwas hatte ihn genötigt, aber was? Wer war er? Und wo? Er fühlte sich entwurzelt, weggezerrt von seiner vertrauten Umgebung. Und er konnte sich nicht vorstellen, zu was für einem Zweck auch immer. Er versuchte, Ordnung in seine Gedanken zu bringen. Er sagte sich, daß er ein Mensch wie alle andern sei, daß er niemandem zur Last gefallen sei, daß er niemandem etwas zuleide getan habe, daß er sein Bestes habe geben wollen. Guter Gott, er wußte doch, wer er war – oder etwa nicht? Hatte er sich nicht immer wieder gesagt: Ich bin Set? Doch was bedeutete das? In seiner abgrundtiefen Einsamkeit, in seinem Elend, in seinem Delirium wußte er nicht mehr, ob er es jemals gewußt hatte. Und das löste tödliche Angst in ihm aus, er wußte aber nicht, wie einer lebenden Seele gegenüber seine Angst artikulieren, nicht einmal sich selbst gegenüber. Er versuchte sich zu erinnern, was ihm das Malen bedeutete, was es bedeutete, sein ganzes Wesen in seine Arbeit zu legen. Er sah im blendenden Licht hinter seinen Pupillen Bilder – keine Bilder, die es gab oder jemals gegeben hatte, sondern dunkle, verschwommene Alpträume, die an seinem Hirn zerbarsten.

Sterbenselend am Straßenrand kniend, auf die eiskalte Leitplanke einer alten Bergstraße gestützt, hörte er Greys Stimme – oder war es seine eigene? »Set, bist du bereit?« Nein! Ich ... Ich weiß nicht! wollte er wütend antworten, doch die Worte würgten ihn im Hals. Ein tiefer, schrecklicher Laut entrang sich seiner Brust, ein kehliges Gelächter, ein Knurren. Er hatte sich zu einem formlosen, zitternden Geschöpf aufgerichtet, stand seltsam verrenkt, mit hochgezogenen Schultern da; unendlich hilflos. Er hatte keine Substanz, keine Konturen mehr. Er verabscheute sich selbst, seinen glänzenden Speichel, den widerwärtigen Geschmack des Erbrochenen in seinem Mund. Er wollte schreien, doch er schüttelte sich bloß, keuchte und knurrte. Er hatte seinen Kopf und seine Seele geleert. Er war leer, ganz leer, fühlte nur noch einen verzehrenden stechenden Schmerz, sonst nichts. Seine Augen brannten, doch er brachte keine Träne hervor. Tief in seiner Kehle wiederholte er ihre Worte: Ich werde stärker. Dann: Ich bin Set. Und nochmals entrang sich ihm das unheimliche, rasselnde Gelächter, das im eisigen Wind erstarb.

Ein tanzender Zentaur. Der Mann war so sehr in seinen Tanz vertieft, daß er keine Notiz von dem Wagen mit dem Anhänger nahm, der vor der Einfriedung stoppte. Er saß aufrecht im Sattel, sein abwärts gerichteter Blick folgte haargenau dem Blick der Stute. Sein Gesicht war eher lang und schmal, die Haut war über den Knochen gespannt.

Sein Mund war breit, fast nur ein Strich, mit dünnen, leicht geöffneten Lippen, hinter denen die Zähne weiß wie Kalk schimmerten. Seine schmalen Augen waren tiefdunkel und forsch, das Jochbein hoch und hervorstehend. Eine Narbe verlief schräg über seine linke Wange, vom Ohrmuschelansatz bis zur Oberlippe unterhalb des linken Nasenflügels. An ihrer breitesten Stelle, dort, wo das Messer den Schädelknochen getroffen hatte, war sie fast ein Viertel Inch breit, das Gewebe der Narbe war glatt und gespannt; sie wirkte wie eine Schlangenschuppe. Sein Haar unter dem staubigen, schwarzen Filzhut war lang und glatt und kohlschwarz, am Hinterkopf zu einem Knoten gebunden. Der Hut war tief in die Stirn geschoben; es war ein ganz besonderer Hut, ein hoher Stetson 10X mit einem gewobenen Band und einem schmalen Mittelkniff, einer dreieinhalb Inch breiten, vorn und hinten nach unten, seitlich leicht nach oben gebogenen Krempe; das blaue Satinfutter war schon vor langer Zeit herausgenommen worden wie auch das Schweißband, das die Inschrift WHITEMAN'S BOOTS & SADDLES, CALGARY, ALBERTA trug. Er hatte eine Lammfellweste an, Levi's und Stuart-Stiefel aus Korduanleder mit Applikationen zwischen der Vorderkappe und der Schaftnaht. Er war nicht groß, er wirkte jedoch groß, weil er drahtig und muskulös war wie ein Leicht- oder Weltergewichtboxer. Seine Hände waren lang und schmal, die Knöchel und Adern traten deutlich hervor. Er hielt sie nahe beieinander, knapp über dem Vorderzwiesel, genau auf den Widerrist des Pferdes ausgerichtet; die Daumen waren hochgestellt, jedoch nicht verkrampft, sondern ganz locker; die Spitzen der wie Krabbenbeine gekrümmten Zeigefinger waren auf das Zwerchfell des Mannes über der verzierten Gürtelschnalle aus getriebenem Metall gerichtet; die sonnengegerbten, schwieligen, narbenbedeckten Hände waren nicht verkrampft, sondern locker, fast schwebend auf die Bewegung des Tanzes konzentriert – als dirigierten sie ein Musikstück, eine subtile, wogende Melodie. Auf dem Mittelfinger hätten die kaum angezogenen Zügel liegen können, auf die sich, genau auf die Bewegung der Hände abgestimmt, wirbelnd und wellend der Rhythmus des Tanzes übertragen hätte, die den Mann – zart wie eine Spinne und ihr Netz – mit der Stute verbunden hätten. Doch da waren keine Zügel; das Pferd war ungezäumt.

Die Stute, ein muskulöses schwarzes Tier namens Swastika, bewegte sich langsam, bedächtig, mit unendlich hinterlistiger Boshaftigkeit. Nichts an ihr wirkte ungewöhnlich, kein Schritt, keine Bewegung, nicht einmal ihr unaufhaltsames Eindringen in die Herde. Der Mann, Perfecto Atole, verlegte ganz leicht den Schwerpunkt, der kleinste Druck seines Knies übertrug sich auf die Stute: Der Tanz hatte seinen Zweck erfüllt; Swastika wußte, was sie zu tun hatte, sie kannte ihre Aufgabe, für die sie gezüchtet und geworfen worden war. Sie stob zwischen die Herde und drängte das ins Visier genommene Kalb ab. Das Kalb rannte verängstigt davon. Die Stute folgte ihm mit gesenktem Kopf, bloß ein oder zwei Schritte, sorgfältig darauf bedacht, das Feld strategisch zu beherrschen. Das Kalb raste im Kreis herum; die Stute wich aus, tänzelte anmutig, darauf bedacht, dem Kalb den Weg abzuschneiden. Der Mann saß sicher aufrecht im Sattel, in einem rechten Winkel zum Widerrist des Pferdes. Das Kalb schlug aus, verdrehte die Augen, blähte die Nüstern, man hörte es schnaufen; die Stute wieherte, streckte den Nacken vor, schaukelte mit dem Kopf hin und her wie eine Schlange. Ihre Hufe schlugen knallend auf der Erde auf. Sie trieb das Kalb in die Enge, überlegt, hartnäckig, spielerisch. Das Kalb bäumte sich in einer letzten verzweifelten Aufwallung, drehte sich blitzschnell um sich selbst, die Stute wich kurz zurück, ließ sich aber nicht aus der Ruhe bringen, berührte mit den Zähnen kaum die Weiche des Kalbes, schob es gelassen in den Pferch. Der

Mann zeigte nicht das kleinste Zeichen von Lob – es sei denn durch eine nicht wahrnehmbare Geste, einen unhörbaren Laut –, doch es war vollbracht. Der Tanz hatte in Herrlichkeit geendet!

»*Chiquita,* du bringst mir ein munteres Pferd und einen schlappen Mann«, sagte Perfecto. »Ich nehme das Pferd.«

»Das Pferd ist für keinen Preis zu haben«, sagte Grey, »ich wollte es dir bloß zeigen. Wie dieses gibt es nur eines unter hundert, unter tausend.«

»Und der Mann, den du mitgebracht hast? Zu haben?«

»Erinnere dich, was ich dir gesagt habe. Du weißt, wer er ist. Du kannst ihm helfen.«

»Helfen.«

»Ja. Du weißt genau, was ich meine. Du kennst die Geschichte. Du kennst deine Rolle in der Geschichte.«

»Gut. Okay. Ich werde meine Rolle spielen.«

»Danke.«

»Mhm … sag mal, *chiquita,* was liegt für mich drin?«

»Persönliche Genugtuung, das Gefühl, deine Pflicht getan zu haben, das Bewußtsein, deine moralische Verantwortung übernommen, das Deine dazu beigetragen zu haben.«

»Ich bin Cowboy und Indianer«, sagte er, »Geschichten wie diese bringen mich aus dem Takt und machen mich düselig. Sag dir was …«

»Was?«

»Morgen. Laß dein hübsches Pferd hier. Geh mit dem Mann zum See hinunter. Geh mit ihm spazieren. Plaudere mit ihm über Bären. Ich treffe euch dort. Sag dir was, ich helf dem Mann. Klar. Zufrieden?«

»Danke. Ich brauche deine Hilfe. Er auch.«

Sie zögerte einen Moment und schaute zu Boden.

»Was willst du haben für deine Medizin?«

»Haut und Haar, du dumme Zicke.«

»Nein«, sagte sie und schaute ihm jetzt ruhig in die Augen. »Es geht um Bären. Ich will diesem Mann treu bleiben. Es gehört dazu, und du weißt es.«

Seine Narbe lief dunkel an.

»Ich erinnere mich an deinen Körper«, sagte er.

»Ich erinnere mich an deinen«, sagte sie.

Er musterte sie von oben bis unten; seine Augen glänzten. Das war nicht mehr das junge Mädchen, dem er die Jungfräulichkeit geraubt hatte. Sie war nicht mehr die gleiche, sie war eine Frau, ganz anders, als er es sich vorgestellt hatte.

»Jenes erste Mal, die Stiefel, die ich dir geschenkt habe, die schlangenledernen ... Warum hast du sie nicht an? Wäre eine kleine, aufmerksame Geste gewesen, haben schließlich eine gute Zeit miteinander gehabt ...«

»Ach so, die Stiefel.« Sie seufzte lächelnd. »Du meinst rote Schuhe oder rote Stiefel, die mit dem Verlust der Unschuld zu tun haben, nehme ich an.«

»Wie gelbe Schleifen und viele, viele grüne Smarties ... Doch diese Stiefel, *chiquita*. Ich weiß nicht, ob du diese Stiefel richtig zu würdigen weißt.«

»Du sagst es: *tie a yellow ribbon round the old, old tree* ... Natürlich habe ich sie zu würdigen gewußt. Wie hätte ich nicht? Rotes Schlangenleder Alamos: Strippe aus Antilope, Spitze und Besatz aus himmlisch weichem Schlangenleder, die Schuppen wie lauter kleine Spiegel. Gott, was für ein Gefühl, sie an den Füßen zu haben.«

»Und sehen nach einer Million Dollar aus«, sagte Perfecto. Er sah sie vor sich, Bewunderung lag in seinem Gesicht und in seiner Stimme.

»Sie sahen tatsächlich nach einer Million Dollar aus«, sagte sie. »Schwarze Kappe, schwarze Steppnähte und schwarze Paspeln, aufgenähtes dreifarbig abgestuftes Flammenmotiv. Es waren die wunderbarsten Stiefel, die ich je gesehen habe.«

Die Zeit stimmte nicht, doch Perfecto Atole überhörte es; er war zu sehr in eine bestimmte Zeit – einen Moment, einen Augenblick – in der Vergangenheit vertieft. Er nickte verzückt, verlor sich im Bild eines wunderschönen, geschmeidigen jungen Mädchens in jenem meist bittersüßen Erwachen, nachdem es die Unschuld verloren hatte; in jenem Moment war sie eine Frau geworden, ein für allemal ... nach einem verstohlenen Blick auf den dunkel werdenden ringförmigen Fleck; ihr Bauch und ihre Schenkel zitterten in einer kurzen, reflexartigen Aufwallung, während sie in die unvergleichlichen roten Stiefel schlüpfte – und Tränen über ihre Wangen rannen.

»Ich habe die Strippen abgeschnitten«, sagte sie.

Stille trat ein.

»Was? Was hast du?«

»Ich habe die Strippen abgeschnitten. Nun ja, ich habe die Schuhe wirklich viel getragen, die Sohlen waren durchgelaufen und die Spitzen ganz durchgescheuert, bei einem guckte fast die Zehe hervor. Ich habe die Strippen abgeschnitten.«

»Du ...«

»Ich habe die Strippen abgeschnitten und daraus Schellen gemacht, Schildpatt-Schellen, Stompdance-Schellen, weißt du?«

»Du hast die Strippen abgeschnitten ...«

»Sauber abgeschnitten. Glatt. Klip, snip, zip.«

»Scheiße«, sagte Perfecto.

»Ich borge dir die Schellen«, sagte Grey.

»Scheiße«, wiederholte Perfecto und spuckte. »Ich sag dir was: Ich hätte Lust, ihn ein für allemal von seinem Elend zu befreien, diesen Kerl, den du dir da geangelt hast. Ich hab eine gute Flinte, weißt du? Er wird kaum etwas spüren. Warum nicht? Ein Jagdunfall, weißt du? Du weißt, daß ich dazu imstande bin.«

»Ich weiß«, sagte Grey. Ihre Achataugen funkelten. »Hör

mal, du Bastard, du weißt, was du zu tun hast Nimm mein Pferd, wenn du willst. Wir sind in der Frühe dort, bevor die Sonne aufgeht, auf dieser Seite des Sees. Du findest uns dort. Wir spazieren, plaudern über Bären …«

Perfecto Atole spuckte nochmals, lachte dann.

»Muy bien, chiquita, vielleicht borge ich mir dein hübsches Pferd, und wenn es mir gefällt, behalte ich es.«

»Nur über meine Leiche«, sagte Grey.

»¡Madre de Dios!« rief er aus. »Zwei Jagdunfälle, und das alles vor dem Frühstück.«

Und er lachte wieder.

Selbst wenn er sie neckte, warb er um sie. Das Wortgeplänkel zwischen ihnen gehörte dazu, die vielen harten Silben der Verführung. Sie dachte an sein hartes, knochiges Gewicht auf ihr, an seinen harten Mund und an seine harten Hände, an seine Schenkel so hart wie Stein. Wäre Billy »the Kid« dreißig geworden, wäre er bestimmt geworden wie dieser Mann, dachte sie, für den Neckereien und Eifersucht Höflichkeiten waren. Sie wußte, daß sie auf ihn zählen konnte. Und Perfecto Atole war im Besitz einer Bärenpranke.

Ein schneidender Wind blies. Der Himmel am Horizont war durchscheinend grau wie Rauchquarz, gleich darauf überzog er sich mit den Farben der aufgehenden Sonne: Rot und Gelb und Orange und Gold.

Der Mann und die Frau: Er in einem unpassenden Kamelhaarmantel und Straßenschuhen, sie in einem nicht minder unpassenden weißen Kleid, Mokassins und einem rot-schwarzen handgewobenen Plaid; sie schritten durch die sich unter ihren Füßen auflösenden Schatten das sumpfige Ufer des Sees entlang. Weder der säuselnde Wind noch ein flügelschlagend aus dem Röhricht aufsteigender Entenschwarm vermochten die Stille des ersten Tageslichts zu stören.

»Man hat mir gesagt, Bären würden nie frieren«, sagte er. »Der Bär hat die Wärme aus meinem Kör…«

Er hatte sich ihr zugewandt und gesehen, daß sie blinzelnd zurückgeblickt hatte. Ihr Gesicht nahm einen feierlichen Ausdruck an.

Eine dunkle Gestalt näherte sich ihnen von Westen. Zuerst war es nur ein in der Dunkelheit sich verdichtender Kern. Set betrachtete die Erscheinung gebannt, sprachlos. Doch als die Gestalt näher kam – langsam, jedoch viel schneller, als es den Anschein machte –, nahm sie die Umrisse eines Mannes hoch zu Pferd an: des Zentaurs, den er am Tag zuvor gesehen hatte. Und in ihm stieg plötzlich bohrende Angst auf. Er hatte sich am Tag zuvor auf unerklärliche Weise gefürchtet, doch nicht seinetwegen. Er hatte dem Mann auf dem Pferd zugeschaut; er hatte noch nie eine so vollkommene, so gnadenlose Einheit zwischen einem Mann und einem Tier gesehen. Es war geradezu erschreckend gewesen: der kompromißlose Bewegungsablauf, die absolute Überlegenheit, das unerbittliche Vorrücken des Zentaurs. Er hatte angsterfüllt und gleichzeitig fasziniert zugeschaut. Er hatte sich vorgestellt, was für eine Zerstörung der Angriff im Hirn des angegriffenen Kalbs ausgelöst haben mußte, was für eine dumpfe, blinde Panik. Da begriff er instinktiv, daß jetzt er, Set, Gegenstand der langsamen, unerbittlichen Verfolgung durch den Zentaur war. Der Zentaur kam seinetwegen! Er verfolgte keinen anderen Zweck, hatte keinen anderen Daseinszweck. Er warf einen Blick zu Grey hinüber. Ihre Augen waren starr auf die sich nähernde Gestalt gerichtet; in ihren leicht zugekniffenen Augen lag weder Erstaunen noch Furcht, bloß Wachsamkeit: gespannte Anteilnahme. In diesem Bruchteil eines Sekundenbruchteils erkannte Set an ihrem Gesichtsausdruck, was ihm bevorstand. Er begriff mit einer Art neidischem Staunen, daß sie viel besser wußte als er, was geschehen würde.

Perfecto Atole hatte vor dem ersten Dämmerlicht in der pechschwarzen Dunkelheit Peyotltee getrunken und den Saft von zerstoßenem getrocknetem Wild. Alle seine Sinne waren auf die Medizin und den Auftrag und die Pferde gerichtet. Er hatte die in Wildleder gewickelte Bärenpranke aus dem Versteck im Boden über seinem Bett heruntergeholt, wo er sein Ritualzubehör aufbewahrte. Er hatte die Schildpatt-Schellen aus Greys Düffel genommen. Er war in die schwarze Kälte hinausgetreten und hatte den Hengst Dog betastet. Er war mit den Händen den Körper des Pferdes entlanggefahren, als handle es sich um eine Skulptur. Er hatte mit seinen schwieligen Händen das Pferd nachgezeichnet, die Muskeln, die Knochen, das Fell, die Mähne. Er hatte mit den Fingern Dogs Hufe abgerieben, als wollte er sie polieren. Er hatte die Lippen und die weichen Nüstern befühlt.

»Du bist ein Prachtskerl«, hatte er geflüstert, »bist ein Prachtskerl von einem Pferd, doch, *por favor,* heute morgen reite ich meine schwarze Stute. Sie und ich, wir sind zusammen alt geworden. Wenn ich den Schwerpunkt verlege, antwortet sie gleich; wenn ich wende, wendet sie auch. Und es ist etwas Teuflisches in ihr. Sie flößt Furcht ein.«

Und er hatte die Stute Swastika gesattelt.

Er brach zu einem Tanz auf.

Die schwarze Gestalt in der Dämmerung blieb in etwa hundert Yard Entfernung stehen und zerteilte sich. Der Mann stieg ab, wühlte in der Satteltasche herum. Er befestigte die Schellen an seinen Unterschenkeln, knapp über dem Stiefelrand. Er stülpte die Bärenpranke über seine rechte Hand. Dann setzte er den Fuß in den Steigbügel und schwang sich auf das Pferd: Das Bild war wieder ganz. Der Zentaur setzte sich wieder in Bewegung. Set stand da, starrte, wartete. Er hätte davonrennen wollen, zurückweichen, sich von der Stelle rühren … Doch er war wie gelähmt. Und im übrigen: Wohin hätte er flüchten wollen? Der Zentaur kam näher und näher, die schwarze geschmeidige Gestalt des Pferdes glitt auf ihn zu, ganz ruhig, tänzelnd, auffordernd. Und über ihm war der Mann mit der Lammfellweste und dem schwarzen Hut; die Schellen – *schah, schah* – rasselten fast beruhigend leise im Takt; der rechte Arm war scharf abgewinkelt, die Hand schwarz und riesig über dem Zwiesel; die Augen waren unsichtbar unter dem schwarzen Hut.

Das Schnauben der Stute wurde hörbar, sichtbar. Der Zentaur schob sich zwischen den Mann und die Frau, trennte sie unerbittlich voneinander wie mit der Klinge einer Machete. Die Frau war von dem Augenblick an vom Tanz ausgeschlossen. Sie stand abseits im Nebel am gefrorenen, lehmigen Ufer, beobachtete, hielt den Atem an.

Die Stute schubste Set mit dem Kopf und brachte ihn dadurch aus dem Gleichgewicht. Ihr Kopf zielte auf seine Rippen. Sie schaukelte den Kopf hin und her, während er linkisch zurückwich. Sie beherrschte jede ihrer Bewegungen vollkommen. Er war hilflos, fahrig, in Panik. Er versuchte, sie zu täuschen, auszuweichen, zu entkommen – doch sie war immer da, direkt vor ihm, den gesenkten Kopf auf seine Gürtellinie gerichtet. Sie schien besser zu wissen als er, wie und in welche Richtung er sich bewegen würde. Es handelte sich nicht um Überlegung, es handelte sich nicht um Vermutung und ebensowenig um Wissen. Es handelte sich vielmehr um den ursprünglichsten Instinkt des Raubtiers: Der Mann auf dem Pferd jagte vermittels des Pferdes den Mann auf der Erde. Die schwarze Stute war das Bindeglied, das vollkommene Werkzeug. Sie hielt das subtile Gleichgewicht zwischen Reiter und Pferd, war der Mittelpunkt einer archaischen Darstellung eines Kriegstanzes.

Set fühlte sich schwach und hilflos. Die Stute bäumte

sich. Er rannte kopflos auf den See zu, um dem Zentaur zu entkommen. Seine Augen und seine Lungen brannten, er hatte kein Gefühl mehr in den Beinen. Doch die hämmernden Hufe und das lauter werdende Rasseln der Schellen waren immer direkt hinter ihm – *schah, schah, schah!* Er wich nach rechts aus, doch vergeblich. Die Stute war ihm auf den Fersen, er spürte ihren Atem im Rücken. Sie war nur ein paar Inches von ihm entfernt. Er änderte die Richtung, wäre beinahe gestürzt. Er versuchte, im Laufen das Gleichgewicht wieder zu finden, doch da überholte sie ihn, nicht donnernd, nicht ungestüm, sondern lautlos gleitend. Bevor er sich in Sicherheit bringen konnte, gab ihm der Reiter mit der Bärenpranke einen Schlag ins Genick – und in diesem Moment blickte Set in das Gesicht des Mannes, sah die Gleichgültigkeit in dessen glimmenden Augen, die flammende Narbe und den harten Zug um den Mund. Der Schlag brannte wie Feuer und trieb ihm das Blut ins Gesicht, Set strauchelte und kollerte bis zum Rand des Wassers. Er rappelte sich schnell auf Hände und Knie. Das Pferd und der Mann beobachteten ihn. Set glühte. In ihm erwachte Zorn, ein unbändiger, wilder Zorn, der ihn alles vergessen ließ, Krankheit und Qualen, Schmerz und Verwirrung und Selbstmitleid. Er raste vor Haß, vor mörderischem Haß. Seltsam, im Moment seiner tiefsten Demütigung flammte ein Teil seiner Willenskraft in ihm auf. Es war, als ob seine Schwäche ihn geläutert hätte. Im Licht des anbrechenden Morgens, durch den über dem See schwebenden Nebel sah er, wie der Zentaur sich abwandte und sich entfernte. Das Bild prägte sich tief in seiner Erinnerung ein; er klammerte sich mit aller Kraft an seinen Zorn, ahnte, woraus er beschaffen und wozu er gut war. Er sprach ein Gebet, ein Morgengebet.

Westlich von Mexican Water zweigten sie nach Süden ab, fuhren entlang dem Chinle Wash nach Round Rock und von da aus in Richtung Greasewood Springs. Die Steppe bestand aus sich endlos erstreckenden Schichten farbiger Felsen, aus zahllosen Erdschattierungen, Farbabstufungen, so weit das Auge reichte: gedämpfte Pastelltöne, leuchtende rote und gelbe und purpurne Streifen. In der Ferne die wogende, mit Kiefern und Salbei und Mesquite gesprenkelte Sandwüste. Im Vordergrund blaue Kuppen, grüne, mit Wacholder und Lungenkraut überwucherte Hügel und rote Sandsteinsäulen wie Obeliske oder urzeitliche Gräber. Und über allem der Himmel so grenzenlos, wie man ihn nicht erträumen konnte; ein tiefes, durchscheinendes Blau, dessen strahlendes Licht über der Landschaft spielte, von Ebene zu Ebene bis in die Unendlichkeit – abprallende Funken und Strahlen und Facetten der Sonne.

»Das ist Lukachukai«, sagte Grey.

3

Sie ist wunderbar in ihrem ganzen Sein

Grey machte eine erstaunliche Veränderung durch. Seit sie in Lukachukai waren, redete und bewegte und gab sie sich ganz anders. Dort, im Haus ihrer Mutter, zeigte sie ein würdiges, besonnenes Verhalten. Mit Set scherzte und lachte und tuschelte sie zwar unverblümt wie früher, doch ihre Art zu reden war jetzt klar und einfach; ihre Sprache bestand aus Modulationen und Schweigen, die er vorher nicht wahrgenommen hatte. Sie trug die helle Bluse und den langen gefältelten Rock, den die Frauen aus dem Volk ihrer Mutter trugen. Sie kämmte ihr langes schwarzes Haar aus dem Gesicht und band es nach alter Tradition mit weißem Garn zu einem Schweif, sie schmückte sich mit Silber und Türkisen, mit alten, schlichten Stücken. Sie legte bloß etwas Pollen auf Stirn und Wangen auf, der nach ein paar Tagen verblaßte und nur noch, wie von innen heraus, zart orangekupfern schimmerte. Set beobachtete sie mit Staunen. Sie war ein wunderschönes junges Mädchen gewesen – er sah sie immer noch vor sich in ihrem wildledernen Gewand, das Gesicht bemalt, den Federn im geflochtenen Haar – mit einem offenen, ungekünstelten, ungebändigten Wesen. Und nun, in dieser ganz anderen Umgebung, war sie eine wunderschöne Frau, ausgestattet mit Anmut, Klugheit und Willensstärke. Sie reifte vor seinen Augen heran. In ihrer Gegenwart fühlte er sich fast wie ein Junge, doch war es nicht so, daß er in Übereinstimmung mit der Geschichte seine Rolle als Settalee, Tsoai-talee, Bärenkind, Baumkind, Felsenbaumkind spielte? Grey hingegen hatte sich in eine Frau verwandelt, und er war Zeuge ihrer Verwandlung. Die Bewunderung für sie wuchs, und eines Tages, als er ihr zuschaute, wie sie mit Nanibah spielte, kam es wie eine Erkenntnis über ihn, daß sie zu ihm gehörte und er zu ihr.

In jenem Sommer lebten sie im Hogan neben dem Haus ihrer Mutter. Nach und nach gewöhnte sich Set an den Lebensrhythmus in Lukachukai. Nachts stand er auf, um die zahllosen leuchtenden Punkte am Himmel zu betrachten; es kam ihm vor, als sehe er den nächtlichen Sternenhimmel zum ersten Mal, und er nahm die tröstende Stille der Sterne in sich auf. Am frühen Morgen wanderte er durch das Licht der Morgendämmerung, zuerst langsam und steif vor Kälte, doch wenn der Strom der Sonne sich von Osten her über die Erde ergoß, wurde ihm wärmer, und er sah mit Staunen und Furcht und Dankbarkeit, wie die Erde zu strahlen begann, von endlosen farbenträchtigen Fernen umrahmt, die mit dem leuchtenden Horizont verschmolzen. Und wenn er genug Kraft geschöpft hatte, begann er zu rennen.

Der Knabe rannte.

Tagsüber zeichnete er und malte, betrachtete das sich verändernde Licht, die aufleuchtenden und verblassenden Farben, die länger werdenden Schatten. Seine Bilder waren eindringlich, schnörkellos und ursprünglich wie die eines Kindes. Er lauschte dem Wind und den Vögeln und dem grollenden Donner in den Felsen; nachts erfüllte das Dschip-dschip-dschipping der Kojoten die Dunkelheit; das Höllenspektakel der Kojoten bei Anbruch des Tages hörte sich geradezu überirdisch an, wie elektronische Musik, die aus allen Windrichtungen geradewegs zum Herzen der Schöpfung vordringt – zum Hogan in der Tiefe. Und er lauschte den Stimmen von Grey und von Greys Mutter, von Antonia und von Nanibah, den Stimmen der alten Männer und alten Frauen, die vorbeikamen. Er lauschte ihren Stimmen, die in das überlieferte *diné bizaad* überwechselten, den fremd klingenden Worten mit ihren zahllosen Ecken und Tiefen und Steigungen – *chizh, dlQQ, tl'izi, tódilhil.* Mit der Zeit verstand er eine ganze Anzahl Wörter und war in der Lage, sich durch einfache Sätze in Navajo zu verständigen: *Aoo', dooda, daatsi'i, hágoonee',* Set *yinishyé, haash yinilyé?*

In der ersten Zeit wußte er nicht, wie sich Lela und Antonia gegenüber verhalten – und sie ebensowenig, wie sich ihm gegenüber verhalten. Grey war jedoch eine gute Vermittlerin, und mit der Zeit ergab es sich von selbst. Mit Nanibah hingegen war es viel einfacher, obwohl er kaum Erfahrung mit Kindern hatte und sich vortastete, als ginge er auf rohen Eiern. Sie war schelmisch und unbefangen wie Grey. Sie faßte gleich Zuneigung zu ihm und zeigte ihm gleich, wie er sich mit ihr zu verhalten hatte. Nanibah nahm ihn spontan an.

Eines Tages – Set zeichnete, Grey arbeitete am Webstuhl, und Antonia war mit Nanibah nach Chinle gegangen, um Heu und Saatgut einzukaufen – pflanzte sich Lela vor ihm auf.

»Sie webt gut«, eröffnete Lela das Gespräch.

»Ich denke schon«, sagte Set.

»Sie redet wie eine Navajo.«

»Das finde ich schön«, sagte Set.

Dann trat eine längere Pause ein; Set fühlte sich unbehaglich, Lela keineswegs. Er zeichnete mit einem Stück Kohle breite Linien auf das Blatt.

»Sie hat uns gesagt, du seist ein Kiowa.«

Set überlegte. Lela hatte von Anfang an gewußt, daß er ein Kiowa war. Da sie mit einem verheiratet gewesen war, wußte sie besser als jedermann sonst, was es bedeutet, ein Kiowa zu sein. Ihre Art, auf Umwegen zum Kern der Sache vorzudringen, hätte ihn früher verwirrt; jetzt nicht mehr: So wollte es die Gepflogenheit.

»Ich bin ein Kiowa«, sagte er.

»Du hast eine mächtige Medizin«, sagte Lela; es war keine Frage, sondern eine Feststellung.

»Ja.«

»Grey weiß von dieser Medizin.«

Und wiederum war es keine Frage.

»Sie hat sie mir gegeben«, sagte er.

»Ja, so hat man mir berichtet«, sagte Lela. »Sie war eine ungewöhnliche Frau.« Sie schaute ihm forschend in die Augen. Der Wind blies ihr ein paar Haarsträhnen ins Gesicht. Sie stand ganz ruhig da. Er konnte nichts in ihren Augen lesen. Nach einer langen Pause sagte sie: »Es ist eine schwierige Sache, das zu sein, was du sein mußt, *daats'i*.«

»Daats'i«, sagte er, »ich nehme es an.«

Eine weitere Pause folgte. Dann, ganz sachlich: »Gedenkst du, meine Tochter zu heiraten?«

Anachronismus vorwärts, dachte er. Ihr Gesicht glänzte, vor allem die Stirn und die Wangen, und hatte fast die Farbe von Kupfer. Ihr Gesicht war wunderbar voll. Sie hielt die Hände ineinander verschränkt; es war eine Angewohnheit von ihr. Sie hielt sie locker ineinander verschränkt vor ihrem Schoß. Ihre Hände waren braun und wohlgeformt; sie trug an drei Fingern silberne Ringe mit großen, polierten Türkisen. Sie stand mit leicht gespreizten Füßen vor ihm. Ihre Art und ihre Haltung zeugten von unerschütterlichem Gleichgewicht.

Kläffende Welpen balgten sich im Schatten des Hauses. Flirrende Schmetterlinge flatterten im hellen Sonnenlicht. Die roten Felswände in der Ferne waberten in der zunehmenden Hitze. Der Frühling hatte von dem langen Tal Besitz ergriffen. Während Set über das weite, von der Wärme durchdrungene Land schaute, ahnte er den Sommer – es war eher ein Erinnern als ein Ahnen, das Erinnern an einen Sommer in seiner Kindheit in der »Peter-und-Paul-Heimschule« oder im Haus in der Scott Street –, und er staunte, als er seine Sinne erwachen fühlte – wie Lela es vor Tagen und Wochen geahnt hatte, als der Himmel über den Lukachukai-Bergen satt und düster war und den bevorstehenden Schneefall ankündigte. Er wandte den Kopf: Sein Blick fiel auf Dog, der mit aufgerichteten Ohren neben dem Hogan stand und den Horizont abzusuchen schien – wie ein altes granitenes Grabmal mitten in der Prärie stand er dort –, und etwas näher, im Halbprofil, saß Grey, ihre zierlichen braunen Finger zupften am Webstuhl.

»Ich weiß nicht«, sagte er. Er schaute Lela in die Augen und konnte darin keine Arglist erkennen, nichts, außer vielleicht einem winzigen Funken Fröhlichkeit einem kaum wahrnehmbaren Schalk, so daß er sich nicht traute, es überhaupt zur Kenntnis zu nehmen.

»Ich werde es mir jedenfalls überlegen.«

»Willst du meine Tochter heiraten, *daats'i?*«

Worauf er sich selbst antworten hörte: »Ja. O ja. Ich möchte deine Tochter heiraten. Es gibt nichts, was ich lieber möchte, als das.«

Dann wartete er auf ihre nächste Frage – Hast du ihr das gesagt? –, und er schämte sich und suchte verzweifelt nach einer einleuchtenden Antwort: Nein … noch nicht … Ich weiß nicht … Ich war mir über meine Gefühle nicht im klaren … ich will es ihr gleich sagen … doch ich bin nicht deswegen hierhergekommen …

Statt dessen sagte Lela: »Meine Tochter ist eine wunderbare Frau – wie ich.«

»Ja, das ist sie.«

»Sie ist wunderbar in ihrem ganzen Sein – wie ich.«

»Ja.«

»Sie wird wunderbare Kinder gebären – wie ich.«

»Ja.«

Pause.

»Doch du, machen wir uns nichts vor, du bist krank.

Das habe ich zumindest gehört. Das sehe ich. Der Bär ist dir feind.«

»Ja.«

»Ja?«

»Ja. Ich bin krank. Ich bin lange krank gewesen, doch ich hoffe, bald wieder gesund und kräftig zu sein. Mit Greys Hilfe kann ich gesund und kräftig werden; sie weiß, wie mir helfen. Seit ich hier bin, bin ich dank Grey schon kräftiger geworden.«

»Aoo'. Ja.«

»Aoo', ich war verzweifelt. Der Bär war mir feind.«

»Aoo'.«

»Aoo'. Ich bin der Bär.«

»Aoo'.«

Am Morgen früh, wenn er tief die kalte Luft einatmete, die von den Bergen herunterströmte, wenn er durch die Sohle der Mokassins, die Lela und Grey für ihn genäht hatten, die Erde spürte, wußte er, wie wunderbar es war zu leben. Seine Haut wurde dunkler, sein Körper muskulöser, sein Haar grau über den Ohren und struppig im Nacken. Sein Blick wurde schärfer – es kam ihm vor, als sehe er von Tag zu Tag weiter in die Ferne –, seine Beine wurden kräftiger, Knöchel und Knie biegsamer, seine Schritte wurden länger und regelmäßiger und ausdauernder. Er rannte, bis der Schweiß an seinem Körper hinunterlief, und er schmeckte die salzigen Schweißtropfen an seinen Mundwinkeln; er rannte und rannte, bis sein Atem im Einklang mit seinen Schritten war und seine Glieder ganz durchdrungen vom präzisen federnden Rhythmus. Er lief mit dem Wind, lief durch rauschende Wasserläufe, durch lange Schatten, durch sich erhebende und verebbende Laute.

Sein Leben war in Bewegung; in Bewegung war sein Leben.

Er lief, bis sich im Laufen sein Geist verwirklichte, bis er glaubte, nicht mehr anhalten zu können – als ob er seinen Platz im Plan der Schöpfung verloren hätte, wenn er stehengeblieben wäre; er lief, bis seine Lungen brannten und sein Atem heftig und schnell und laut ging, weil seine Beine und Füße immer noch zu schwer waren –, und er lief, um noch tiefer in den Rhythmus einzudringen, in einen gnadenlosen, unerbittlichen, endlosen Bewegungszustand. Und wenn er in den Hogan zurückkehrte, bereitete Grey ihm ein entspannendes Bad und wusch seinen nackten Körper. Dann gab sie ihm Wasser zu trinken und einen dünnen Brei aus gemahlenem Mais und Ziegenmilch, Pinien und getrockneten Früchten, und sie hüllte seine Lenden in ein weißes Tuch, so wie es ihre Navajo-Vorfahren seit Hunderten von Jahren getan hatten, stellte dann eine Pritsche in den Schatten eines Wacholderbusches neben den Webstuhl und knetete geschickt seine Schulter- und Rücken- und Beinmuskeln. Sie mischte eine milde Schmirgelpaste aus Sand und Öl und rubbelte damit seine Fußsohlen ab, setzte sich leise singend neben ihn und fächelte ihm mit einem Grasbüschel kühle Luft zu Und er versank in wohlige Ermattung.

An den Nachmittagen zeichnete und malte und träumte er und dachte an die bevorstehende Heirat. Er unterhielt sich radebrechend mit Lela in Navajo und war keineswegs beleidigt, wenn sie ihn auslachte. Er spielte mit Nanibah und prägte ihr die Anfangsbegriffe der großen weiten Welt ein. Er lehrte sie malen, und sie entschädigte ihn mit Wörtern – den Wörtern eines Kindes, die den Mittelpunkt einer Sprache bilden. Und er verfolgte mit tiefer Genugtuung, mit Staunen und Ehrfurcht Greys Rückkehr in die Welt der Navajo.

Am späten Nachmittag setzten sie sich an Lelas Tisch. Es gab meistens Lamm oder Schaf, Mais und Dosentomaten und Bohnen und getrocknete Früchte. Und wunderbare

Brote dazu: Fladenbrot, Maisbrot, ofenfrische Brotlaibe. Set mochte das süße, knusprige Brot am liebsten, das im *horno* aus Ziegelsteinen und Lehmmörtel gebacken wurde. Lela hatte das Rezept als junges Mädchen von den Pueblos bekommen, als sie die Fiestas in den alten Städten am Rio Grande besuchte.

In der Abenddämmerung bereitete Grey in einem kleinen, konisch zulaufenden Hogan mit einer Öffnung nach Westen ein Schwitzbad zu. Wenn die Steine in der Vertiefung heiß waren und das Feuer niedergebrannt war, setzten sich Grey und Set nur mit einem Lendentuch bekleidet nebeneinander in die Schwitzhütte. Grey goß Wasser auf die zischend dampfenden Steine. Im Schein der verglimmenden Kohle betrachtete Set sie verstohlen von der Seite: ihre weiche, schimmernde Haut, die glänzenden Wassertropfen auf ihrer Stirn, auf ihrem Hals, ihren Schultern und ihren Schenkeln. Ihre Brustwarzen waren so dunkel wie ihr Haar. Er betrachtete die sanft geschwungene Linie ihres Rückens, wenn sie sich mit dem Wassereimer vornüberbeugte, ihre vollen Hüften, ihre sich im Sand krümmenden Zehen. Er beobachtete sie verstohlen von der Seite, und in ihm stieg die Hitze des Dampfes und die Hitze seines Verlangens auf. Dann versank er in träge Schwere wie am Rande des Schlafs; er träumte von der Frau neben ihm, träumte verlangend von ihrem Körper, der wunderbar weich und straff war, der mit seinen Kurven und Linien und Grübchen und Falten wunderbar erregend war, er träumte von ihrem Duft, wenn sie aus dem Schlaf erwachte, von ihren Gesten, von ihrer Stimme am Tag und in der Nacht, wenn sie sich angeregt oder ereifernd oder zornig oder enttäuscht oder sorgenvoll über dieses und jenes unterhielten, von ihrer beruhigenden, singenden Stimme, vom wimmernden Atem ihrer Ekstase, von ihrem leisen Atem, wenn sie schlief. Dann verflüchtigten sich Traum und Schläfrigkeit, und er fühlte sich erfrischt und belebt und sauber und heiß; er lachte, und Grey lachte ebenfalls, und sie berührten sich zögernd, ihre Hände glitten über ihre Körper, deuteten Verlangen an, doch nur verstohlen, denn Lela und vielleicht auch Antonia und Nanibah könnten ja in der Nähe sein. Alles zu seiner Zeit: Die kleine Hütte war der Ruhe und Läuterung vorbehalten. Draußen empfing sie der prickelnde Abendwind, und sie ließen die Schwitzhütte und den Hogan hinter sich, legten sich auf einer Düne in den Sand und betrachteten den Himmel. Später in der Nacht, wenn der Mond hoch am Himmel stand, bestiegen sie ihre Pferde und ritten durch die ausgetrockneten *arroyos,* durch die Schatten, die so tief waren wie die Zeit und die Ewigkeit.

Ende April stieg ein Mann von den Chuskas herab und brachte Erde vom Berg. Er stellte in der Mitte des Hogans einen Altar auf und vollzog ein Ritual, das fast die ganze Nacht dauerte. Set und Grey saßen nebeneinander zur Linken des Ritualmeisters. Kohlen wurden auf den Altar gelegt, dazwischen ein Feuerquirl, dessen spitzes, wie ein Kien schwelendes Ende nach Westen ausgerichtet war. Am Rand des Altars lagen Kristalle, Gräser und Pollen, eine Kürbisrassel, Krüge mit Säften und mit Tee, Peyotlpaste, Federfächer, eine Schale mit Wasser und eine Adlerknochenpfeife. Nanibah schlief auf einer Pritsche an der Wand des Hogans. Lela und Antonia assistierten dem Ritualmeister, fachten die Kohlen an, verstreuten Salbei und Zeder, die sie zusammen mit Tabak zwischen den Fingern zerrieben, brachten frisches Wasser und Kohlen. Set und Grey blickten sich immer wieder an, manchmal berührten sich ihre Hände, doch sie waren ganz auf das Ritual konzentriert. Rauch wurde über ihre Köpfe gefächelt, und als der Moment gekommen war, sprachen sie über ihre Visionen. Ihre Visionen waren wunderbar, und ihre Worte waren die wunderbarsten, die in ihren Herzen waren, und ihre Stimmen verschmolzen im Rauch mit anderen, archaischen, uralten Stimmen. Ihre Stimmen waren sanft und ewig, und in ihnen schwangen Lachen und Wehklagen und Ehrfurcht und Furcht mit, und sie schufen Geschichten und Lieder und Gebete. Kurz vor Tagesanbruch, nachdem sie ins Freie gegangen waren, um einander unter dem nächtlichen Himmel zu versprechen, und wieder in den Hogan zurückgekehrt waren, standen sie engumschlungen vor dem Altar. Der Ritualmeister warf zu ihren Ehren den Feuerquirl in die Glut, und sie wußten – es war kein klar formuliertes Wissen –, daß sie durch das Ritual, durch eine Tradition außerhalb der Zeit, durch eine Weihe Mann und Frau waren. Sie waren in Herrlichkeit für ewig Mann und Frau.

4

Er nimmt die Schönheit der Wiese wahr

Worcester Meat war sechzehn Tage krank gewesen. Zuerst hatten Jessie und Milo darauf bestanden, daß er sich in Großmutters Bett legte, damit sie ihn pflegen konnten. Sie wollten einen Arzt rufen, doch Worcester wehrte sich dagegen. Nach dreizehn Tagen war ein leises Knarren in seiner eingefallenen Brust, und er spuckte zähen, grünen Schleim, von seiner Kraft war nur noch wenig übriggeblieben. Da sagte er zu Jessie und Milo Mottledmare, daß er weggebracht werden wollte, daß er nach Hause wollte, um allein zu sterben; er wollte niemand um sich haben, der ihm dabei zusah.

Sie achteten seinen Wunsch, und als sich Jessie weinend von ihm verabschiedet hatte, brachten Milo und Dwight Dicks Worcester Meat in sein kleines Haus auf der anderen Seite des Cradle Creek zurück. Sie legten ihn ins Bett und deckten ihn mit einem dünnen Barchentlaken zu.

»Wann, glaubst du, wirst du hinübergehen?« fragte Milo sanft, denn er wollte die Gefühle des alten Mannes nicht verletzen.

»Drei Tage, denke ich«, sagte Worcester.

»Okay, nun denn, Worcester, wir kommen Freitag wieder und sehen nach dir. Wenn du noch am Leben bist, lassen wir dich in Frieden, nur grad einen Blick hereinwerfen, falls du etwas brauchst. Wenn du hinübergegangen bist, kümmern wir uns um deine sterblichen Reste. Wir begraben dich in der Nähe neben Gran'ma. Hier ist ein Wasserbeutel und etwas zu essen, Kekse und Käse und so.«

Milo und Dwight schüttelten Worcester Meats Hand, sagten Lebewohl und ließen ihn allein.

Am nächsten Tag setzte sich Worcester im Bett auf und redete und sang vor sich hin. Er war ganz glücklich, den ganzen Tag mit seinen Gedanken und Erinnerungen, mit seinen Träumen und Visionen dortzusitzen. Als das Licht langsam verblaßte, legte er sich zurück und schlief ein.

Als er am folgenden Tag erwachte, wußte er nicht, wo er war. Er hob mühsam den Wasserbeutel an die Lippen und trank. Am späten Vormittag stieg er mühsam aus dem Bett, zog seinen Overall an und ging hinaus. Er schritt langsam über einen kleinen Anger bis zum nächst gelegenen der zwei Torfhäuser. Um ihn herum blühten Lupinen, gelbe und lilablaue, und im Gras leuchteten Erdbeerbüschel. Er stand inmitten der Wiesenblumen, und Tränen stiegen ihm in die Augen; er sah die Dinge um ihn herum verschwommen und gleichzeitig gläsern klar. Und er nahm durch die Tränen die Schönheit der Wiese wahr. Die Wildblumen waren zahllos und wunderbarer als alles, was er je gesehen oder sich in Gedanken vorgestellt hatte. Und als sein Herz zu zerspringen drohte, flog eine Libelle aus dem Gras, schwirrte in der Sonne aufblitzend direkt über ihm. Vor seinen tränenverschleierten Augen teilte und vervielfachte sie sich, immer und immer wieder, schwoll zu einem irisierenden, flirrenden Schwarm am Himmel an. Und er machte einen Schritt, lachte, und noch einen – Tanzschritte. Dann glitt er langsam zu Boden – und er war heiter und erquickt in seiner Seele.

5

Es sind die Schemen der Unsterblichkeit

Den Sommer hindurch erfüllte Leben Lukachukai. Pferde galoppierten durch das Tal, und Schafe weideten auf den Hügeln. Regen fiel, und das Land überzog sich mit Grün und nochmals Grün in allen Schattierungen, während die mächtige Wand aus rotem Sandstein im Norden sich verdunkelte. Tage- und wochenlang spannten sich im Süden Regenbogen über Greasewood und Tsaile und den Cañon de Chelly. Wasser rauschte durch die *arroyos*. In den Lukachukai- und Chuska-Bergen segelten Adler über den in Schwarz getauchten Tannenwipfeln, und Hirsche und Bären und Kuguare kamen zu den hochgelegenen Bächen zur Tränke. Truthähne stolzierten durchs Gebüsch, Spinnen huschten blitzschnell zwischen den Steinen herum, Schlangen lagen zusammengerollt in der Sonne.

Grey war um Tagträume nie verlegen.

Sie träumte jetzt von Set und seinem Kind in ihrem Schoß. In jenen langen Sommertagen verwandelte sich ihre Zuneigung zu Set in die tiefe, unverbrüchliche Liebe einer Gattin zu ihrem Mann. Ihr Glück und ihre Leidenschaft, ihre Treue und Loyalität waren nur noch auf ihn ausgerichtet. Und wie das Kind in ihr wuchs, wuchs auch ihre physische und innere Schönheit. Ihre ursprüngliche Vitalität wurde durch das neue Leben in ihrem Schoß vertieft. Ein Strahlen ging von ihr aus, und alles an ihr drückte Ruhe und Heiterkeit aus. Sie war nun eine Schamanin, die Medizin, die sie sich so beharrlich angeeignet hatte, hatte ihr unerschütterliches Selbstvertrauen gestärkt.

Was Set betraf, so war seine Liebe zu Grey eine Quelle endlosen Staunens. Das wunderbarste daran war, daß es so grenzenlos war, daß es dafür keine Worte gab. Er glaubte, ein genügsamer Mensch zu sein, jedoch nicht in der Liebe. Er konnte sich nicht auf die Jahre seines Lebens berufen: Sie waren eine einzige Aufzählung von Einsamkeit und Kränkungen, Aneignungen und Erfüllungen, aber im Vergleich zu seinem gegenwärtigen Leben waren sie ohne Belang.

Er erwachte, und sie lag nackt in seinen Armen, tauchte langsam aus der Tiefe des Schlafs auf, die Augen noch geschlossen, den Mund leicht geöffnet. Zärtlich sagte er: »Guten Morgen, Liebste. Das ist von jetzt an mein Morgengebet: Ich bete, daß dir heute ein guter Tag beschieden sein wird. Ich bete, daß dir heute alles zuteil werden möge, was deinen Körper und deinen Geist und dein Herz erfüllt. Ich bete, daß deine Gedanken an dich und an mich und an das Kind von Friede und Ruhe erfüllt sein mögen. Ich bete, daß du mich heute mehr liebst als gestern und daß du mich jeden Tag mehr liebst. Ich bete, daß du heute die Güte, die in dir ist, der Welt schenken mögest zu ihrem Heil, und daß du die Güte annimmst, die dir geschenkt wird. Ich bete, daß du mir hilfst, deiner würdig zu sein. Das ist mein Gebet.«

Es gab allerdings einen Teil seines Lebens, der sich nicht geändert hatte. In der Nacht, in der schwarzen Stille ihres Hogans, nahm Set das Medizinbündel in die Hand und schnürte es auf; der Geruch, der ihm entströmte, erfüllte das ganze Zimmer. Wenn er die große Klaue hervorholte, erwachte in ihm eine schreckliche, verzehrende Rastlosigkeit, und sein Herz klopfte rasend. Er fühlte, wie die Macht des Bären sein ganzes Wesen in Besitz nahm und gleichzeitig den unwiderstehlichen Drang, diese Macht freizusetzen. Grey, die abseits in der undurchdringlichen Dunkelheit saß, hörte die Stimme der Großmutter in ihrem

Mund. Wenn Set die Klaue hob, als wolle er sie wie eine Keule niedersausen lassen, sah sie den Schatten am Fenster, riesig und phallisch zwischen den Sternen, jede einzelne große gelbe Kralle wie eine Mondsichel.

Der Sommer ging dem Ende entgegen. Sie begaben sich zu einem Tanz in der Nähe von Oljeto, dem Ort der mondhellen Wasser. Sie saßen bis spät in die Nacht mit den Rücken gegen das Feuer. Warteten. Stumm. Ein kühler Wind wirbelte Funkenregen in den Himmel. Endlich tauchten die Tänzer auf. Sie tanzten in einer Reihe und sangen dabei. Sie trugen Masken, ihre Körper waren weiß bemalt. Sie eiferten den Berg-Gottheiten nach. Ihre Lieder waren schrill und selbst ihnen unverständlich. Obwohl die Tänzer unsichtbar waren hinter den Masken, waren die Gottheiten in ihnen sichtbar. Die Gottheiten waren greifbar, und sie waren aus einer anderen Welt gekommen. Sie waren die Schemen der Unsterblichkeit.

Schemen.

Viertes Buch

Schatten

Er kommt von Norden.
Er kommt zum Kämpfen.
Er kommt von Norden.
Ich seh ihn kommen.

Ich bestreue mich mit Staub,
Der mich verwandelt.
Wenn ich ihm entgegentrete,
Bin ich ein Bär.

Sioux

1

Daher nennt man es »Das Land der zahllosen Fernen«

Es gab Kriege und anderes Mißgeschick, und es wurde beschlossen, daß das Volk den Ort verlassen müsse. Sie zogen südwärts durch das weite, sonnenbeschienene Land. Die Prärie so grenzenlos, daß man dafür keinen angemessenen, einprägsamen Namen finden konnte. Sie nannten es daher »das Land der zahllosen Fernen«.

Jene, die nach ihnen kamen, was für ein Volk es auch sein mochte, fanden die runden, kahlen Flecken im Wiesengras vor, das verkohlte Holz der Lagerfeuer und die Knochen von Vögeln und Dachsen und Hirschen und Hunden – und die Spuren eines riesigen Bären.

2

Eine beklemmende Ruhe ist in seinem Herzen

Set ging am späten Nachmittag das Ufer entlang. Die Sonne stand bereits tief am Himmel; das Tageslicht verblaßte nach und nach. Da und dort waren Flecken vom ersten Schnee zurückgeblieben. Auf einer Anhöhe im Westen hoben sich Pappeln, Kiefern und kahle Eichen dunkel vor dem dunklen Hintergrund ab. Orange Lichtstrahlen drangen zwischen den Ästen hindurch und streiften die Salbeibüsche und die Weiden und das Riedgras und das klare Wasser und seine Hände und sein Gesicht, als er durch sie hindurchschritt. Er lief schon eine ganze Weile und spürte langsam die Kälte. Die Temperatur war stark gefallen und würde in der Nacht den Gefrierpunkt erreichen. Doch er verdrängte den Gedanken an die Nacht.

Und er wollte auch nicht zum Monolith hinaufblicken, dem versteinerten Baum. Tsoais Schatten lag wie eine dunkle Wassermasse auf seinem Weg. Als er über ihn hinwegschritt, kam er ihm tatsächlich vor wie ein fremdes Element, ganz anders als die Erde ringsum; die Luft schien plötzlich dünner, dunkler, kälter. Unheimlich. Er beschleunigte seine Schritte in Richtung seines Biwaks, kletterte von der Uferböschung auf den versteinerten Felsen zu, die Hände tief in den Taschen seiner Weste vergraben, den Blick auf den Pfad gerichtet.

Er war nun schon vier Tage da, und er hatte außer Tee nichts zu sich genommen. Er fühlte sich nicht mehr schwach und müde wie in den ersten Tagen. Er hatte sich an die Höhe gewöhnt. Er war nun körperlich in Form; er hatte sich seit zwanzig Jahren nie so kräftig gefühlt. Die reine Luft von Lukachukai hatte seinen Kopf geläutert. Er versuchte sich vorzustellen, wie es später sein würde … wenn es geschehen würde … Doch wozu? Die Vorbereitungen waren abgeschlossen. Es gab nichts mehr zu tun und nichts mehr, worüber er hätte nachdenken müssen.

Als er in seinem Biwak anlangte, machte er ein kleines Feuer, achtete sorgfältig darauf, daß es von nirgendwoher gesehen werden konnte, und setzte Wasser auf. Das Biwak war bescheiden. Set hatte nur Wasser und eine Büchse Tee mitgebracht, eine Schlafunterlage und das Medizinbündel. Es stand zwischen Pappeln am Rande einer großen Lichtung an der Westseite des Felsens. Er hatte am ersten Tag die Lichtung sorgfältig durchsucht; er hatte die Erde nach der kleinsten Spur durchwühlt, er hatte mit einem Stecken die Erde sondiert, hatte den schwarzen und braunen Schutt durch seine Finger rieseln lassen, hatte den kleinsten Stein, das winzigste Fragment in Augenschein genommen. Er war nun ganz sicher, daß dies die Stelle war, von der Grey zu ihm und die Großmutter zu ihr gesprochen hatte. Es herrschte tiefe Stille. Nichts störte die Ruhe über der Lichtung, nicht einmal der Wind strich darüber hinweg.

Die Nacht brach herein; er setzte sich auf die Erde und wartete an einen großen Stein gelehnt vor dem Feuer, schließlich fiel er in einen Dämmerschlaf. Er schloß die Augen und sah Grey am Webstuhl sitzen. In ihrem wunderbaren Gesicht lag ein Ausdruck von Trauer, aber es war eine andere Trauer als seine. Das Kind war nun fünf Monate in ihr. Einmal mehr ergriff ihn unsägliches Staunen. Staunen und Dankbarkeit und Freude. Ich liebe dich, flüsterte er leise schluchzend, und er segnete seine Frau und sein Kind. Er schaute ein letztes Mal hin; sie legte in einer unendlich zärtlichen, vertrauten Geste eine Hand auf ihren gewölbten Leib. Die Balken des Hogans glänzten im Abendlicht; neben dem Haus graste der Hengst. Das purpurne Land dehnte sich endlos. Dann war nur noch tiefe Finsternis hinter seinen geschlossenen Lidern. Der Hunger hatte seine Gedanken einmal mehr geläutert.

Als er wieder erwachte, stand der Vollmond am Himmel. Er stieg groß und weiß am schwarzen Horizont auf und war im Westen bald ganz zu sehen. Set stand auf und wandte sich um. Tsoai, der versteinerte Baum, wiegte sich im Wind hin und her; er folgte dem Lauf des Mondes. Gestalten und Schatten huschten die gewaltigen grünen, drohenden Säulen entlang, über die riesigen Granitflächen, durch die langen, schwarzen, senkrechten Einschnitte. Set war von ehrfürchtigem Staunen erfüllt. Er konnte den Blick nicht von Tsoai wenden. Er war gebannt, fasziniert. Eine beklemmende Ruhe war in seinem Herzen; der mächtige Felsen vor ihm war unwirklich, nicht erfaßbar, unvorstellbar, doch er wußte, daß er geheiligt war. Als er aufschaute, erschienen, einer nach dem andern, die Sterne des Großen Wagens am Himmel. Sie wurden heller und heller, glitten zur nördlichen Ecke des Felsenbaumes, kreisten am Firmament. Und als er seinen Blick wieder dem Monolith zuwandte, erhob sich ein unheimlicher pechschwarzer Schatten an seinem Fuße. Es waren die Umrisse eines riesigen Bären, der sich hoch aufgerichtet an Tsoai lehnte.

Es war das Traumbild, nach dem er gesucht hatte!

Er fühlte sich in der Lichtung zu Hause. Die Gegend um ihn herum war ihm vertraut. Er lief stolpernd hinter den andern auf den Wald zu. Sie lachten und ließen ihn immer weiter zurück. Er folgte ihnen, so gut er konnte, und sie lachten und neckten ihn und forderten ihn auf, sie zu fangen. *»Set, set!* Wir laufen weg.« Und Loki rappelte sich auf und rannte hinter ihnen her. »Der Bär! Der Bär!« kreischten sie. Loki fühlte rasenden Zorn in ihm aufsteigen: *»I am set«,* rief er ihnen nach: »Ich bin bereit!« Er fuchtelte mit den Armen, versuchte sie einzuholen. Die kleinen

Mädchen blickten atemlos zurück. Plötzlich taumelte er, schwankte. Was war mit ihm los? Etwas Schreckliches war mit ihm los. Seine Glieder fühlten sich unendlich schwer an, vor allem sein Kopf. Er war ganz benommen. Er blinzelte. Die Gegenstände vor seinen Füßen waren zwar klar und deutlich erkennbar, aber in der Ferne sah er bloß undeutliche, in nebliges Licht gehüllte Konturen. In seinen Ohren dröhnte ein schrecklicher, schriller Mißklang, ein Durcheinander von Lauten, die sich wie eine Böe in seinem Kopf festsetzten. Er war davon ganz betäubt. Das Stimmengewirr wurde schwächer, doch nun hörte er Dinge, die er zuvor nie gehört hatte, hörte sie ganz deutlich: Er hörte Wasser über Steine rauschen, hörte, wie es durch die wurzeldurchsetzte Erde einer mit Unterholz bewachsenen Böschung sickerte, hörte, wie es weiter flußabwärts über die im Wasser treibenden Kiefernnadelnflecke hinwegplätscherte. Er hörte das Klimpern des Windes, der die Wasseroberfläche kräuselte. Er hörte die Blätter über seinem Kopf aneinanderstoßen, hörte das Huschen eines im Dickicht herumtollenden Eichhörnchens, hörte den Aufprall des Windes an einem Felsvorsprung am anderen Ufer, hörte die Federn eines am Himmel kreisenden Falken rascheln. Es war, als ob sein geschärftes Gehör sämtliche Klänge und jede winzigste Klangvibration unterscheiden konnte. Die dünne Luft brannte in seiner Nase. Er roch tausend Dinge gleichzeitig und konnte dennoch jeden Geruch einzeln erkennen. Er roch die Baumrinden und den Moderduft der Wurzeln und den Duft des Grases und der Wildblumen. Er witterte über Berg und Tal hinweg frische und alte Tierfährten. Er roch süße Säfte und den Verwesungsgeruch zahlloser toter Kreaturen in der Erde. Er roch den Regen in den fernen Felsen und die Feuer dahinter. Er roch die ölige Substanz, die aus seinen Poren drang, und er roch den Atem und das Geschlecht seiner Schwestern: Er nahm den säuerlichen Geruch der Angst wahr. Er blickte auf und sah, daß auch seine Schwestern stehengeblieben waren. Die eine oder andere ging ein paar Schritte auf ihn zu. Er wollte ihnen etwas zurufen, doch er konnte nicht: Er hatte keine menschliche Stimme mehr. Er sah ihre blassen, angstverzerrten Gesichter: Er erkannte sie nicht mehr. Es waren Masken. Sie wandten sich um und rannten entsetzt davon. Und da kam Einsamkeit über ihn so grenzenlos wie der Tod. Er lief hinter ihnen her – ein Schatten, der in die Schatten eingeht.

Schatten.

Epilog

Koi-ehm-toyas Ururenkel wurde ein berühmter Schildemacher. Er hatte Tsoai nie gesehen, doch er kannte ihn, denn er war in ihm, kannte seine Umrisse vor seinem inneren Auge, kannte sein lastendes Schweigen im Strom seines Blutes. Auf seinen Schilden waren die mächtigsten Medizinen überhaupt: Bärenklauen und Adlerflügel, menschliches Haar und die Konstellationen der Sterne. Im hohen Alter träumte er von Dingen, die sich vor seiner Zeit zugetragen hatten. Die ganze Geschichte seines Volkes war in der Myriade leuchtender Punkte enthalten – jeder einzelne eine Welt und ein Zeitalter –, die über die Ebene seines Träumens glitten. Und in seinem letzten Traum träumte er von Kindern, die auf einen dichten Wald zugingen. Sie bückten sich, hüpften, verschwanden in einer Bodensenke, tauchten stolpernd wieder auf. Er schaute ihnen eine Zeitlang zu, dann waren sie seinem Blick entschwunden: Sie waren zwischen den Bäumen verschwunden – waren in die Dunkelheit eingetaucht.

Bibliographischer Hinweis

Für die deutsche Übersetzung von Begriffen indianischen Brauchtums haben wir uns auf folgende Quellen gestützt: Robert W. Young, William Morgan: The Navajo Language: A Grammar and Colloquial Dictionary (Albuquerque: University of New Mexico Press, 1980); Paul G. Zolbrod: Auf dem Weg des Regenbogens. Das Buch vom Ursprung der Navajo (München 1988, aus dem Amerikanischen von Jochen Eggert); Fink/Schöningh, Völker der Welt (München/Paderborn/Wien/Zürich 1981); und auf die deutsche Erstausgabe von Illustrations of the Manners, Customs and Conditions of the North American Indians (1841, dt. von Prof. Dr. Hch. Berghaus, Brüssel 1846) des amerikanischen Malers George Catlin, dem der Autor in seinem Roman in der Person des Catlin Setmaunt und durch die Schilderungen der legendären Landschaften des nordamerikanischen Westens ein kleines literarisches Denkmal gesetzt hat.

Inhaltsverzeichnis

Erstes Buch – Ebenen

Zweites Buch – Linien

Drittes Buch – Schemen

Viertes Buch – Schatten

Unionsverlag Taschenbuch

Tschingis Aitmatow: Dshamilja **UT 1**

Yaşar Kemal: Memed mein Falke **UT 2**

Sahar Khalifa: Der Feigenkaktus **UT 3**

Alifa Rifaat: Zeit der Jasminblüte **UT 4**

Sahar Khalifa: Die Sonnenblume **UT 5**

Tschingis Aitmatow: Du meine Pappel im roten Kopftuch **UT 6**

Yaşar Kemal: Der Wind aus der Ebene **UT 7**

Nagib Machfus: Die Midaq-Gasse **UT 8**

Kamala Markandaya: Nektar in einem Sieb **UT 9**

Ken Bugul: Die Nacht des Baobab **UT 10**

Assia Djebar: Die Schattenkönigin **UT 11**

Yaşar Kemal: Die Disteln brennen – Memed II **UT 12**

Tschingis Aitmatow: Der Richtplatz **UT 13**

Buchi Emecheta: Zwanzig Säcke Muschelgeld **UT 14**

Salim Alafenisch: Der Weihrauchhändler **UT 15**

Tschingis Aitmatow: Abschied von Gülsary **UT 16**

Yaşar Kemal: Eisenerde, Kupferhimmel **UT 17**

Mulk Raj Anand: Der Unberührbare **UT 18**

Kamala Markandaya: Eine Handvoll Reis **UT 19**

Anar: Der sechste Stock eines fünfstöckigen Hauses **UT 20**

Ferit Edgü: Ein Winter in Hakkari **UT 21**

Driss ben Hamed Charhadi: Ein Leben voller Fallgruben **UT 22**

Elçin: Das weiße Kamel **UT 23**

Omar Rivabella: Susana. Requiem für die Seele einer Frau **UT 24**

Tschingis Aitmatow: Der weiße Dampfer **UT 25**

Latife Tekin: Der Honigberg **UT 26**

Bestellen Sie unseren kostenlosen Verlagsprospekt:
Unionsverlag, Rieterstrasse 18, CH-8059 Zürich

Unionsverlag Taschenbuch

Nagib Machfus: Der Dieb und die Hunde **UT 27**

Giuseppe Fava: Ehrenwerte Leute **UT 28**

Driss Chraibi: Die Zivilisation, Mutter! **UT 29**

Tschingis Aitmatow: Aug in Auge **UT 30**

Assia Djebar: Fantasia **UT 31**

Tschingis Aitmatow: Die Klage des Zugvogels **UT 32**

Mulk Raj Anand: Gauri **UT 33**

Juri Rytchëu: Traum im Polarnebel **UT 34**

Yaşar Kemal: Das Unsterblichkeitskraut **UT 35**

Nagib Machfus: Die segensreiche Nacht **UT 36**

Löwengleich und Mondenschön **UT 37**

Giselher W. Hoffmann: Die Erstgeborenen **UT 38**

Germaine Aziz: Geschlossene Häuser **UT 39**

Das Mädchen als König **UT 40**

Giuseppe Fava: Bevor sie Euch töten **UT 41**

Amos Tutuola: Der Palmweintrinker **UT 42**

Nagib Machfus: Miramar **UT 43**

Eine von tausend Nächten **UT 44**

Yaşar Kemal: Auch die Vögel sind fort **UT 45**

Salim Alafenisch: Die acht Frauen des Großvaters **UT 46**

Pramoedya Ananta Toer: Kind aller Völker **UT 47**

Die Braut im Brunnen **UT 48**

Juri Rytchëu: Wenn die Wale fortziehen **UT 49**

Nagib Machfus: Die Kinder unseres Viertels **UT 50**

Lorna Goodison: Der Schwertkönig **UT 51**

Patricia Grace: Potiki **UT 52**

Bestellen Sie unseren kostenlosen Verlagsprospekt:
Unionsverlag, Rieterstrasse 18, CH-8059 Zürich

Unionsverlag Taschenbuch

Aziz Nesin: Der einzige Weg **UT 53**

Sahar Khalifa: Memoiren einer unrealistischen Frau **UT 54**

Die Liebe der Füchsin **UT 55**

Tahar Ben Jelloun: Der öffentliche Schreiber **UT 56**

Tschingis Aitmatow: Ein Tag länger als ein Leben **UT 57**

N. Scott Momaday: Im Sternbild des Bären **UT 58**

Tommaso Landolfi: Der Mondstein **UT 59**

Yaşar Kemal: Töte die Schlange **UT 60**

Bernardo Atxaga: Obabakoak **UT 61**

Pham Thi Hoai: Sonntagsmenü **UT 62**

Salim Alafenisch: Das Kamel mit dem Nasenring **UT 63**

Zauberfrauen **UT 64**

Bestellen Sie unseren kostenlosen Verlagsprospekt:
Unionsverlag, Rieterstrasse 18, CH-8059 Zürich

Xavier Orville
DER TRÄNENVERKÄUFER
Eine karibische Erzählung

Eine wunderbar versponnene Liebesgeschichte, hinter der sich das Drama des Exilierten, des Ausgestoßenen, des Fremden verbirgt. Ein brennend aktuelles Thema, dem sich der Autor mit menschlichen Argumenten stellt, ohne je in Polemik zu verfallen.

Reihe: Inseln im Wind
Klappenbroschur, 96 Seiten
ISBN 3-927883-01-8
SFr.. 25.– / DM 26,– / ÖS 205.–

Erhältlich in Ihrer Buchhandlung

Ein Segel aus gesponnenem Zucker

SCHÖNBACH

Erhältlich in Ihrer Buchhandlung

Xavier Orville
STECKT DAS TEUFELSWEIB IN BRAND
Roman

Ein erotisches Feuerwerk, eine Hymne an die Frau und eine Hommage an den großen brasilianischen Dichter Vinicius de Moraes: Frau, Deine Stimme ist lautloser Brand, bist in alle Ewigkeit Tänzerin des Vergänglichen.

Reihe: Inseln im Wind
Klappenbroschur, 168 Seiten
ISBN 3-908220-06-9
SFr. 29.80 / DM 29,80 / ÖS 235.–